KIEL AHOI!

AF184939

Cornelia Leymann studierte Pädagogik und Straßenbau in Hannover und lebt seit mehr als fünfunddreißig Jahren in Kiel. Dort arbeitete sie über zwanzig Jahre als Software-Testerin. In ihrem Ruhestand widmet sie sich neben ihrer großen Liebe Bridge dem Schreiben und Malen.

Dieses Buch ist ein Roman. Handlungen und Personen sind frei erfunden. Ähnlichkeiten mit lebenden oder toten Personen sind nicht gewollt und rein zufällig.

CORNELIA LEYMANN

KIEL AHOI!

Küsten Krimi

emons:

Bibliografische Information der Deutschen Nationalbibliothek
Die Deutsche Nationalbibliothek verzeichnet diese Publikation
in der Deutschen Nationalbibliografie; detaillierte bibliografische
Daten sind im Internet über http://dnb.d-nb.de abrufbar.

MIX
Papier aus verantwor-
tungsvollen Quellen
FSC
www.fsc.org   FSC® C083411

© Emons Verlag GmbH
Alle Rechte vorbehalten
Umschlagmotiv: Dirk Hinz/photocase.de
Umschlaggestaltung: Nina Schäfer, nach einem Konzept
von Leonardo Magrelli und Nina Schäfer
Umsetzung: Tobias Doetsch
Gestaltung Innenteil: César Satz & Grafik GmbH, Köln
Lektorat: Marit Obsen
Druck und Bindung: CPI – Clausen & Bosse, Leck
Printed in Germany 2018
ISBN 978-3-7408-0422-0
Küsten Krimi
Originalausgabe

Unser Newsletter informiert Sie
regelmäßig über Neues von emons:
Kostenlos bestellen unter
www.emons-verlag.de

Frau Heinze geht tot

Ein Gewässer schreit ja förmlich nach einer Leiche, zumal in einem Krimi. Dass Frau Heinze allerdings im alten Kieler Olympiahafen treibt, ist dann doch ein wenig merkwürdig. Denn die Kieler Förde ist kein Fluss, sondern ein Fjord, wie man sich bei dem Namen schon fast gedacht hätte. Da fließt nix. Da schwappt die Ostsee nur mehr oder weniger träge hin und her, um ein wenig Bewegung in die Sache zu bringen.

Darum schmeißen wir unsere Leichen auch nicht in die Kieler Förde. Zumindest dann nicht, wenn wir sie loswerden wollen, um vor unliebsamen Nachstellungen sicher zu sein. Denn merke: Wo keine Leiche, da kein Mord. Musst du dir also unbedingt hinter die Ohren schreiben: KEINE LEICHEN IN DIE KIELER FÖRDE! Die kriegt man nicht los, die kleben geradezu.

Frau Heinze dümpelt also im alten Olympiahafen, bollert mit dem Kopf immer wieder gegen die Segelyacht von Uwe und jagt ihn schließlich zur Unzeit aus den Federn.

Das wirft natürlich Fragen auf, wobei die Frage, wieso Uwe es überhaupt hört, noch zu den einfachsten zählt: Ein Schiff ist wie ein Resonanzkörper, und selbst ein leichtes Klopfen klingt inwendig wie ein Donnerhall. So hat Uwe die Wanten alle sorgfältig am Mast verzurrt, damit ihr ewiges Klingkling ihm nicht den letzten Nerv raubt, und muss sich jetzt von einem Dongdong am Schlafen hindern lassen. Dabei hat er seinen Schlaf wirklich bitter nötig. Der gestrige Abend war mehr als unschön. Wobei er mit Fug und Recht sagen kann: Er war daran gänzlich unschuldig. Sonja hatte es förmlich darauf angelegt, ihn aus dem Haus zu treiben.

Wie er das hasst. Schon dieses süffisante »Na, war's schön?«, da klingeln bei ihm sämtliche Alarmglocken. Doch was hat er gemacht, der Idiot? Statt klipp und klar zu sagen: »Ja, es war schön, aber nicht wegen Vanessa, sondern trotzdem. Mehr war nicht, und mehr wird auch nie sein, weil ich ihre Art nicht ausstehen kann«, statt also die Karten offen auf den Tisch zu legen, ist er ihren Fragen ausgewichen, in der Hoffnung, er käme drumrum. Hat versucht, Vanessas Anwesenheit auf dem Seminar abzustreiten. Und schon hatte er den Salat. Denn Sonja ist nicht doof, einer der Gründe übrigens, warum er sich damals in sie verliebt hat, und ein Merkmal, das er heute immer noch sehr an ihr schätzt, das aber natürlich auch seine Nachteile hat. Schwuppdiwupp, hat sie ihn im Anschein der Beiläufigkeit in eins ihrer berühmten Kreuzverhöre genommen, langsam, aber gezielt alles Unlogische aus seinen Aussagen herausgepopelt und am Ende glasklar geschlussfolgert: Vanessa war auch da. Er hat mit ihr an der Bar gesessen. Hat sogar mit ihr getanzt! Und dass sie danach nicht gemeinsam in die Kiste gestiegen sind, kann er seiner Großmutter erzählen.

In hohem Bogen ist sein Bettzeug aus dem Schlafzimmer geflogen, ehe die Tür mit lautem Knall ins Schloss fiel. Dann wurde abgeschlossen. Zweimal.

So was kommt nicht häufig vor. Gott sei Dank. Früher nie, aber jetzt, da Sonja zwar immer noch klug, jedoch nicht mehr ganz die Schönheit von einst ist, wird sie dünnhäutig. Als ob ihr Vanessa je das Wasser reichen könnte, dieses Küken, diese Gans! Ihre Figur ist allerdings wirklich einmalig, biegsam, schlank. Und dieser Vorbau! Man sieht ihn – natürlich –, und man fühlt ihn, wenn man mit ihr tanzt. Er hat ihn gesehen, gleich als ihm die neue Kollegin vorgestellt wurde. Er ist schließlich nicht blind – noch nicht –, und gefühlt hat er ihn nun auch. Deshalb hat er mit ihr getanzt. Das wird ja wohl noch erlaubt sein. Außerdem möchte man als Mann doch mal seinen Marktwert testen.

Nur ist es offensichtlich doch nicht erlaubt. Zumindest nicht bei Sonja. Schade. Das Leben könnte so schön sein.

Na, jedenfalls hat er sein Bettzeug zusammengeklaubt und sich aufs Sofa verzogen, dann aber gleich wieder diese Stelle im Rücken gespürt, die ihm bei seinem letzten Rauswurf aus dem ehelichen Schlafzimmer aufs wohnzimmerliche Kanapee schon so viel Kummer bereitet hat. Mit zunehmendem Alter wird das Gehirn zwar immer vergesslicher, der Körper dagegen nachtragender. Der vergisst nicht mehr so schnell.

Also hat er die Bettdecke auf den Rücksitz seines Autos geschmissen und ist zum Boot gedüst. Natürlich hätte er die Decke da nicht gebraucht. Sein Boot ist mit allem Notwendigen ausgerüstet, bis hin zu sündhaft teuren Mikrofaser-Schlafsäcken. Aber im November ist es eben oft schon ein bisschen frisch. Da kann man eine zweite Decke ganz gut gebrauchen. Er hätte sich zwar zusätzlich zu seinem eigenen noch Sonjas Schlafsack überwerfen können, aber nein, da hat er seinen Stolz. Wenn sie ihn rausschmeißt, zumal völlig grundlos, dann nimmt er bestimmt nicht ihren Schlafsack, der obendrein nach ihrem Parfüm riecht.

Jetzt könnte er sich natürlich sonst wohin beißen, dass er nicht alles drangesetzt hat, Vanessa ins Bett zu kriegen – jetzt, da er dafür büßen muss, ohne vorher etwas davon gehabt zu haben. So richtig schwierig wäre es auch gar nicht gewesen. Ihre Avancen waren ziemlich eindeutig. Den Eindruck hatte er zumindest. Vielleicht hat sich die Welt inzwischen aber auch so sehr geändert, dass Frauen sich heutzutage so eindeutig zweideutig benehmen können, ohne dass … na ja. Er ist schon eine ganze Weile nicht mehr im Rennen, da kann man manches missverstehen.

Egal, er hat es nicht gemacht, und die Chance kommt wahrscheinlich nie wieder.

Was tut ein Mann, wenn ihm die Tragweite seines Tuns – beziehungsweise in diesem Falle Nichttuns – in voller Gänze bewusst wird? Richtig. Er lässt sich volllaufen. Für Uwe überhaupt kein Ding. Die Alkoholbestände an Bord sind ausreichend, die könnten eine Sechs-Mann-Kapelle flachlegen.

Damit ist eigentlich alles geklärt. Warum Uwe an Bord ist, als Frau Heinze mit ihrem Kopf an die Bordwand klopft. Warum es die sonst eigentlich bordsunüblichen Federn sind, aus denen sie ihn jagt. Und warum es zur Unzeit ist. Ab einem gewissen Alkoholpegel ist schließlich jede Zeit, zu der man geweckt wird, falsch. Auch dass er sich nach dem häuslichen Desaster die Kante gegeben und die Rumvorräte niedergemacht hat, ist klar. Rum in Anlehnung an die alten Seefahrerbräuche, die ja in jedem zweiten nautischen Lied besungen werden: »Hey, ho und 'ne Buddel voll Rum.«

Ein wenig Klärungsbedarf hat vielleicht noch die Frage, wieso eigentlich das Boot im Wasser ist. Jetzt sagst du womöglich: Wieso das denn? Boote gehören ins Wasser, das ist ihre gottgegebene Bestimmung. Das ist natürlich wahr. Aber nicht um diese Zeit. Und nicht in Kiel. Da gehören Boote spätestens ab Oktober an Land.

Es gibt böse Zungen, die behaupten, es gäbe im Leben eines Seglers eigentlich nur zwei schöne Tage: einen, wenn das Boot im April endlich im Wasser ist, und den zweiten im Herbst, wenn es wieder rauskommt, ohne Schaden genommen zu haben.

Musst du dir unbedingt mal ansehen, wie die Segler in Kiel im Herbst ihre Boote aus dem Wasser aufs Trockene bringen. Das ist ein Schauspiel der ganz besonderen Art. Da wird gezunzelt, gezerrt und gezupft, bis endlich der Mast gelegt und alles sicher verstaut ist. Dann kommt der große Autokran und nimmt das Schiffchen auf den Haken. Also, der Autokran hat einen Haken, das Schiffchen hat keinen. Es bekommt deshalb breite Gurte vor und hinter dem Kiel um den Bauch gebunden, wird aus dem Wasser gehoben und am Kran hängend zum nächsten Parkplatz gefahren. Schau nur so spaßeshalber mal den Eignern in die Augen, wenn sie zusammen mit der Gattin hektisch an Vor- und Achterleine zerren, um das Boot während der Fahrt mit dem Kran am Drehen zu hindern, damit es sich keine Beule an der nächsten Straßenlaterne holt. An der Panik, die du dann siehst, kannst du ungefähr ablesen, was das Boot kostet. Aber nicht, wie du vielleicht denkst, sondern genau andersherum: je billiger das Boot, desto größer die Panik. Erstaunlich, oder? Vielleicht aber auch gerade nicht.

Wenn das vorbei ist, hat das Boot Zeit zu wachsen. Boote wachsen nämlich über Winter. Da wird gewienert, poliert, geschraubt und getan, und alle Unzulänglichkeiten treten überdeutlich zutage. Langsam reift im Eigner die Gewissheit, dass er mit diesem Boot keinen zweiten Sommer überleben kann. Außerdem erinnert er sich an die vielen tausend anderen

Boote, die ihn im letzten Sommer überholt haben, was mehr als kränkend, quasi unerträglich ist, und dann erinnert er sich an den alten Spruch: »Länge läuft.« Also muss ein längeres Boot her. Hier tritt die Gattin auf den Plan und stellt Ansprüche an die Küchenausstattung und Bequemlichkeit in der winzigen Nische, die Bad genannt wird, und schon ist das Boot in der Länge um gute neunzig Zentimeter gewachsen. Dazu vierzig in der Breite und zwanzig in der Höhe. Das geht hopp, hopp, so schnell kannst du gar nicht gucken, und aus dem ehemaligen Sportgerät ist ein Dickschiff geworden.

Uwes Boot hat keine Chance, über Winter zu wachsen, denn es liegt im Wasser. Das ist merkwürdig. Eben weil alle Boote des Winters angelandet werden. Wegen Eisgangs. Und siehst du, deswegen liegt uns Uwe sein Boot nicht auf dem Trockenen. Eisgang war gestern, genauer gesagt: In der Kieler Förde gab es seit 1996 keinen mehr, und Uwe ist der Überzeugung, dass dank der Klimaerwärmung der Eisgang in der Förde ein für alle Mal erledigt ist.

Darum hat er entschieden: Für kein Eis auf der Förde wird er sich nicht mehr dem Stress der Landverschickung seines Bootes aussetzen. Und schau: Jetzt hat er gut davon. Auf ein Boot, das zu Lande auf einem Parkplatz steht, wäre er zu nächtlicher Stunde nicht geklettert. Dann wäre er ohne eigenes Bettzeug in den Kieler Yacht-Club gegangen und hätte die Suite mit Meerblick gemietet, scheiß auf die Kosten. Das Geld hätte er Sonja vom nächsten Geburtstagsgeschenk abgezogen. Oder noch besser: Er wäre zu Vanessa gegangen, um sich Sonjas Rausschmiss nachträglich zu verdienen.

Rückblickend betrachtet wäre wohl alles besser gewesen, als die Nacht auf dem Boot zu verbringen und sich von Frau Heinze wecken zu lassen. Vom Rumgenuss nicht ganz auf der Höhe und wegen der frühmorgendlichen Störung wutentbrannt, versucht Uwe nämlich zuerst, mit dem Pikhaken das vermeintliche Holzstück wegzustoßen – und bringt Frau Heinze damit einige eklige Blessuren bei, die dem Aufschneider in der kalten Küche später noch einiges Kopfzerbrechen bereiten werden.

Frau Heinze lässt sich aber nicht vertreiben, schon deshalb nicht, weil sie sich mit dem linken Fuß unglücklich in einer Leine verfangen hat. Und endlich begreift auch Uwe, was ihm da sozusagen ins Netz gegangen ist, und ruft über Handy die Polizei.

Ja, so ein Handy ist eine wunderbare Sache, quasi die Telefonzelle in der Hosentasche. Man darf es natürlich nicht fallen lassen, sonst zerspringt das Display, und man hat die sogenannte »Spider-App«. Das kann einem an Bord Gott sei Dank nicht passieren. Jedenfalls nicht, wenn man beim Telefonieren an der Reling steht, so wie Uwe. Da fällt ein Handy einfach nur ins Wasser und ist weg.

Polizei dagegen ist keine reine Freude, selbst ohne dicken Kopf, und in Uwes Zustand ist sie eine richtige Zumutung. Der ist schon ohne Restalkohol ein Morgenmuffel. Da kannst du dir vorstellen, wie die ganze Fragerei des Herrn Hauptkommissar an seinen Nerven zerrt. »Kennen Sie die Frau?« – »Was wollten Sie um diese Zeit auf dem Boot?« – »Haben Sie überhaupt einen festen Wohnsitz?« Dann kommt Herr Schneider, Hauptkommissariat Kiel 12a, erst richtig in Fahrt. Warum er derart unvollständig bekleidet einer Frau im Wasser auflauere und sie anscheinend zu Tode erschrecke, und wer er eigentlich sei?

Auf Letzteres hat Uwe zwar glücklicherweise eine passende Antwort, doch weil das Handy über Bord und Uwe über dem ganzen Stress mit dem Bettzeug Ausweis und Haustürschlüssel vergessen hat, daher also ein Mann ohne Identität, dafür aber mit Mordverdacht ist, nimmt Herr Schneider ihn erst einmal mit.

Sonja hätte seine Identität natürlich bestätigen können, aber vielleicht hätte sie auch geschwiegen, um ihm wegen seiner Untreue eins auszuwischen. So was machen eifersüchtige Frauen manchmal. Ob sie allerdings tatsächlich so weit gegangen wäre, werden wir nie erfahren. Auch Uwe und Sonja nicht, denn Sonja ist nicht zu Hause, als die Polizei gegen acht mit Uwe im Schlepptau bei ihr klingelt.

**

Sonja ist ein Gewohnheitstier. Sie hat über zwanzig Jahre Zeit gehabt, sich an Uwe zu gewöhnen, und nun kann sie nicht mehr ohne ihn. Im Streit kann sie erst recht nicht ohne ihn. Das ist merkwürdig, aber wahr. Wenn sie sich ärgert, kann es tatsächlich so weit kommen, dass sie ihn rausschmeißt, doch dann merkt sie gleich, dass er ihr fehlt. Also ist sie letzte Nacht schon nach einer halben Stunde leise wieder aufgestanden, zur Schlafzimmertür geschlichen und hat den Schlüssel zurückgedreht. Zwei Mal. Uwe hätte wieder reinkommen können, und sie hätte ihm verziehen. Sie hatte sich die Verzeihung sogar ganz besonders erfreulich vorgestellt.

Aber er kam nicht. Als er nach einer Stunde immer noch nicht aufkreuzte, hat sie all ihre erfreulichen Vorstellungen zusammengenommen und ist ins Wohnzimmer geschlichen, um ihm auf dem Sofa zu verzeihen. Aber da war kein Uwe. Sie hat sogar Dachboden und Keller nach ihm durchforstet.

Kein Uwe.

Wo ist er abgeblieben?

Ja, und da ist dann doch wieder die Eifersucht in ihr hochgestiegen und hat der ganzen Verzeihung den Garaus gemacht. Na, wo kann er schon sein, hat sie nämlich gedacht, bei Vanessa natürlich, dieser falschen vollbusigen Schlange, und sich gefragt, was sie nun tun soll. Ihr die Augen auskratzen wäre ja wohl das Mindeste.

Ja, so sind wir Frauen. Du vielleicht nicht, aber die normale Frau, sozusagen die Frau auf der Straße, also die gemeine Frau schlechthin, die will der anderen die Augen auskratzen – nicht dem Gatten, dem eigentlichen Übeltäter. Dem auf keinen Fall, denn sie will ja nachher keinen Mann mit ausgekratzten Augen zurückhaben.

Nun, das sind alles müßige Gedanken, denn Sonja weiß nicht, wo Vanessa wohnt, kennt nicht einmal ihren Nachnamen. Also hat sie sich in ihr einsames Bett verzogen und weinend die Nacht verbracht.

Eine schreckliche Nacht, das kann ich dir sagen. Grauenvoll. Dabei hätte sie nur mal nach dem Bettzeug forschen sollen.

Welcher Liebhaber bringt schon die eigenen Federn mit in den Sündenpfuhl der Lust, wenn er sich in fremden Federn wälzen kann? Aber so ist das. Wenn die Eifersucht überhandnimmt, kann selbst die klügste Frau nicht mehr klar denken.

Erst so gegen fünf Uhr morgens hat sie eine Idee. Das Internet ist geschwätzig und kann eifersüchtigen Ehefrauen manches ausplaudern. Auf der Website von Uwes Schule, unter dem Stichwort »Lehrkräfte«, wird sie fündig. Vanessa Koslowski. Na bitte. Die Adresse ist dann ein Leichtes, denn auch das gute alte Telefonbuch ist im Internet eins zu eins abgebildet. Google Maps tut ein Übriges und verrät ihr nicht nur, wo der Kolonnenweg ist, sondern auch, wie man hinkommt, und zwar auf kürzestem Wege. Da möchte Sonja sich am liebsten ohrfeigen, dass sie nicht schon vor vier Stunden auf die glorreiche Idee mit dem Internet gekommen ist und auf diese Weise noch rechtzeitig wie ein Deus ex Machina das Schlimmste verhindert oder zumindest einen echten Coitus interruptus erzwungen hat.

Aber nun ist das Kind in den Brunnen gefallen. Na, die Metapher ist vielleicht etwas unglücklich gewählt, denn so blöd wird Vanessa hoffentlich nicht sein, Kinder in ihren Brunnen fallen zu lassen.

Sonja geht ins Bad, erschrickt vor ihrem Spiegelbild und hätte sich beinah wieder zu dem dringend erforderlichen Schönheitsschlaf ins Bett verzogen. Doch die Eifersucht, gepaart mit rasenden Rachegedanken, siegt. Vierzehn Minuten später, genau wie Google Maps es prophezeit hat, ist sie da, obwohl sie langsam gefahren ist, um nebenbei nach Uwes Auto Ausschau zu halten. Na, so dämlich ist er natürlich nicht, in Sichtweite zu parken, dass sie ihm gleich draufkommt. Sie hält vor Vanessas Haustür. Direkt davor, wie es sich für einen Krimi gehört. Musst du mal drauf achten: Im Fernsehen findet der Kommissar – oder der Mörder oder wer auch immer – selbst in der allerinnersten Innenstadt stets einen Parkplatz direkt vor dem Ziel – und der ist obendrein noch so groß, dass er vorwärts einparken kann.

Da dies hier ein Krimi ist, ist das bei Sonja auch so.

Völlig verlassen sitzt sie da. Von Uwe und von allen guten Geistern. Gott sei Dank hat auch ihr Mut sie nun verlassen. Wie peinlich, als betrogene Ehefrau mit total verschwiemelten Augen vor der Tür der Rivalin aufzutauchen und um die Herausgabe des Gatten zu bitten. Das geht gar nicht. Auf den letzten Metern holt die Vernunft Sonja doch wieder ein. Sie bleibt in ihrem Auto sitzen und behält die Tür im Auge. Ihre große Stunde wird schlagen, wenn Uwe die Stätte seiner Sünde verlässt.

***

Gegen zehn Uhr an diesem Morgen ergibt sich folgendes Bild: Uwe sitzt in etwas unzureichender Garderobe vor dem Schreibtisch von Kommissar Schneider, Frau Heinze liegt klatschnass in einem Zinksarg, Sonja ist hinter dem Steuer ihres Wagens eingeschlafen, und wo Vanessa ist, wissen die Götter.

Sagt man so, »das wissen die Götter«. Ist eine Redensart. Ich verrate dir aber sicher kein Geheimnis, wenn ich dir gestehe, dass ich natürlich weiß, wo sie ist, obwohl ich kein Gott bin. Oder vielleicht doch. Kennst du das Bild mit dem Hund, der Katze und den zwei Gedankenblasen? Der Hund denkt: Sie füttert mich, sie streichelt mich, sie muss ein Gott sein. Die Katze denkt: Sie füttert mich, sie streichelt mich, ich muss ein Gott sein.

Ich bin kein Gott und weiß trotzdem, wo Vanessa ist. Ist allerdings völlig unspektakulär: im Bett nämlich. Noch dazu im eigenen. Und zwar allein.

Eigentlich ungewöhnlich, denn Vanessa ist ein heißer Feger. So was verbringt die Nächte nur im äußersten Notfall allein. Sollte man meinen. Aber siehst du, das täuscht. Vanessa trägt schwer an ihrem großen Busen, wenn ich das mal so sagen darf. Sie ist nämlich eigentlich ganz anders, als sie aussieht. Eher ein Kumpeltyp, lacht gern und viel, wünscht sich einen soliden Mann und Kinder. Aber so einen Mann hat sie noch nicht gefunden. Denn diese Sorte Mann lässt sich von dieser Sorte Busen eher abschrecken, kann nicht über ihn hinwegsehen und dahinter die Frau erkennen, die sie ist und die zu ihm passen würde. Nur die anderen umschwirren sie wie Motten das Licht. Doch die will sie nicht und bleibt daher unbemannt.

Für eine Freundin würde Vanessa durch dick und dünn gehen. Doch sie hat keine Freundin. Nicht in Kiel. Schließlich ist sie gerade erst hierhergezogen, und wir Norddeutschen sind reserviert. Nie würden wir uns im Lokal auf eine Bank setzen, auf der schon einer sitzt. Deshalb gibt es bei uns auch kaum Bänke. »Schade, alles voll«, sagen wir, wenn wir in die Kneipe kommen und an jedem Tischchen sitzt einer.

Vanessa hat also weder Freund noch Freundin und ist meist allein. Schlanke Beine bis zum Hals, ein mächtiger Vorbau und lange blonde Haaren machen einsam. Vanessa lebt im falschen Körper und kann kaum etwas dagegen tun. Schließlich lassen sich Beine nur schwerlich verstecken, und auch ein dicker Busen macht sich durch alle Falten und Ritzen der Bekleidung hindurch wichtig. Nur die Haare könnte sie kurz schneiden und vielleicht grau färben.

Aber sie hat es gern bequem und will nicht dauernd beim Friseur sitzen. Daher lässt sie ihre Haare, wie sie sind, bindet sie allenfalls mal zum Pferdeschwanz zusammen, steigt in Jeans und Pulli und lacht die Welt an, auch wenn die Welt meist nicht zurücklacht.

Auf dem Seminar allerdings ist etwas gehobenere Kleidung angesagt gewesen, weshalb sie sich in ihr kleines Blaues geschmissen hatte – und siehste, schon hatte sie den Salat. Da ist doch dieser Mathe-Uwe auf sie zugestelzt und hat auf Gockel gemacht. Ihn hielt sie im Grunde für den einzigen normalen Menschen im Kollegium, und nun ist er ihr beim Tanzen so dermaßen auf die Pelle gerückt – geradezu peinlich, so was. Scheußlich, diese Fortbildungsseminare, auf denen eigentlich ganz sympathische Kollegen auf einmal den Macho raushängen lassen. Was macht man in solch einer Situation? Brüsk zurückweisen? Na bravo, welcher Mann nimmt so was nicht krumm? Noch dazu vor den anderen Kollegen, deren Aufforderungen zum Tanz sie alle mit kummervollem Blick auf ihre viel zu hohen Schuhe abgewiesen hatte und die sich nun gespannt lauernd fragten, ob Uwe zum Stich kommen würde.

Ihn hat sie gestern also nicht abgewiesen, sondern mit ihm getanzt, aber nur, weil sie gern tanzt und sich bei Uwe vor einer Anmache sicher fühlte. Der war ein guter Kollege. Dachte sie. Na, da hatte sie sich getäuscht, aber sie ist aus der Nummer dann doch noch irgendwie wieder rausgekommen. Dachte sie.

So denkt sie immer noch, als sie nun im Bett liegt und über das Seminar und den verkorksten Abschlussabend nachgrübelt. Sie weiß ja nicht, dass unten im Wagen die eifersüchtige Ehefrau sitzt, während Gockel Uwe auf dem Kommissariat seinem vergessenen Ausweis nachtrauert.

***

»So langsam sollte Ihnen jemand einfallen, der bezeugen kann, wer Sie sind, damit wir hier endlich zu Potte kommen«, sagt Kommissar Schneider und sieht seinen Delinquenten missmutig an.

Uwe überlegt. Solche Leute gäbe es reichlich. Aber was zieht das für einen Rattenschwanz von Fragen nach sich. »Soso, auf dem Boot hast du übernachtet. Warum das denn?« – »Stress mit Sonja? Warum das denn?« Das hämische Gegrinse mag er sich gar nicht vorstellen. »Wegen Vanessa? Die ist wohl mehr als nur eine Kollegin, was?« Ein Mist, das alles! Dass er mit seinem Bettzeug aufs Boot ausgewandert ist und sich hat volllaufen lassen, geht nun wirklich nur ihn und Sonja etwas an.

Wenn er Helmut bittet, ihn hier rauszuhauen, kann er gleich eine Annonce in die Zeitung setzen. Er sollte bei Frank anrufen. Der ist ein echter Freund, diskret und verständnisvoll. Schon will er dem Kommissar die Telefonnummer von Frank geben, da fällt ihm gerade noch rechtzeitig dessen neue Freundin ein. Die hat so was Spitzes, so was … Seit sie in Franks Leben getreten ist, hat sich das Verhältnis der beiden Männer geändert. Die Vertrautheit hat einen Riss bekommen. Nein, Frank geht auch nicht.

Da fällt ihm Putzi ein. Jawohl, er wird Putzi bitten, aufs

Kommissariat zu kommen und zu bezeugen, dass er Uwe Grossmann ist. Den Schlüssel soll sie auch gleich mitbringen, damit er zu Hause reinkann. Von einer Putzfrau ist nichts zu befürchten. Alles, was es über das Ehepaar Grossmann zu wissen gibt, ist ihr schon lange bekannt. Wer sonst nimmt so tiefen Einblick in das Leben seiner Beputzten wie die Putzerin? Wer weiß über alle Details Bescheid, von der Unterwäsche bis zu den Zahnputzgewohnheiten, vom Einkauf bis zum Stuhlgang? Von anderen Intimitäten ganz zu schweigen. Da kommt es auf eine Peinlichkeit mehr oder weniger nicht mehr an.

Ihre Nummer weiß er auswendig. Er ruft sie oft an, denn Sonja pflegt Sonderaufträge über ihn abzuwickeln. »Ruf Putzi an. Das kleine Bad starrt vor Dreck und müsste dringend mal wieder auf links gezogen werden«, befiehlt sie ihm, was er dann für Putzi in zarteres Deutsch übersetzt: »Wir bekommen vielleicht Besuch, und meine Frau meint, dafür sollte das Bad im Erdgeschoss ... Wenn Sie eventuell Zeit hätten, da vielleicht noch mal besonders gründlich ...«

Ja, er fasst Putzi mit Samthandschuhen an. Nicht umsonst heißen Putzfrauen »Perlen«, und Putzi ist eine Perle erster Güte.

Der Herr Kommissar tippt die genannte Nummer in sein Telefon. Diese ausweislose Plage vor seinem Schreibtisch wird er eigenhändig, und zwar so schnell wie möglich, aus dem Weg räumen. Mit solchen Bagatellen will er seine Sekretärin nicht belästigen. Frau Tengel ist nämlich ebenfalls eine Perle, eine Vorzimmerperle, die er nicht mit belanglosen Telefonaten verärgern will, wenn sie wegen der Wochenendleiche schon für ihn ihren Sonntag opfert.

Aber unter der Nummer meldet sich niemand.

»Kennen Sie sonst noch jemanden?«

»Nein«, sagt Uwe.

Mein Gott, was für ein einsamer Mensch, denkt der Kommissar und hat beinahe etwas Mitleid mit ihm. Aber nun muss auch mal Schluss sein. Schließlich hat er eine Leiche auf dem Tisch, da zählt jede Stunde, und er kann sich nicht um einsame Uwes kümmern. Er übergibt sein Gegenüber also der Vorzim-

merperle mit der Maßgabe, noch eine Weile nach Identifizie-
rungshilfen zu fahnden, und wenn das nicht klappt: ab mit ihm
in die Ausnüchterungszelle. Einigermaßen ernüchtert ist Uwe
zwar, aber was anderes ist im Augenblick nicht frei. Und zwischen den Füßen will Schneider ihn auch nicht rumlaufen haben. Vielleicht fällt Herrn Grossmann in der Abgeschiedenheit
der vier ungastlichen Wände ja doch noch jemand ein, der ihn
hier rausholen kann. Oder seine Frau taucht wieder auf. Oder
die Perle kehrt heim. Oder ... ach, weiß der Teufel.

Unter den kundigen Händen von Frau Tengel, die noch bis
weit in die achtziger Jahre *Fräulein* Tengel geheißen hätte, weil
das Wort im Amtsdeutsch damals noch sehr gebräuchlich war,
was Frau Tengel aber nicht mitbekommen hätte, weil sie damals
noch gar nicht auf der Welt war ... na jedenfalls, unter Frau
Tengels kundigen Händen blüht Uwe auf. Mag an dem starken Kaffee liegen, den sie ihm serviert, oder an ihren hübschen
Beinen, auf denen sie zur Kaffeemaschine schreitet; es könnten
natürlich auch ihre großen, mitleidig blickenden Augen sein,
die beinah zärtlich auf seinem immer noch ziemlich derangier-
ten Äußeren ruhen. Man weiß es nicht.

Ihre nicht nur kundigen, sondern auch flinken Finger huschen über die Telefontastatur, und schon hat sie Putzis Mann
an der Strippe. Das nützt aber nichts, denn seine Frau ist nicht
da, und er kann nicht helfen. Er kennt den Arbeitgeber seiner
Frau nicht vom Ansehen und könnte daher auch nicht sagen,
ob er es ist. Wann seine Frau wiederkommt, weiß er nicht.

»Ist der immer so?«, fragt Frau Tengel, nachdem sie aufgelegt
hat.

»Ich kenn den kaum. Wie war er denn?«, fragt Uwe und
verbrennt sich den Mund an der zweiten Tasse Kaffee. An der
ersten hat er sich auch schon die Zunge verbrannt. Das sollte
ihm eigentlich nicht noch einmal passieren, aber unter Frau
Tengels sanftem Blick hat er es vergessen.

»Weiß nicht, irgendwie mürrisch, kurz angebunden, vielleicht kummervoll«, sagt sie und strahlt ihn an. Ihr über-
schwängliches Strahlen veranlasst ihn dazu, sich etwas dabei

zu denken. Als sie aber die beiden Uniformierten, die Uwe in die Zelle führen, ebenso anstrahlt, denkt er sich nichts mehr.

In der Zelle gibt es keine hübschen Beine, keinen heißen Kaffee, keine zärtlich blickenden Augen, wenn man vom Kameraauge absieht, das sanft auf ihm ruht. Die Tür wird geräuschvoll verschlossen.

Nun heißt es warten. Kein Fernsehen, kein Radio, kein Buch, kein gar nichts. Einfach nur warten.

***

Sonja hebt mühsam den Kopf vom Lenkrad, dehnt die verspannten Schultern und sieht auf die Uhr. Sie hat mindestens drei Stunden geschlafen. Damit kann sie die Hoffnung, Uwe in flagranti oder zumindest postflagranti zu erwischen, begraben. Während sie geschlafen hat, kann er ihr zehnmal durch die Lappen gegangen sein und jetzt – ganz Unschuldslamm – zu Hause gemütlich im Sessel auf sie warten und alles abstreiten.

Was nun? Sie kriecht aus dem Auto und streckt sich. Der Rücken schmerzt, der Nacken kracht, die Knie lassen sich kaum durchdrücken. Und alles wegen Uwe. So verspannt war sie das letzte Mal nach dem sechsstündigen Flug auf die Kanarischen Inseln. Im Grunde auch nur wegen Uwe. Sie hätte einen wunderschönen Urlaub mit Buch und Campari auf einer Liege in der Sonne an der Costa del Sol diesem schwachsinnigen Surfurlaub auf dem windigen Atlantikeiland bei Weitem vorgezogen.

Während sie die Hände gegen das Autodach stützt und den Körper wieder einigermaßen in Form biegt, erstellt sie im Geiste eine Liste mit Uwes Missetaten. Ganz oben natürlich Vanessa. Dann diese Rebekka, die sich im Nachhinein allerdings als Fehlinterpretation herausgestellt hatte. Außerdem natürlich Fuerteventura und unzählige weitere Urlaube, die sie alle gern in gemütlichen Liegestühlen auf irgendeiner Mittelmeerinsel verbracht hätte, statt sich sturmumtost an steinigen Stränden den Arsch abzufrieren. Ganz zu schweigen von jeder Menge lieblos ausgequetschter Zahnpastatuben, überall verstreuten dreckigen Socken und unzähligen scheußlichen Abenden, an denen zweiundzwanzig verschwitzte Männer in der ARD über den Flachbildschirm rannten und diesen gut aussehenden Schauspieler auf 3Sat ins Abseits drängten. Ach ja, die vielen vergessenen Müllbeutel, die er hätte raustragen sollen, wären ihr bei der Länge der Liste beinah durchgeschlüpft.

Wegen eines solchen Taugenichtses hat sie sich den Rücken derart verbogen, dass ihr nun das Kreuz inklusive sämtlicher Gräten wehtut, während er alles vögelt, was nicht bei drei auf den Bäumen ist. Ist sie denn noch zu retten?

Nein, sie ist nicht mehr zu retten. Zumindest nicht, wenn sich nicht schnellstens einiges – das Wort betont sie im Geiste: *einiges* – in ihrer Ehe ändert.

Grimmig steigt sie wieder in ihren Wagen, entschlossen, nun ganz andere Saiten aufzuziehen und ihrem Scheusal, das sich da auf dem Sessel lümmeln wird, wenn sie nach Hause kommt, mal ordentlich die Leviten zu lesen.

Doch was sich nicht lümmelt, als sie nach Hause kommt, ist das Scheusal.

Kennst du sicher auch, dieses Gefühl. Man kommt mit wahnsinnig viel Brast an, will verbal mal so richtig auf den Tisch hauen, ist aber niemand zum Draufhauen da. Grausam, so was. Wohin mit dem ganzen Frust? Sonja macht sich erst einmal an den Sofakissen Luft und schmeißt sie mit aller Wucht auf den Boden, dass es kracht. Hast du das schon mal gemacht? Da kracht nämlich nun wirklich gar nichts, wenn die Kissen nicht zufällig irgendwas mitreißen.

Sonja sieht sich um. Nichts da, was so richtig schön scheppern und dessen Verlust sie verschmerzen könnte. Schließlich verschaffen ihr die Teller des Hochzeitsgeschirrs die gewünschte Befriedigung. Ha, jetzt kann er zusehen, von was er zukünftig seine Steaks herunterschlingt! Die Erkenntnis, dass auch sie ihre Salatblättchen ab jetzt von Untertassen wird essen müssen, bringt Ernüchterung. Vorsichtig steigt sie über die Scherben und beschließt, dass Uwe den Saustall wieder in Ordnung zu bringen hat. Er ist schließlich schuld an der Verwüstung. Dieser

Zahnpastatubenquetscher, dieser Sockenrumliegenlasser, dieser untreue, urlaubversauende Fußballunhold, dieser …

Ach Uwe. Lieber, zärtlicher, humorvoller Uwe.

Sie sammelt die Kissen wieder ein, setzt sich aufs Sofa und nimmt sich erneut ihre geistige Liste vor. Was sind das eigentlich alles für Banalitäten, die sie ihm ankreidet? Bis auf Vanessa natürlich. Aber ansonsten? Alles Kinkerlitzchen. Das ließe sich doch alles ganz einfach regeln. Als Erstes kommt ein zweiter Fernseher ins Haus, auf dem sie Uwes zweiundzwanzig verschwitzte Männer gegen einen adrett gekleideten, richtig schönen Mann eintauschen wird. Außerdem erwägt sie die Anschaffung einer eigenen Zahnpastatube. Dann kann Uwe mit seiner machen, was er will. Herumliegende Socken wird sie unter das nächstbeste Möbel kicken, damit sich Putzi ihrer ebenso annehmen kann wie all der vergessenen Müllbeutel. Ach, wunderbar, mit etwas Phantasie lässt sich das Leben so schön machen. Eine Putzfrau kann wahrlich der Grundstein einer glücklichen Ehe sein. Und seinen Urlaub kann Uwe verbringen, wo er will. Sie wird am Mittelmeer mit Campari und Buch im Liegestuhl zu finden sein.

Aber halt, das geht nicht. Während sie an der Costa del Sol ihre Drinks schlürft, wird Uwe auf Fuerte von Baum zu Baum hüpfen und alles runterwedeln, was dort vor ihm Schutz gesucht hat.

Quatsch! Das hat ihr Uwe ja nun wirklich nicht nötig. So gut, wie er immer noch aussieht, braucht er nur mit dem Finger zu schnipsen, und die Damenwelt springt. Er ist groß, er ist schlank, hat nicht einmal eine Andeutung von Bauch, und seine Augen sind dunkel mit samtenem Schimmer. Ein Traum, dieser Mann, selbst wenn er seine dreckigen Socken überall herumliegen lässt. Sonja hatte schon überlegt, ob sie nicht die Spiegel im Haus verhängen sollte, damit er nicht merkt, wie gut er noch immer aussieht. Aber Männer wie er strafen Spiegel sowieso mit Nichtachtung, brauchen sie nur zum Rasieren. Denn der wahre Spiegel für einen Mann ist der Glanz in den Augen der Frauen. Deshalb achtet Sonja streng darauf, dass nichts glänzt – und wenn doch, legt sie den Arm um ihren Uwe und zeigt damit jeder Rivalin: Der gehört mir.

Jawohl. Sie hat einen attraktiven Mann.

Leider.

Das ist ja die Krux. Sie hat einen attraktiven Mann und braucht ganz sicher nicht ohne ihn in Urlaub zu fahren, damit er fremdgeht. Nein. Mal fünf Minuten nicht aufgepasst und schon treibt er es quasi vor ihren Augen!

Vanessa, Rebecca, alle diese Doppelkonsonanten. Die sind ihr Unglück. Gitta, Susanna, Hanna … Lauter Dubletten geistern durch ihren Kopf. Moment mal, heißt Putzi nicht mit Vornamen Hanna? Natürlich! Hanna. Mein Gott, mit der auch?

Das Telefon klingelt. Wenn man vom Teufel spricht …

Da sie von ihm nicht gesprochen, sondern nur an ihn gedacht hat, ist nicht der Teufel selbst, sondern sein Stellvertreter dran.

»Ist meine Frau bei Ihnen?«, fragt Herr Heinze.

»Nein, Ihre Frau kommt doch immer montags und donnerstags«, antwortet Sonja.

»Ja, ich weiß«, sagt Putzis Mann, »aber ich dachte vielleicht, dass sie trotzdem … wo sie doch häufiger für Ihren Mann …«

»WAS MACHT IHRE FRAU HÄUFIGER FÜR MEINEN MANN?«, brüllt Sonja unbeherrscht.

»Ach, ich dachte nur so«, erwidert Hannas Mann etwas verstört, »weil sie doch weg ist …« Dann macht es in der Leitung »klick«, und er hat aufgelegt.

Sonja ist wie versteinert. Nicht einmal von Putzi kann ihr Uwe die Finger lassen! Und sie ist selbst daran schuld. Schließlich hat sie die Frau ins Haus geholt. Aber wer rechnet denn mit so was?

Sonja gehört zu der unbegreiflichen Sorte Frauen, die denken, Sekretärinnen und Personal wären grundsätzlich tabu. Wirklich erstaunlich. Landauf, landab beweisen Scharen von Männern beinahe täglich, dass sie es erstens mit der Treue nicht so genau nehmen und zweitens extrem faul sind. Sie umschwirren die Frauen nicht wie Motten das Licht. Wie anstrengend ist das denn? Nein, sie drehen sich nur behäbig ein wenig zur

Seite: Da steht schon die Sekretärin, respektive die Putzfrau – je nachdem, zu welcher Seite sie sich drehen.

Sonja atmet schwer. Natürlich, solche Männer gibt es, aber dass ihr Uwe auch dazugehört, wer hätte das gedacht?

Keiner.

Mal unter uns gesagt: Uwe ist weder untreu noch faul, er ist im Grunde ein richtiges Schaf. Aber wer weiß, vielleicht piesackt Sonja noch so lange an ihm herum, dass er irgendwann doch mal den Wolf aus dem Schafspelz lässt.

**

Frau Heinze hat sich inzwischen in die Warteschlange vor dem Obduktionstisch eingereiht. Aber Achtung: Da man bei ihr weder Ausweis noch Schlüssel noch sonst irgendwas gefunden hat, wodurch man auf ihre Identität schließen könnte, wissen nur du und ich, dass es sich bei der Toten aus der Förde um Frau Heinze handelt. Das ist der Staatsanwaltschaft zu wenig. Auch sie will wissen, wer die Leiche ist, und vor allem, warum sie tot ist. Um die erste Frage möglichst mühelos zu beantworten, wird Frau Heinze bis auf Weiteres auf Eis gelegt. Vielleicht meldet sich jemand, dem sie abhandengekommen ist. Danach werden sich die Herren und Damen im Universitätsklinikum Schleswig-Holstein voll und ganz auf die zweite Frage konzentrieren.

Natürlich nicht alle. Nicht einmal alle Obduzierer, sondern nur die des Instituts für Rechtsmedizin, die dafür zuständig sind. In so einem großen Krankenhauskomplex wird nämlich fein säuberlich getrennt zwischen eigenen und eingeschleppten Toten. Die eigenen, die sozusagen hausgemachten, landen unter dem Messer eines Pathologen, wenn man wissen will, warum sie tot sind. Aha, denkst du nun vielleicht, das hätte ich ja gar nicht gedacht, dass die Krankenhäuser ihren eigenen Ärzten auf die Finger schauen, um ihnen bei eventuellen Kunstfehlern mal gehörig auf die Patschehändchen zu hauen. Aber so ist das gar nicht. So was ist eher selten. Da hättest du ganz richtig gedacht, wenn du das nicht gedacht hättest.

Gemeint ist eher die Sorte Tote, die gestern noch putzmunter auf Station lagen und am nächsten Tag urplötzlich ab in den Keller müssen – aus heiterem Himmel. Oder die Fälle, bei denen immer wieder irgendwas schiefgeht. Da möchte ein Arzt dann schon gern mal wissen, *warum* es mit der Genesung nicht klappt. Ob es vielleicht an einer falschen Diagnose liegt oder ob die Behandlung nicht die richtige war oder ob sich womöglich ein Krankenhauskeim in die heiligen Hallen geschlichen hat. Überhaupt möchte ein Arzt – entgegen allen Eindrücken, die so durch die Gazetten geistern –, dass seine Patienten dank seines Zutuns das Krankenhaus gesund und fröhlich wieder verlassen. Wenn sie das nicht tun, bittet er schon mal den Pathologen um Aufklärung. Wofür der dann wiederum die Hinterbliebenen um ihre Einwilligung bittet, denn die braucht er, bevor er zu Schere und Säge greifen darf.

Der rechtsmedizinische Aufschneider braucht diese Einwilligung nicht. Wäre ja noch schöner, wo doch die meisten Morde Beziehungstaten sind und die Familie quasi als Erstes verdächtigt wird. Da würde man schön blöd dastehen, wenn der mutmaßliche Mörder bestimmen dürfte: Nix da, Mutti wird nicht aufgeschnitten, der Sarg bleibt zu, und basta. Was im Falle von Frau Heinze aber gar nicht möglich wäre, weil sie keinen Sohn hat.

Immerhin weiß man am Nachmittag endlich, dass Frau Heinze Frau Heinze ist. Herr Heinze hat während der vergangenen Tage nach ihr gefahndet. Er ist gleich Donnerstagabend um den Kieler Yacht-Club, ihre letzte Arbeitsstelle, herumgeschlichen, hat am Freitag bei gemeinsamen Bekannten nachgefragt, ob rein zufällig seine Frau ... hat den Samstag überlebt in der Hoffnung, sie sei einfach nur mit dem Manager des Kieler Yacht-Clubs durchgebrannt, um es dann am Sonntag, nachdem er auch noch bei ihren diversen Putzstellen nachgefragt hatte, nicht mehr auszuhalten. So ging er zur Polizei und wurde fündig. Nun, was heißt fündig? Gefunden hat er sie dort genau genommen nicht, denn sie liegt ja auf Eis. Aber nach eingehender Befragung über Aussehen, Alter und Kleidung seiner

Frau konnte man ihm die erfreuliche Mitteilung machen, dass er nicht weiterzusuchen braucht. Sie hat sich inzwischen angefunden.

Eine Gegenüberstellung wie im Fernsehen, bei der der Anverwandte unter dem kritischen Blick der Polizei vor dem Obduktionstisch wahlweise zusammenbricht oder ein gefasstes »Ja, das ist sie« heraushaucht – was für die Täterermittlung schon die halbe Miete ist –, so etwas gibt es für Herrn Heinze nicht. Weil es das eben überhaupt gar nicht gibt – außer im Fernsehen. Im richtigen Leben müssen die Anverwandten ihre abgelebten Familienmitglieder nicht identifizieren. Ein Toter sieht nämlich tot erheblich anders aus als zu Lebzeiten. Diese entgleisten Gesichtszüge will man den trauernden Hinterbliebenen nun wirklich nicht zumuten. Nicht zu vergessen der Geruch. Ist im Fernsehen praktisch nicht rüberzubringen, allenfalls dadurch, dass sich der Kommissar dezent ein Taschentuch vor das Gesicht hält oder eine weiße Eukalyptus-Paste vor die Nasenlöcher schmiert.

Man sagt, Leiche riecht wie Fleischreste, die zwei Wochen in der Mülltonne ausgeharrt haben, um den Urlaubsheimkehrer schon an der Wohnungstür zu begrüßen. Bei Wasserleichen wie in unserem Fall ist es genauso, nur dass man statt Fleisch Fisch nimmt und drei Wochen Urlaub macht.

Also: Der Geruch von Frau Heinze ist atemberaubend. So etwas dürfte man nicht einmal einem mörderischen Schwiegersohn zumuten und einem liebenden Gatten schon gleich gar nicht. Weil es eben auch nichts bringt. Außer vielleicht ein »Nein, meine Frau sieht anders aus … und sie riecht auch besser … jedenfalls etwas«.

So einen kann Herr Överkötter in seiner kalten Küche nicht gebrauchen. Da macht er lieber seine Arbeit und weist zweifelsfrei nach, dass Frau Heinze Frau Heinze ist. Dabei wird er heute nicht sonderlich gefordert. In ihrem Ehering steht »Christian«. Den darf Herr Heinze identifizieren, weil sich ein Goldring trotz längerer Lagerung im Wasser praktisch nicht verändert.

Womit wir bei der Länge der Lagerung wären. Die macht

Herrn Överkötter schon etwas mehr Schwierigkeiten. Natürlich helfen einige unappetitliche Details bei der Bestimmung des Todeszeitpunkts beziehungsweise der Verklappung ins Wasser, die mit dem Todeszeitpunkt ja nicht übereinstimmen muss. Ist aber trotzdem nicht so einfach. Seine Kollegen aus dem Fernsehen würden sich jetzt vielleicht erst einmal eine Zigarette anstecken oder ein Bütterken auspacken und Beethovens Fünfter lauschen, um sich mental auf ihre Aufgabe einzustimmen. Aber der gute Överkötter greift einfach nur zu seiner etwas zu groß geratenen Geflügelschere und legt Frau Heinzes Innenleben – der Ausdruck passt bei einer Toten im Grunde nicht wirklich – bloß.

Nach eineinhalb Stunden konzentrierter Arbeit ist er mit Frau Heinze fertig. Sie hat etliche postmortale Verletzungen, die ihr mit einem spitzen Gegenstand beigebracht wurden und die er sich nicht erklären kann, die aber für ihren Tod unerheblich sind. Der Schlag mit einem scharfkantigen Gegenstand auf den Hinterkopf ist da schon wichtiger, selbst wenn er ebenfalls nicht zum Tode führte. Frau Heinze ist ertrunken, sie ertrank im Wasser des Olympiahafens, wo sie ja auch gefunden wurde. Der Tod trat am Donnerstag zwischen sechzehn und achtzehn Uhr ein.

Överkötters Bericht besteht selbstverständlich nicht nur aus diesen vier Sätzen. Im Grunde sind mit dem Öffnen der Tür zum Sektionssaal schon die ersten zwei Seiten fällig. Da kannst du dir ja vorstellen, was nach Drehen, Wenden und Aufschneiden noch alles dazukommt. Unter zwanzig Seiten ist das kaum zu schaffen. Dazu noch Fotos, chemische und mikroskopische Analysen und das ganze Brimborium. Selbst bei so leichten Fällen wie Frau Heinze kommt einiges zusammen. Ich dagegen beschränke mich auf das Wesentliche: Tod durch Ertrinken.

Wobei das wirklich Wesentliche damit eigentlich gar nicht beantwortet ist, denn das Wesentliche ist natürlich: Wer war's? Wer hat sie totgemacht?

Aber das ist nicht Överkötters Bier, sondern Sache der Polizei, wie wir aus dem Fernsehen wissen. Was aber eigentlich falsch ist, denn Leichen haben erst dann ihren Mörder gefunden, wenn das Gericht es im Namen des Volkes verkündet.

***

Uwe geht völlig ausgenüchtert in seiner Ausnüchterungszelle auf und ab und bereitet in Ermangelung anderer Abwechslungen den Unterricht für Montag vor. Doppelstunde in der 9a, da kann man gar nicht vorbereitet genug sein. Auf alles. Nicht nur auf den Unterrichtsstoff, den er nach einer guten Viertelstunde abgehakt hat. So etwas schüttelt man nach zwanzig Dienstjahren aus dem Ärmel. Schlimmer sind die disziplinarischen Anforderungen, die seit geraumer Zeit an einen Lehrkörper, insbesondere den männlichen Lehrkörper, vor allem aber den Körper *eines* männlichen Lehrkörpers – soll heißen: *seinen* –, gestellt werden.

Von Ostern bis Oktober kommen die Schülerinnen mehr oder weniger nackt zum Unterricht. Egal, wie das Wetter ist. Das ist wie bei den Sommerreifen, die auch von O bis O dran sind. Zur Zeit der Winterreifen werfen sich die Mädels dann etwas über, sind aber weiterhin bauchnabelfrei, wobei es von ihnen offensichtlich völlig unterschiedlich wahrgenommen wird, von wo bis wo der Bauchnabel letzten Endes reicht.

Wie geht man als einigermaßen seriöser Lehrer mit solch einer Peepshow um? Zumal die Klasse ja nicht nur aus Mädchen, sondern zur kleineren Hälfte aus Jungen besteht, alle bis zur Halskrause in der Pubertät. Auf was hat man Uwe nicht alles während des Studiums vorbereitet. Geometrie, Trigonometrie, Algebra, Kurvendiskussionen rauf und runter, da war alles dran. Aber das Thema »Wie umschiffe ich zweiundzwanzig spitze Brüstchen, laufe nicht inmitten hochgereckter Schwänzchen auf Grund und behalte in von Testosteron geschwängerter Brandung einigermaßen Oberwasser« war nicht dabei.

Als er gerade zu der Überzeugung gekommen ist, dass die gute alte Schuluniform trotz ihrer bedenklichen Nähe zum Soldatentum nicht nur im Sommer, sondern auch jetzt noch ihr Gutes hätte, ja nachgerade ein Segen wäre, holt ihn ein Uniformierter aus der Zelle und wieder auf den Boden der Tatsachen zurück.

»Wir haben Ihre Frau erreicht«, begrüßt ihn Kommissar Schneider, der im Gang gewartet hat. »Sie wird Sie gleich abholen. Nehmen Sie bitte solange im Wartezimmer Platz.«

Also nimmt Uwe Platz. Seine Gedanken, die in den letzten vier Stunden um Spaghettiträger, Bustiers und Bauchnabelpiercings kreisten, wenden sich wieder undurchsichtigeren Dingen zu, der Gattin zum Beispiel, die ihn gestern rausgeschmissen hat. Wegen nichts und wieder nichts. Auf Knien müsste sie angekrochen kommen, stellt er sich vor, und ihn um Vergebung anflehen: »Bitte verzeih mir, mein geliebter, herzensguter Uwe. Ich tat dir bitterlich unrecht.« Worauf er in großartiger Geste entgegnen würde: »Ha, Weib! Du bist es nicht wert, mir die Füße zu küssen.«

Und nun? Alles andersrum. Er muss ihr die Füße küssen, weil sie ihn hier rausholt. Zum Kotzen, so was.

***

Gut, dass Sonja nicht weiß, was Uwe denkt, während er auf seinem Stühlchen im Wartezimmer sitzt und ihrer harrt. Die Gedanken sind frei, wer kann sie erraten? Sonja vielleicht. Wie sonst wäre es zu erklären, dass sie nicht auf dem schnellsten Weg ins Präsidium eilt, um ihren Mann zu befreien, nachdem Herr Schneider sie angerufen hat, sondern erst einmal in aller Ruhe Teewasser aufsetzt.

Soso, im Bau sitzt er also, der gute Uwe. Wer schläft, sündigt nicht, wie allgemein bekannt. Und wer einsitzt, erst recht nicht, denkt sie, während sie Tee aufgießt. Er muss aber vorher gesündigt haben.

Vorsichtig bläst sie in den heißen Tee und versucht ein Schlückchen. Ja, er hat gesündigt, das wird für sie immer klarer. Doch seit wann ist ein Seitensprung für die Polizei ein Grund, jemanden einzukassieren?

Warum Uwe sitzt, hat sie nicht in Erfahrung bringen können. Herrn Schneiders Erklärungen waren weitschweifig, umständlich und höchst ungenau. Deshalb ist es etwas ungut, wenn er Telefonate an sich reißt, um seine Sekretärin zu schonen. Sie erklärt es weiß Gott deutlich besser als er.

Aber so ist nun einmal die Welt. Viele steigen auf in schwindelerregende Höhen, bis sie schließlich dort ankommen, wo sie nun wirklich zu nichts mehr zu gebrauchen sind. Ich will nicht behaupten, dass es bei Herrn Hauptkommissar Schneider schon so weit ist, aber er ist ganz sicher auf dem besten Weg dorthin. Gut, dass er seine Frau Tengel hat, die ihn unterstützt, wo sie kann. Aber wenn er sie nicht in seine Aktivitäten einbindet, wie soll sie?

Sonja weiß nur, dass Uwe in der sogenannten »Blume«, Kiels Polizeiwache in der Blumenstraße, festgehalten wird, weil eine Tote gefunden wurde. Daran siehst du schon, dass Herrn Schneiders Möglichkeiten, Sachverhalte richtig rüberzubringen, na, sagen wir mal, semioptimal sind. Denn Uwe wird festgehalten, weil er sich nicht ausweisen kann. Ein kausaler Zusammenhang zwischen ihm und Frau Heinzes Tod, der es erlaubt, ihn und sie mit einem *weil* zu verknüpfen, ist bisher weit und breit nicht in Sicht.

Das aber war Herrn Schneiders sibyllinischen Ausführungen nicht zu entnehmen, weshalb es nicht weiter verwunderlich ist, dass Sonjas Phantasie dank des unscheinbaren Wörtchens »weil« Purzelbäume schlägt, als sie nach dem Genuss ihres Tees in ihr Auto steigt, um Uwe zu befreien. Für sie stellt sich die Sache so dar: Uwe ist fremdgegangen, wurde deshalb von ihr des Bettes verwiesen, woraufhin er loszog und eine Frau ermordete.

Warum hat er das bloß getan? Nun gut, für sie gibt es durch den Mord eine Konkurrentin weniger, aber alles in allem hat Uwe damit doch ein wenig übertrieben. Oder hat er gar Vanessa umgebracht? Um ihr seine ewige Liebe zu zeigen. Sozusagen als Wiedergutmachung für seinen Fehltritt?

Bei diesem Gedanken steigen Sonja Tränen der Rührung in die Augen.

Uwe geht fremd

Vanessa hat von dem ganzen Trubel, der ihretwegen los ist, nicht die geringste Ahnung. Wie auch? Außerdem hat sie andere Sorgen. Wie ist sie damals eigentlich auf die Idee gekommen, Deutsch und Französisch auf Lehramt zu studieren und sich auf diese Weise mit zwei Korrekturfächern zu belasten? Noch dazu mit den allerallerschlimmsten. Sie muss ja wohl mit dem Klammerbeutel gepudert gewesen sein. Und welcher Teufel hat sie überhaupt geritten, an der Uni zu studieren, statt sich an einer pädagogischen Hochschule ganz gemütlich zur Grundschullehrerin ausbilden zu lassen? An einer Grundschule verdient man als Lehrer zwar weniger, aber wer weiß, wie lange noch. Die Überzeugung, dass kleine Kinder keine Menschen zweiter Klasse sind und daher auch nicht von Lehrern zweiter Klasse unterrichtet werden sollten, greift immer mehr um sich. Und was würde den Wert eines Menschen mehr anheben als eine entsprechende Alimentation? Kann also nicht mehr lange dauern, bis die Kollegin, die nachmittags allenfalls mal einen Blick auf die Nacherzählungen von »Schneewittchen und die sieben Zwerge« werfen muss, dasselbe verdient wie sie.

Na, zum Umsatteln ist es nun zu spät. Auf ihrem Schreibtisch liegen einundzwanzig Klausuren zum Thema »Täter-Opfer-Debatte anhand des Romans ›Der Vorleser‹ von Schlink«, für deren Korrektur sie gut und gern zwei Wochen einplanen muss. Wie viel angenehmer wäre da »Mein schönstes Ferienerlebnis mit Mami und Papi am Strand«. Mit schönsten Ferienerlebnissen ist man an einem Abend durch.

Sie sieht angewidert auf den Stapel mit den Klassenarbeiten und beschließt, dass der Vorleser ruhig noch einen Tag länger warten kann. Schließlich ist heute Sonntag. Den wird ja wohl auch ein Lehrer heiligen dürfen.

Eigentlich ist Lehrer ein richtiger Scheißberuf, wird ihr mit einem Mal klar. Die Schreibtischtäter lassen um fünf Uhr den

Bleistift fallen und haben frei, wenn sie freihaben. Der Lehrer dagegen muss nach Schulschluss jede Menge Klausuren durchsehen, die ihm den letzten Nerv rauben oder, wenn er es nicht tut, ein schlechtes Gewissen bereiten.

Ja, so sind sie, die Lehrer. Jammern dem nicht vorhandenen Feierabend hinterher und ignorieren völlig die Tatsache, dass drei Monate Ferien im Jahr eine nette Entschädigung sind. Außerdem lassen sie nicht um fünf Uhr den Bleistift fallen, sondern um zwei die Kreide, was auch nicht zu verachten ist. Und die Lehrerversammlungen in den Abendstunden sind ja keine Arbeit, sondern die reinste Freude.

Zumindest denkt Sonja das jedes Mal, wenn Uwe mit mürrischem Blick zu einer der zahllosen Konferenzen aufbricht. Wieder ein Abend, an dem sie ihren Uwe an Vanessa abtreten muss. Sein verdrießliches Gesicht kann sie nicht täuschen.

Deshalb lässt sie ihn noch ein bisschen schmoren, ehe sie ihn auf der Wache abholt, und fährt vorher nun schon zum zweiten Mal an diesem Tag im Kolonnenweg vorbei. Als sie eben aussteigen will, um ihre Todfeindin zur Rede zu stellen, geht die Tür zum Haus Nummer zwölf auf, eine junge blonde Frau mit Sporttasche unter dem Arm kommt heraus, geht flotten Schrittes zu ihrem Wagen und steigt ein. Na, da braucht sie nicht lange nachzudenken, wer das wohl sein könnte. Die Ähnlichkeit mit dem Bild auf der Website von Uwes Schule ist nicht zu übersehen: Vanessa Koslowski, ihre vollbusige Todfeindin.

Vanessa gehört zu der unerklärlichen Sorte Mensch, die eine Fahrradfahrt auf der Stelle in der schweißgeschwängerten Luft eines Fitnessstudios einer Radtour durchs Grüne vorzieht. Das erstaunt. Denn wie viele Vertreter dieser Spezies mag sie schöne Landschaften eigentlich ganz gern. Inzwischen haben Fitnessstudios dem visuellen Bedürfnis ihrer Kunden Rechnung getragen und ihre Standräder vor große Panoramafenster gestellt oder für die Auf-der-Stelle-Treter Fernsehen angemacht. Manche lassen sogar per Monitor eine sonnenbeschienene Landschaft vorbeirasen. So etwas ist offenbar verlockender als eine ganz natürliche Natur. Warum Vanessa das vorzieht, weiß ich nicht. Es könnte durchaus auch am höchst unerfreulichen Novemberwetter liegen.

Sie strampelt eine gute halbe Stunde auf dem Standrad und widmet sich dann den drei Bs – Bauch, Beine, Bo. »Bo« mit hartem B. Dabei gerät sie derart in Schweiß, dass sie die Gedanken an mindestens achtzehn der einundzwanzig Klausuren ausschwitzt. Die restlichen drei gedenkt sie bei einer Massage aus sich herauspressen zu lassen.

Ihr Masseur ist ein Stand-by-Bär. Ein Hüne von einem Mann, der aufs Wort folgt. Die Fitnessstudio-Rezeption ruft ihn an, und zehn Minuten später steht er auf der Matte. Das geht natürlich nur, weil Kiel – insbesondere sonntags – eine Stadt ohne nennenswerten Verkehr ist und außerdem eine geringe Ausdehnung hat. Letzteres übrigens auch werktags.

Vanessa liegt schon flach, als er kommt. Er richtet sich zu voller Größe auf, erhebt die Tatzen, und sie schließt gottergeben die Augen.

Ich weiß nicht, ob du eine Massage kennst. Das ist das, was es heute gar nicht mehr gibt. Zumindest nicht auf Krankenschein – den es auch nicht mehr gibt, was eigentlich schade ist. Schließlich war es eine ausgesprochen korrekte Bezeichnung. Ein Schein, den man brauchte, wenn man krank war. Heute gibt es stattdessen die Gesundheitskarte. George Orwell lässt grüßen, obwohl 1984 schon lange vorbei ist.

Auch wenn die Massage auf Krankenschein der Vergangenheit angehört, wird weiterhin Wert darauf gelegt, dass sie sich ihren medizinischen Touch bewahrt. Die Böden im Massageraum sind antiseptisch, die Behandlung (man beachte die Bezeichnung!) findet auf einer hart gestopften Fünfzig-Zentimeter-Liege statt, und die Wände gefallen sich in klinischem Design. Nicht zu vergessen die Beleuchtung: strahlend hell, damit dem Physiotherapeuten (das Wort »Masseur« ist auch ausgestorben) keine körperliche Unzulänglichkeit seines Opfers entgeht.

Ja, so ist das, und das ist gut so. Unter diesen Umständen kann man sich wenigstens erhobenen Hauptes dorthin wagen und muss sich nicht genieren. Welcher rechtschaffene Bürger würde schon gern zugeben, dass er oder sie sich nicht krankheitshalber, sondern nur zum persönlichen Amüsement von fremden Leuten durchkneten lässt? Das entspräche dann ja schon beinah einem Gang in den Puff.

Vanessa verfügt über keinerlei körperliche Unzulänglichkeiten. Sie kann sich jedem zeigen, sei er Physiotherapeut, Masseur oder sonst wer. An ihr ist alles makellos. Daher wäre es nicht nötig, dass sich ihr Fitnessstudio die Extravaganz leistet, die Gesundheitsleistung zum Wellnessangebot zu erklären, um es den Kunden ein wenig angenehmer zu machen. Im Massageraum ist das Licht leicht gedämpft, die Liege ist ganze sechzig Zentimeter breit und gepolstert, und aus dem Off ertönen leise Klänge, die unaufdringlich durchs Ohr direkt in die Seele tröpfeln und sie freundlich streicheln.

In diesem entspannenden Halbdunkel begibt sie sich also unter die Hände des Bären. Sanft knetet er ihre Muskeln, drückt seine Daumen unter ihre Schulterblätter, streicht ihr das Blut aus den Schenkeln, massiert Sonnengeflecht und Lymphknoten, Fußsohlen und Handflächen. Es ist ein Traum. Die restlichen drei Klassenarbeiten, die ihr eben noch wie ein Stein im Magen lagen, steigen auf und flattern schmetterlingsgleich davon. Endlich befreit. Sie stöhnt wohlig auf.

Der Bär stutzt. Was war das denn?

Probehalber widmet er sich erneut den Lymphknoten in ihren Achseln und kommt dabei den Brustwarzen näher, als nötig gewesen wäre. Jetzt ist es Vanessa, die stutzt. Sie hält den Atem an, während sich ihre Brustwarzen verräterisch zusammenziehen.

Was soll ich sagen? Versteh einer die Frauen! Chancenlos. Wer hätte gedacht, dass sich eine gut aussehende junge Frau, die es schon rein optisch überhaupt nicht nötig hätte, auf den weichen Polstern einer Massageliege derart vergessen würde? Womöglich war sie von dem Tanz mit Uwe doch ein wenig angefixt. Vielleicht hat auch die zentnerschwere Last der Klausuren, die ihr aus dem Magen geknetet wurden, sie leicht und locker werden lassen. Oder die kundigen Hände des Masseurs waren einfach zu vielversprechend.

Jedenfalls lässt sie ihn machen.

Und er macht.

Danach möchte sie im Boden versinken. Sie dreht sich zur Seite und rollt sich zusammen.

»Alles okay, schöne Lady?«, flüstert der Masseur und küsst zart ihren Handrücken. Als sie nickt, geht er und schließt leise die Tür.

Sie richtet sich auf und vergräbt das Gesicht in den Händen. Du meine Güte, wie konnte so etwas nur passieren? Ein Alptraum. Und das Schlimmste: Bei jedem Mann über eins neunzig wird sie sich nun fragen müssen, ob er es war. Denn wegen des Schummerlichts kennt sie nur seine Silhouette.

Was sie nicht weiß: Ihr Bär ist eigentlich ein Maulwurf. Er massiert ohne Brille, um sich ganz auf seine Hände konzentrieren zu können. So erkennt er seine Kundschaft nur schemenhaft. Es war also ein echtes Blind Date.

**

Sonja ist der schönen blonden Frau, in der sie zweifelsfrei Vanessa, dieses männerverschlingende Ungeheuer, erkannt hat, gefolgt und rauscht, als die mit ihrem Wagen auf den Parkplatz des Fitnessstudios abgebogen ist, in Richtung »Blume« weiter, um endlich ihren Uwe zu erlösen.

»Wo warst du denn so lange?«, begrüßt er sie unwirsch.

Na, jetzt wird's Tag! Erst mit Vanessa und der Putzfrau fremdgehen und dann auch noch Ansprüche stellen! Sie macht auf dem Absatz kehrt und will gerade gehen, da ruft Kommissar Schneider: »Wo waren Sie eigentlich am späten Donnerstagnachmittag?«

»Wie bitte?« Sonja dreht sich erstaunt um. Was ist das denn für eine Frage?, denkt sie ungehalten.

»Ich möchte wissen, wo Sie am Donnerstagnachmittag nach sechzehn Uhr waren.«

»Na, wo wohl? Zu Hause natürlich.«

»Kann das jemand bezeugen?«, fragt Herr Schneider – genau so, wie wir es aus jedem besseren Krimi kennen.

»Da müssen Sie bloß meinen Mann fragen«, antwortet Sonja patzig. Auch das kennen wir aus Krimis.

Aber dann kommt eine Variante, die wir noch nicht kennen: »Ich kann dazu gar nichts sagen«, sagt Uwe. »Ich war auf Fortbildung.«

»Doch«, widerspricht Sonja, »du hast ja angerufen.«

»Hab ich nicht.« Uwe wird störrisch. »Wo du am Donnerstag gewesen bist, kann ich beim besten Willen nicht sagen.«

»Nun werd mal bloß nicht komisch. Nur weil ich dich hier ein Weilchen länger habe sitzen lassen, musst du jetzt nicht die beleidigte Leberwurst spielen und Unsinn reden.« Sie schnappt empört nach Luft.

Gerade will sie den Herrn Hauptkommissar darüber aufklären, dass sie selbstverständlich nicht nur die reine, sondern sogar die lautere Wahrheit sagt, ihr Mann aber wegen einer häuslichen Misshelligkeit böswillig lügt, da durchzuckt es sie. »Das stimmt überhaupt«, sagt sie und geht mit ausgefahrenen Krallen auf Uwe los. »Am Donnerstag hast du nach der Tagung gar nicht angerufen. Und wieso nicht? Da hattest du wohl keine Zeit, was? Wolltest wohl dein Schäferstündchen nicht unterbrechen. Du … du …«

Zack, landet ihre Hand in Uwes Gesicht, der zu perplex ist, um auszuweichen.

Angewidert sieht Herr Schneider von einem zum anderen. Ehepaare sind ihm ein Graus. Entweder geben sie einander Alibis, die hinten und vorn nicht stimmen können, oder sie hauen sich gegenseitig in die Pfanne. Und das, obwohl sie über den jeweils anderen eigentlich gar nichts zu sagen bräuchten, worauf er sie zu allem Überfluss auch noch hätte aufmerksam machen müssen.

Aber in Fällen wie diesem nimmt er es nicht so genau mit seiner Aufklärungspflicht. Schließlich reden sie mit*einander* und nicht mit ihm. Da hat er sich nicht einzumischen. Wenn er dabei zufällig mitbekommt, dass die Gattin kein Alibi hat, schön. Da kann ihm keiner einen Vorwurf machen. Ein Polizist hat es ohnehin schwer genug. Seit das Aussageverweigerungsrecht für Ehepartner auch für eheähnliche Gemeinschaften gilt, schießen die eheähnlichen Pärchen bei polizeilichen Befragungen wie Pilze aus dem Boden. Obendrein wild durcheinander: Männlein mit Männlein, Weiblein mit Weiblein, wie es gerade erforderlich ist. Er hat schon erlebt, dass zwei beinharte Kerle beinahe Ringe getauscht hätten, nur um nicht gegeneinander aussagen zu müssen. Wenn die schwul waren, frisst er einen Besen.

Der Grimm weicht aus seinem Gesicht und macht einem wohlwollenden Lächeln Platz. Bitte sehr, denkt er, macht nur weiter. Der Spruch »Wenn zwei sich streiten, freut sich der Dritte« stimmt ihn milde. Mit gespitzten Ohren lauscht er den beiden, um im geeigneten Moment zuzuschlagen.

»Deiner Vanessa dreh ich den Hals um«, schreit Sonja.

Ja, siehst du, da entschlüpft einem bisweilen etwas aus einer Körperöffnung, das man am liebsten wieder dorthin zurückstopfen würde: eine zur Unzeit fließende Träne zum Beispiel oder auch ein Nieser, der im Glas des Nachbarn landet. Oder ein Furz, auch höchst unangenehm. Aber das Allerschlimmste, das entschlüpfen kann, ist ein falsches Wort zur falschen Zeit.

»Wer ist Vanessa?«, fragt Herr Schneider und zückt seinen Bleistift.

Spätestens jetzt wäre es für die Eheleute an der Zeit zu gehen. Einfach alle Diskussionen auf später verschieben, sich an den Händen fassen und in trauter Zweisamkeit aus dem polizeilichen Einflussbereich entschwinden. Der eheliche Streit läuft einem ja nicht weg – leider. Und sollte Herr Schneider sie am Weggehen hindern, müssten sie endlich die Klappe halten oder wenigstens einen Anwalt hinzuziehen.

Aber Sonjas Blutdruck ist inzwischen auf hundertachtzig gestiegen, und ihr Puls ist nur unwesentlich niedriger. Da ist Uwes »Nun lass doch« wie Öl ins Feuer gießen. Es bringt ihr ganz persönliches Fass zum Überlaufen.

Sie spuckt Herrn Schneider alles vor die Füße, was sich in

ihr angestaut hat. Der Hauptkommissar nickt bedächtig und pickt sich die Rosinen heraus.

Das Ende vom Lied ist, dass die Eheleute ihre Rollen tauschen. Sonja wird in der Ausnüchterungszelle untergebracht (was anderes ist immer noch nicht frei), und Uwe fährt Sonjas Auto nach Hause, nachdem er ihr geistesgegenwärtig die Schlüssel abgeknöpft hat. Was sich als nicht ganz einfach erweist. Sie ist so in Rage, dass zwei Mann sie festhalten müssen, während sie Uwe das Versprechen abnimmt, sie SOFORT – das sagt sie derart bestimmt, dass die beiden Polizisten sie um ein Haar wieder losgelassen hätten – hier rauszuholen.

Bis zur Haustür ist Uwe überzeugt, dass er sich wie gewünscht SOFORT darum kümmern wird, doch dann betritt er die Küche. Oder besser gesagt: Er versucht, die Küche zu betreten. Mit dem Öffnen der Küchentür schurren so um die fünfzig Porzellanteile zur Seite und geben den Blick auf gut zweihundert weitere Splitter unterschiedlicher Größe frei, in denen er unschwer die Überreste des Hochzeitsgeschirrs erkennen kann.

Kurz denkt er an Einbrecher, die vielleicht unter den Tellern nach eingelagerten Hundert-Euro-Scheinen gesucht haben. Doch da die Zuckerdose, das traditionell beste Versteck für eiserne Reserven, unangetastet ist, schließt er diese Möglichkeit aus. Somit bleibt Sonja als einzige Verdächtige. Also wirklich! Er sitzt unschuldig hinter Gittern, und sie zerdeppert die Mitgift.

Na, wenn das so ist … er kann auch anders.

Er schließt die Küchentür wieder, setzt sich aufs Sofa, nimmt das Telefon auf den Schoß und fischt das Telefonbuch unter einem Stapel Zeitungen hervor.

Ja, solche Menschen gibt es noch. Elektronische Adressbücher sind ihnen fremd, und in ihren Notizbüchlein sind nur die nötigsten Telefonnummern zu finden: Schwiegermutter, Autowerkstatt und Hausarzt. Zumindest ist das bei Uwe so. Für den Rest ist das Örtliche zuständig. Seins ist auf dem neuesten Stand. Was wurde früher für ein Aufstand um die neuen Telefonbücher gemacht! Aufbewahrt an geheimen Orten in den Tiefen der Postämter wurden sie höchst ungern – und nur gegen die Herausgabe des alten Telefonbuchs inklusive Benachrichtigungsschein – rausgerückt. Heute liegen sie zuhauf in jedem Supermarkt. Wo auch sonst? Postämter sind nahezu ausgestorben. Sonja schnappt sich jedenfalls immer eins im Vorbeigehen, wenn sie einkauft. Das alte wandert ins Altpapier.

So herzensgut ist Sonja zu ihrem Uwe, denn sie selbst braucht kein Telefonbuch. Alles, was sie wissen will, steht im Internet. Allerdings nur im Büro. Von zu Hause aus ruft sie niemanden an. Private Telefonate erledigt sie während der Arbeit.

Da kannst du mal sehen, das Ehepaar Grossmann – so vertraut die beiden wirken, sie kochen doch jeder ihr eigenes Süppchen. Sonja bewahrt ihre Telefonnummern sicher vor Uwes Überprüfungen im Büro auf, und Uwe lagert die wirklich wichtigen Nummern in seinem Gehirn. Dazu bedarf es einer gewissen Affinität zu Zahlen, die man bei einem Mathematiklehrer aber voraussetzen kann.

Nun sucht er eine Telefonnummer, die er noch nicht in seinem Oberstübchen verwahrt hat. Da denkst du jetzt wahrscheinlich, er sucht nach der Telefonnummer eines Anwalts, aber weit gefehlt. Das Chaos in der Küche hat ihn aufgestachelt. Er will sich die Strafen, die Sonja ihm auferlegt, endlich verdienen.

An diesem Sonntagabend im November tut er ihn, den Schritt, der sein Leben verändern wird. Er fährt mit dem Finger die lange Reihe der Ks ab. Bei »Koslowski« hält er inne. Und das Schicksal nimmt seinen Lauf.

***

Uwe kann sein Glück kaum fassen. Vanessa nimmt den Hörer ab, haucht ein »Ja«, und zehn Minuten später ist er bei ihr.

Ja, das Leben hat manchmal Humor. Da bereitet ein Bär mit schwerer Hände Arbeit den Boden, und ein Schaf erntet die Früchte. So wird die Nacht, die Sonja ungemütlich und mit Groll im Herzen in der Zelle verbringt, für Uwe ein Ausflug ins Paradies.

Da Sonja in der »Blume« sicher weggesperrt ist, bleibt Uwe die ganze Nacht und holt am nächsten Morgen noch Brötchen, ehe die beiden nach dem gemeinsamen Frühstück getrennt zur Schule aufbrechen.

Jetzt wäre es natürlich interessant zu erfahren, wie sich eine auf Wolke sieben verbrachte Liebesnacht auf den Unterricht auswirkt. Bei Vanessa mit den Fächern Deutsch und Französisch kann ich mir das ganz großartig vorstellen. Die deutsche Literatur ist ja voll von den unterschiedlichsten Liebenden, in die sie sich nach dieser Nacht sicherlich ganz anders hineinversetzen kann und die ihrem Unterricht einen ganz neuen Drive verleihen würden. Und über Französisch brauchen wir gar nicht zu reden. Ich sage nur: Paris – Stadt der Liebe!

Uwe dagegen, Herr der Zahlen – da weiß ich jetzt wirklich nicht, ob diese staubtrockene Materie unter Erotik-Einfluss geschmeidiger wird. Dazu nimmt Uwe seinen Beruf vielleicht etwas zu ernst, als dass er ihn durch Sperma verwässern würde, wenn ich das mal so sagen darf. Er will seine Schüler in das Mysterium der Zahlen einweihen und deren Tarnung durch griechische Buchstaben erläutern, will ihnen den Nutzen von runden und eckigen Klammern sowie allen möglichen Zeichen nahebringen, die Musiker als verkorksten Notenschlüssel und zweigestrichenes C interpretieren würden.

Vielleicht ist dir aufgefallen, dass ich von Schülern geredet habe und nicht der Versuchung erlegen bin, diese ätzende emanzipatorische Verweiblichung hinzuzufügen. Dieses ewige »Mitbürgerinnen und Mitbürger«, dieses verlogene »liebe Mitarbeiterinnen und Mitarbeiter«, wo doch jeder weiß, dass es – wenn überhaupt – »liebe Mindestlohnempfängerinnen und -empfänger« heißen müsste. Diesen Schmus macht Uwe nicht mit. Er versucht, all seine Schüler für die Mathematik zu erwärmen. Ohne Ansehen des Geschlechts. Und siehst du, das hätte er besser nicht tun sollen. Jedenfalls merkt er nicht, dass Manuela, Schülerin der Klasse 10a, ein Auge auf ihn geworfen hat. Ach, was sag ich, mindestens alle beide, regelrecht verschossen ist sie in ihn. Verknallt bis über beide Ohren.

Den ganzen Sommer über hat sie ihren Bauchnabel für Uwe frei gehalten. Jetzt geht sie in Anbetracht der etwas kühleren Jahreszeit bauchnabelbedeckt, was schade ist, denn nun blüht ihr großartiges Piercing im Verborgenen. Nicht nur deswegen sieht sie sich gezwungen, ihre Taktik zu ändern. Denn wenn sie ehrlich ist, muss sie zugeben, dass Herr Grossmann ihren blitzenden Klunker trotz aller Bauchnabelfreiheit den ganzen Sommer über mit dem Arsch nicht angeguckt hat. Sie muss sich was anderes einfallen lassen.

Da sieht sie ihn auf dem Weg zur Schule mit Brötchentüte um die Ecke verschwinden. Beinahe wäre sie mit einem Juchzer »Nein, was für ein Zufall, Herr Grossmann! Was machen Sie denn hier?« hinter ihm hergestürmt, doch sie kann sich noch rechtzeitig bremsen. Ahnt sie doch bereits, was er hier macht. Manu ist rundum gut informiert. Weniger, was den Unterrichtsstoff angeht, aber Adressen und Telefonnummern des gesamten Lehrkörpers hat sie drauf. Deshalb weiß sie auch, dass Frau Koslowski um die Ecke wohnt, während der Bäcker von Herrn Grossmann mindestens fünf Kilometer weit entfernt ist. Da braucht sie wirklich nur noch eins und eins zusammenzuzählen – so viel Mathematik kann sie immerhin.

Was für ein verlogener Blender! Tut, als ob er kein Wässerchen trüben könnte. Macht auf glücklich verheirateten Ehemann und hat was mit der Koslowski am Laufen. Das ist doch nun wirklich das Letzte.

Manu ist erschüttert. Sie sollte seine Ehefrau ins Bild setzen. Wo die denn bitte schön ihre Augen habe? Wie sie so etwas zulassen könne, dass ihr Mann mit einer anderen rummacht? Das wird man als Schulkörper doch wohl verlangen dürfen, dass sich der Lehrkörper moralisch einwandfrei verhält. Wo bleibt denn da die viel beschworene Vorbildfunktion, wenn alles wild durcheinandervögelt?

Statt zur Schule geht sie auf schnellstem Weg wieder nach Hause, um sich mit Magenverstimmung ins Bett zu legen. Diese Krankheit hat sich schon des Öfteren bewährt, weil sie nicht widerlegbar und daher total elternresistent ist. Sie ist allerdings in letzter Zeit selten zur Anwendung gekommen, weil Manu keine Stunde versäumen will, die sie mit Herrn Grossmann zusammen sein kann – und sei es nur im Klassenraum, durch etliche Tische von ihm getrennt.

Die Mutter ist entsetzt, als Manu zitternd und bleich in der Tür steht, durch die sie das Haus vor Kurzem erst verlassen hat. Und dann noch mit Bauchschmerzen, von denen sie gehofft hatte, dass dieses Leiden endlich überwunden sei.

»Ach, Kind, ich sag noch, zieh dir was Warmes an, du verkühlst dir sonst die Nieren. Da ist es ja kein Wunder. Aber du willst ja nicht hören. Was soll ich nur machen? Immer wieder sag ich, geh nicht halb nackt aus dem Haus. Das hast du nun davon. Wie soll das nur weitergehen?«

Lamentierend und wehklagend geht die Mutter in die Küche, um Wasser aufzusetzen, während Manu sich ins Bett verzieht. Lange hält sie das nicht mehr aus. Diese ständige Gegreine der Mutter, das nur noch von den ewigen pseudoerzieherischen Maßnahmen des Vaters getoppt wird. Wer die Einrichtung Eltern erfunden hat, gehört erschossen.

Manu entsorgt den mütterlichen Kamillentee in die Geranien, kickt die Wärmflasche in eine Ecke, kringelt sich in ihrem Bett zusammen und denkt nach. Ihr Herr Grossmann ist also ein Ehebrecher. So erfreulich diese Tatsache an und für sich ist, so unerfreulich ist zu bewerten, dass nicht sie das Objekt seiner Begierde ist. Mit der Vorstellung, ihr Mathematiklehrer könne ihren Verlockungen nur deshalb widerstehen, weil er ein grundsolider Ehemann ist, hätte sie sich abfinden können. Doch unsolide, aber nicht mit ihr … Das ist unschön. Sehr unschön.

Sie vergräbt ihren Kopf in den Kissen und beginnt zu schluchzen. Dieser gemeine Kerl! Lässt sie baggern und baggern und verlustiert sich dann mit dieser Schnepfe.

Manus Mutter rückt mit dem nächsten Kamillentee an. Diesmal scheinen die Magenschmerzen wirklich besonders eklig zu sein. Sie schließt die Vorhänge und bleibt am Bett ihrer Tochter sitzen, bis sie denkt, dass Manu eingeschlafen ist. Auf Zehenspitzen geht sie aus dem Zimmer.

Manu bleibt noch ein bisschen liegen und hält die Augen geschlossen. Dann beschließt sie, dass die Luft rein ist. So rein zumindest, dass sie aufspringen, sich ihr Handy schnappen und wieder im Bett verschwinden kann, bevor Mami mit weiteren Kamillentees aufkreuzt.

Vielleicht hat WhatsApp Neuigkeiten für sie? Natürlich nicht. Kein Wunder, die Lehrer haben sich angewöhnt, alle Handys zu kassieren, die im Unterricht klingeln, piepen oder sich sonst wie mausigmachen. Und wer während der Stunde auch nur die kleinste SMS schreibt, kriegt einen Mordsärger, der sich gewaschen hat.

Lehrer gehören im Grunde auch erschossen. Bis auf Herrn Grossmann natürlich.

∗∗∗

Pünktlich um sieben hat die Knastsirene zu kreischen begonnen und Sonja in die Senkrechte gejagt. So schnell ist sie noch nie aus Morpheus' Armen gescheucht worden. Aber so schrill hat auch noch kein Wecker gewagt, sie zu wecken. Sie hat eine schreckliche Nacht hinter sich. Gefühlt ist sie überhaupt erst vor fünf Minuten eingeschlafen, und die Arme von Morpheus oder sonst wem hat sie die ganze Zeit nicht gespürt. Allenfalls die kratzige Gefängnisdecke und die harten Bohlen der Pritsche. Und Uwe hat sich auch nicht gemeldet. Bis mindestens zwei Uhr hat sie sich jede einzelne Minute mit der Vorstellung erträglich gemacht, dass schon im nächsten Augenblick die Tür aufgehen und der versprochene Anwalt vor ihr stehen könnte. Bis sie einsah, dass daraus bis zum Morgen nichts mehr werden würde. Danach hat sie sich nur noch rastlos und ohne weitere Hoffnung auf dem schmalen Bett hin- und hergeworfen.

Jetzt gibt es erst mal Frühstück. Da Uwe die Brötchen nicht für sie und auch sonst niemand frische Backwaren geholt hat, gibt es Hausmannskost, um nicht zu sagen Einheitsbrei. Jedenfalls nichts für Feinschmecker. Danach kommt die Überraschung. Nicht in Form eines Anwalts, wie sie erwartet hätte, aber mit ähnlichem Ergebnis. Ein schmucker junger Mann in Uniform macht eine knappe Verbeugung und bittet sie formvollendet, die »Blume« zu verlassen.

Sonja ist sprachlos. Eine schreckliche Nacht, ein schreckliches Frühstück samt grauenvollem Kaffee und dann tschüss? Hätte nur noch gefehlt, dass man sie mit einem »Kommen Sie gut nach Hause und beehren Sie uns bald wieder« verabschiedet. Keine Erklärung, keine Entschuldigung, kein gar nichts. Sie könnte heulen.

Muss sie nicht. Die Erklärung ist ganz einfach: Kommissar Schneider hat auch schlecht geschlafen. Kennst du sicher selbst. Was tagsüber ganz einfach, übersichtlich und logisch erscheint, macht sich in der Nacht über die Seele her und lässt den Körper nicht zur Ruhe kommen. Ich will jetzt nicht behaupten, dass Sonja und er die Nacht auf dieselbe Weise verbracht hätten, auch nicht auf die gleiche, aber auf eine ähnliche. Allerdings aus unterschiedlichen Gründen.

Nachts, als er mal aufs Klo musste, ist Kommissar Schneider nämlich klar geworden, dass er mit Sonjas Einknastung ein wenig über das Ziel hinausgeschossen sein könnte. Von da an hat er sich bloß noch unruhig hin und her geworfen, morgens etwas schneller gefrühstückt, die Zeitung nur überflogen und ist sage und schreibe zehn Minuten früher als gewöhnlich an seinem Schreibtisch angekommen.

Nachdem er die Schreibtischlampe angeknipst, seinen Computer hochgefahren und dem Gummibaum frisches Wasser gegeben hat, ist es so weit. Er greift zum Hörer und setzt ohne weitere Erklärungen den schmucken jungen Mann in Marsch, der wiederum ohne jegliche Erklärungen Sonja in Marsch setzt.

Entsprechend geladen kommt sie zu Hause an.

Da tut ihr der Blick in die Küche überhaupt nicht gut. Alles noch so, wie sie es gestern verlassen hat. Der Kerl hat doch tatsächlich keinen einzigen Handschlag getan. Sie stürmt ins Schlafzimmer. Kein Uwe, aber zumindest ein benutztes Bett. Die Nacht hat er also immerhin hier verbracht. Gott sei Dank.

Wir wissen, dass das nicht der Fall ist. Allerdings war es

nicht Gott, der das Bett zerwühlt hat, sondern Uwe – in weiser Voraussicht. Ja, schau. Ein ganz so harmloses Schäfchen ist er also doch nicht.

Uwe war also die ganze Nacht da, denkt Sonja, aber nun ist er weg. Wo wird er sein? In der Schule natürlich, wie es sich für einen engagierten Lehrer gehört, der nicht alles schleifen lässt, nur weil seine Frau mal im Gefängnis einsitzt.

Aber wo ist Putzi?

Normalerweise kommt sie um sieben mit frischen Brötchen und widmet sich schon mal dem Schlafgemach, derweil die Herrschaften frühstücken. Wo bleibt sie? Also, das ist wirklich der Gipfel! Sonja haut sich die Nacht im Gefängnis um die Ohren, ihr Mann kümmert sich einen Dreck um sie, die Küche ist weiterhin ein Saustall, und nun lässt Putzi sie auch noch hängen. Wahrscheinlich wegen eines Schäferstündchens mit Uwe. Na, die beiden werden sie kennenlernen!

Wutentbrannt greift sie zum Telefon und will Putzi anrufen. Doch dann hat sie eine bessere Idee und drückt zuerst auf »Ausgehende Anrufe«. Mal sehen, bei wie vielen Anwälten Uwe sein – beziehungsweise eigentlich ihr – Glück versucht hat.

Die Nummer im Display ist ihr unbekannt. Wem gehört sie wohl? Sie holt einen Zettel und notiert sie. Darum wird sie sich später kümmern. Jetzt ruft sie erst einmal Putzi an.

»Heinze«, meldet sich Herr Heinze.

»Ja, also wissen Sie«, sagt Sonja streng, »so geht das nun wirklich nicht. Ihre Frau müsste seit über einer Stunde hier sein.«

»Meine Frau wird nicht mehr kommen«, sagt Herr Heinze gepresst.

»Und warum nicht, wenn ich fragen darf«, entgegnet Sonja patzig.

»Weil sie tot ist«, sagt Herr Heinze.

Das verschlägt Sonja die Sprache. Und das will was heißen. Nur ein schwaches »Oh« kann sie herauspressen, dann wirbelt alles in ihrem Kopf durcheinander – vor allem der Saustall in der Küche wirbelt mächtig mit.

Endlich hat sie sich wieder gefangen. »Was ist passiert?«, fragt sie. Doch statt einer Antwort legt Herr Heinze auf.

Das ist jetzt vielleicht nicht gerade sehr freundlich, aber doch irgendwie verständlich. Es gibt Menschen, die können einfach nichts mehr sagen, wenn ihre Frau gestorben ist. Außerdem ist Herr Heinze das Sprechen nicht gewöhnt. Seinen Job verrichtet er mehr oder weniger schweigend, und mit seiner Frau hatte er die letzten zwanzig Jahre Besseres zu tun, als zu reden. Obendrein hat er sich gestern beim Beantworten von Herrn Schneiders Fragen derart verausgabt, dass er das Gefühl hat, für die nächsten zwanzig Jahre nun wirklich genug gesagt zu haben.

Und dann auch noch dieses merkwürdige Erlebnis am Sonntag. Seine Frau ist seit drei Tagen tot, er weiß es seit drei Stunden und macht so was! Ist es eigentlich Ehebruch, wenn gar keine Ehe mehr da ist?, überlegt er. Genau genommen wohl nicht, eher so ein bisschen geschmacklos. Er hätte warten sollen, bis sie unter der Erde ist. Oder zumindest, bis sie trocken ist. Aber er war so verstört. Er stand völlig neben sich. Sein Kopf war ganz leer. Da haben seine Hände sich selbstständig gemacht und getan, was sie wollten.

***

Uwe hat sich inzwischen bis zur dritten Stunde durchgekämpft. Trigonometrie in der 10a. Hier ist er Klassenlehrer und damit Herr über das Klassenbuch. Also waltet er erst mal seines Amtes und trägt ein, dass Manuela Gabler fehlt, und zwar unentschuldigt. »Weiß jemand, warum sie nicht da ist?«, fragt er in die Runde.

Das weiß niemand, aber Tommi weiß, dass er gleich nach der Stunde eine SMS losschicken wird: »Grossmann vermisst dich«, wird er schreiben. »Richtig bedrückt hat er ausgesehen, weil du nicht da warst«, würde er auch gern schreiben. Und noch ein »Der war ganz besorgt« obendrauf legen. So etwas in der Richtung sollte er raushauen und dann mal sehen, was passiert. Einfach mal ein Steinchen ins Wasser werfen und den Kreisen beim Kreisen zusehen. Vielleicht bringt das was ins Rollen, und Manu zieht ihn ins Vertrauen. Denn da ist doch was im Busch! So was spürt Mann, auch wenn Mann erst sechzehn ist. Dass Manu nicht bis über beide Ohren in den Grossmann verknallt ist, kann sie jemandem erzählen, der seine Hose mit der Kneifzange anzieht. Und zu denen gehört er nicht.

Allerdings gehört er auch nicht zu denen, die gern lange Sermone ins Handy tippen. Er beschließt, es bei einem »Grossmann vermisst dich« bewenden zu lassen. Alles andere später mündlich, wie seine Eltern zu sagen pflegen.

Muss eine schreckliche Zeit gewesen sein, als die noch jung waren – so ohne Handy und das alles. Und jede Minute am Telefon kostete Unsummen, wenn man ihnen Glauben schenken darf. Ist aber wahrscheinlich alles nur erfundener Quatsch. Er kann sich sowieso nicht vorstellen, dass die jemals jung gewesen sein sollen.

✷✷✷

Die vierte Stunde hat Uwe frei. In der wollte er eigentlich seine nächste Doppelstunde vorbereiten, da er gestern aus verständlichen Gründen nicht dazu gekommen ist, aber jetzt reißen ihn die Gedanken an Vanessa immer wieder raus, und er kann sich nicht konzentrieren.

Entsprechend unvorbereitet begibt er sich beim Klingelzeichen in den Raum der 7b und sieht in achtundzwanzig verdutzte Gesichter. Bei manchen flackert sogar ein gewisses Entsetzen in den Augen auf. Sehr verständlich, denn die meisten sind gut präpariert, haben ihr Wörterbuch und Dr. Königs Erläuterungen unter dem Tisch in Position gebracht, viele meinen sogar, bereits die richtige Seite aufgeschlagen zu haben, und jetzt kommt der Grossmann rein, und damit ist klar: Es steht Mathe an und nicht Französisch. Man ist also gänzlich falsch vorbereitet.

Auch Uwe fühlt sich schrecklich. Ich weiß jetzt nicht, wie

viel du normalerweise denkst und ob du überhaupt denkst. Er jedenfalls gehört zu den Menschen, die viel denken und das in Bruchteilen von Sekunden. Und so denkt er: Schau, denkt er, die Schüler merken gleich, dass ich mich nicht vorbereitet habe, sehen mir an der Nasenspitze an, dass ich keine Ahnung habe, bis wohin wir gekommen sind und wie es weitergeht. Für hilflose Lehrer haben Schüler so eine Art sechsten Sinn. Wie Hunde, die riechen, dass ein Mensch Angst vor ihnen hat.

Das alles denkt er, und ihm treten die Schweißperlen auf die Stirn. In solch einer Situation ist es natürlich ein Segen, wenn die Tür aufgeht und jemand hereinkommt, der einen erlöst.

Die Tür geht also auf, und der Erlöser tritt ein – obendrein ein Erlöser mit langen Beinen, großem Busen und blonden Haaren. »Was machst du denn hier?«, fragt Vanessa, was gelinde gesagt höchst unprofessionell ist. Ein »Haben Sie sich in der Tür geirrt, Herr Kollege?« wäre deutlich besser gewesen. Aber so was passiert schon mal, wenn man freudig verblüfft und verliebt ist.

Die Reaktion von Uwe mag ich dir gar nicht schildern. Rot bis über beide Ohren und Wortfindungsschwierigkeiten – ach, alles ganz schrecklich, von Souveränität keine Spur. Jetzt ist es endgültig raus. Da können die beiden gleich ein großes Plakat draußen ans Schultor nageln: »Wir haben was miteinander«. Eine Katastrophe! Was Uwe sich in zwanzig Jahren Schuldienst an Autorität aufgebaut hat – alles zum Teufel. Da hilft auch sein Abgang mit »Entschuldigen Sie die Störung« nichts mehr. Im Gegenteil, möchte ich beinahe sagen.

Uwe wechselt rüber in die 8b. Die Schüler heben gelangweilt die Köpfe, als er eintritt, und alles ist wie immer. Zwischen Hunden und Schülern gibt es also doch Unterschiede.

Dank dieser Erkenntnis wird er wieder klar im Kopf. »Lukas, wiederhole bitte die Ergebnisse der letzten Stunde«, sagt er streng.

Lukas könnte kotzen. Ständig wird er mit solch unliebsamen Überraschungen belästigt. Machen sich Eltern bei der Namensfindung für ihr Ungeborenes gar nicht so richtig klar.

Da wird gegrübelt, nächtelang durchdiskutiert, Namen erwählt und wieder verworfen, bis man einen ganz exklusiven Namen gefunden hat. Und kaum kommt das Kind in den Kindergarten, wird das liebe Kleinchen zu Lukas I, Lukas II oder gar III, und man hat den Eindruck, der halbe Verein heißt Lukas. Das schleppt sich dann hoch bis zur Oberprima. Lukas wird zum Notnagel aller Lehrer, die nicht genau wissen, ob sie in der Klasse sind, in der sie in dieser Stunde sein sollen, oder gerade nicht auf den Namen von dem kommen, den sie eigentlich fragen wollen, oder weil sie … weiß der Kuckuck. Deswegen sehen sich die Lukasse dieser Welt gezwungen, immer ein bisschen besser informiert zu sein als alle anderen. Was dann vielleicht doch kein so großer Nachteil ist.

Lukas rappelt den Stoff der letzten Stunde runter und bringt Uwe auf den Stand, den er braucht, um die folgenden zwei Stunden Mathematik in der 8b einigermaßen unfallfrei zu überstehen. In den letzten zehn Minuten fühlt er sich dann allerdings doch ein wenig matt, sodass er die Doppelstunde mit einem schriftlichen Test beendet, sich auf diese Weise auch den letzten seiner Schüler zum Feind macht und gleichzeitig einen wunderbaren Nährboden für die interessanten Neuigkeiten bereitet, die die Schüler der 7b nach Schulschluss zu berichten wissen.

So kann es nicht weitergehen, denkt Uwe, während er über die gesenkten Häupter seiner Lieben schaut. Damit meint er nicht die Tatsache, dass Jonas von Laura abschreibt und Lena unter dem Tisch verzweifelt die richtige Seite in ihren Spickzetteln sucht. Immerhin hat sie wenigstens Spickzettel, was auf eine gewisse Vorbereitung schließen lässt. Und wenn Laura Jonas abschreiben lässt, sind immerhin Grundzüge von Solidarität und Gemeinschaftssinn bei seinen Schülern vorhanden.

Was er meint, ist die Sache mit Vanessa, die so nicht weitergehen kann. Aber wie sie weitergehen soll, ist ihm gänzlich schleierhaft.

Tommi geht ins Internet

Die großen Schüler interessiert nun wirklich überhaupt nicht, was die Kleinen aus den unteren Klassen auf dem Schulhof immer zu erzählen haben. Und Tommi interessiert es gleich gar nicht. Dabei dreht es sich meist doch nur um das Fußballspiel in der letzten Sportstunde, die rasend spannende letzte Folge der Rosenheim-Cops oder wie sie Mutti gestern einen Zehner aus dem Portemonnaie gemopst haben. War er auch mal so? Nee, bestimmt nicht.

Er will schnell nach Hause, um ausgiebig mit Manu zu telefonieren. Mit dem Handy geht das nicht. Das knackt immer so. Nicht auszuhalten, das. Übrigens eins der wenigen Dinge, die früher besser gewesen sein müssen. Per Festnetz ist die Tonqualität wirklich eins a.

Tommi hetzt also über den Schulhof, wird aber ausgebremst, als die Worte »Grossi« und »Franz-Kosi« aus dem Pulk der Kleinteile zu ihm herüberschwappen. Betont unbeteiligt schlendert er gemächlich weiter und schraubt sich dann langsam von hinten an die Gruppe ran. Ach nein, das ist ja wirklich höchst interessant, was er da hört. Der Grossmann und die Koslowski haben es vor den Augen der Klasse 7b getrieben!

»In echt jetzt?«, fragt er den mit der albernen Pudelmütze, der ihm am nächsten steht.

»Na jaaa«, sagt der gedehnt und wird rot. »Nicht so richtig.« Er windet sich. »Nur so halb, äh …«, stammelt er weiter, um schließlich mit einem festen »Aber irgendwie doch!« seinen Ranzen zu schnappen – und weg ist er.

Aha.

Nicht so richtig.

Nur so halb, äh.

Tommi kann sich das nicht einmal ansatzweise vorstellen, geschweige denn halb – beim besten Willen nicht. Klar, die Franz-Kosi ist ein heißer Feger, da gibt es nichts, aber der

Grossmann ist doch nicht bescheuert – jedenfalls nicht total. Für Tommi ist klar: Die Kleinen wollen sich nur wieder wichtigmachen. Haben eine Mücke gesehen und einen Elefanten draus gemacht. So ein Quatsch interessiert ihn nicht.

Während er den Schulhof überquert, wird ihm klar, dass ihn dieser Quatsch vielleicht doch interessieren sollte. Denn mal ehrlich: Die Kleinen haben aus einer Mücke allenfalls eine Maus gemacht. Um daraus einen Elefanten zu machen, bedarf es eines echten Mannes.

Und so kommt es, dass Tommi das Telefonat mit Manu noch ein bisschen aufschiebt und sich erst mal um den Elefanten kümmert.

***

Herrn Heinzes Hände zittern. Am Freitag, als ihm klar wurde, dass seine Frau verschwunden ist, haben sie nicht gezittert. Am Samstag, an dem er sich mit einer glücklichen Hanna in den Armen des Hotelmanagers zu beruhigen versucht hat, haben sie nicht gezittert. Ja, selbst am Sonntag, als der Kommissar ihm sagte, dass man seine Frau tot im Hafenbecken gefunden hatte – seine Hände und er selbst waren ganz ruhig. Erst jetzt, geschlagene vierundzwanzig Stunden nach der unsanften Aufklärung durch den Kommissar, wird ihm die Konsequenz dieser Worte in ihrer ganzen Tragweite bewusst, und sein Körper fängt an zu zittern.

Er rennt ins Schlafzimmer, greift nach dem Kopfkissen seiner Frau, presst es fest an sich und wirft sich auf den Bauch, um das Zittern zu unterdrücken. Gedanken, die er bisher nicht hatte, weil so viel passiert ist, was sonst nie passiert, flattern in seinem Kopf herum.

Hanna ist weg.

Sie kommt nie wieder.

Er ist ganz allein.

Früher war sie auch viel weg. Aber irgendwie ist sie doch immer da gewesen. Er wusste zumindest, dass sie bald wiederkommen würde, wünschte sich manchmal sogar, dass sie sich etwas verspätete, damit er noch eine Weile seine Ruhe haben konnte. Aber für immer seine Ruhe haben – das ist etwas anderes.

Jetzt ist er allein. Nein, er ist nicht allein, er ist einsam.

Als irgendein wahnsinniger Killer sie erschlagen und im Hafenbecken elendig hat ersaufen lassen, war er nicht für sie da. Was ist das für ein Tod, einsam im kalten Wasser des Olympiahafens zu ertrinken? Seine Zähne klappern, während in seiner Vorstellung eine wild um sich schlagende Hanna gurgelnd und nach Luft ringend seinen Namen schreit.

Er steht auf und schmeißt die Kaffeemaschine an. Das hat er noch nie getan. Der Kaffee war immer fertig, wenn er in die Küche kam. Der Gedanke an die vielen, vielen Kleinigkeiten, die ab jetzt ganz anders sein werden, treibt ihm die Tränen in die Augen.

Was soll nun werden?

Dann erwischt ihn die Realität mit ihrer ganzen Härte: Hannas Einnahmen sind nun auch nicht mehr da. Mindestens fünfzig Prozent des Geldes, das sie zum Leben hatten, kamen von ihr. Den überwiegenden Teil des Haushaltsgeldes hat sie zusammengeputzt.

Seine Gedanken nehmen eine bisher nicht geahnte Wendung.

Hanna hatte einen Minijob in einem großen Hotel, alles andere wurde von ihr schwarz erputzt. Da ist als Witwerrente nicht viel zu erwarten. Schon für Hanna wären das gerade mal vier Euro fünfzig pro Jahr. Und eine »Rentenanpassung« von zwei Prozent jährlich machen den Kohl auch nicht fett. Selbst hundert Prozent … ach, was red ich.

Jetzt erst merkt Herr Heinze, was er wirklich an seiner Frau hatte. Nein, das ist gemein, dass ich das sage. Er wusste immer, was er an ihr hat. Nur dass er eben auch das Geld von ihr hatte, wird ihm nun zwischen zwei Tassen Kaffee erst so recht bewusst.

***

Als Uwe nach Hause kommt, ist alles picobello. Zumindest in seinen Männeraugen. Frauen würden natürlich sofort sehen, dass die Küche nur halbherzig gefegt, die Betten höchst schlampig gemacht und das Bad – ach, du meine Güte. Mal so gesagt: Der Werbespruch »In Bad und WC ist alles o.k.« greift nicht wirklich.

Aber in Uwes Augen wie gesagt alles picobello. Deshalb ist es ja auch so schwer, mit Männern in einer WG mit Putzgemeinschaft zu leben. Das muss gar kein böser Wille sein. Wer Staub nicht sieht, bei Krümeln auf dem Fußboden allenfalls Hausschuhe anzieht, Fenster nicht putzt, solange man noch durchsehen kann, der hat bei Abmachungen wie »Es wird geputzt, wenn es nötig ist« halt die besseren Karten. Vielleicht ist es doch böser Wille.

»Oh«, sagt Uwe strahlend, »war Putzi da?«

»Nun spiel hier mal nicht den Ahnungslosen«, antwortet Sonja.

Ja, das ist ein Dialog, da weiß man gleich, der Loriot-Spruch »Männer und Frauen passen einfach nicht zusammen« hat viel Wahres. Auf die Frage »War Putzi da?« sind eigentlich nur zwei Antworten sinnvoll. »Ja« oder »Nein«, je nachdem. Für einen Mathematiker, der jedes Problem auf die Alternative richtig oder falsch reduziert, gilt das in besonderem Maße. Ganz anders Sonja, die prima auch zwischen den Zeilen lesen kann und gerade auf dem Beziehungs-Ohr (Der will mich verscheißern!) ausgesprochen hellhörig ist.

»Wie bitte?«, fragt Uwe, woran du sehen kannst, dass er in seinen zwanzig Jahren Schuldienst gelernt hat, sich auch in schwierigen Situationen nicht gehen zu lassen. Ein »Was?« oder »Hä?« wäre schließlich auch möglich gewesen. Aber derartige Feinheiten sprachlicher Contenance prallen wirkungslos an Sonja ab.

»Tu bloß nicht so scheinheilig.«

Jetzt denkst du sicher, dass diese Ehe leider völlig im Arsch ist, was du vielleicht auch schon bei der Sache mit Vanessa gedacht hast. Aber nein, es geschieht das Wunder, das eine gute Ehe von den vielen Feld-, Wald- und Wiesen-Ehen unterscheidet. Die beiden finden zur Sachebene zurück, und Sonja erzählt Uwe, dass Putzi tot ist. Ganz unverblümt lässt sie ihre Überzeugung durchblicken, dass er, also Uwe, dabei nachgeholfen hat. Wie der Kommissar schon sagte. Denn dass Putzi die Tote aus dem Olympiahafen ist, liegt für sie auf der Hand. »Wahrscheinlich wollte sie dich wegen eures Techtelmechtels erpressen, und da hast du sie ins Wasser geschubst«, sagt sie und guckt harmlos.

Das wiederum wäre nun für manchen Mann ein Grund, die Ehe doch noch sausen zu lassen: Wenn die eigene Frau einen für einen Mörder hält, ist das mit Fug und Recht das Ende. Verständlich, dass viele Männer so denken würden. Aber nun sieht man, dass eine Ehe mit einem Mathematiker auch ihre guten Seiten haben kann. Uwe denkt das nämlich nicht, sondern sagt: »Hab ich aber nicht.« Und – oh Wunder – Sonja glaubt ihm.

Das wäre nun also geklärt, und man kann sich den wirklich wichtigen Problemen zuwenden. Eine Ehe ohne Putzfrau ist möglich, aber sehr gefährlich, und beide sind sich sicher, dass ihre Ehe vielleicht einen Seitensprung, aber keinesfalls herumliegende Socken, undurchsichtige Fenster und rund geputzte Ecken verkraften kann. Und ein »Du bist heute mit dem Bad dran« schon gar nicht.

Es muss also eine neue Putzi her. »Aber keine Hanna mehr«, sagt Sonja. »Ab jetzt akzeptiere ich nur noch einen Heiner.«

»Du möchtest einen Nacktputzer?«, fragt Uwe. So realistisch ist er nämlich, seinem Geschlecht zwar ein flottes Schürzchen und Gummihandschuhe mit eindeutigen Absichten, niemals aber eine saubere Küche zuzutrauen.

»Ja, mein Schnurzelchen«, sagt Sonja und wird weich und locker in den Hüften.

Wir lassen die beiden am besten mal allein.

* * *

Herr Heinze ist mit ähnlichen Gedanken beschäftigt, sowohl was weiblich lockere Hüften als auch Schürzchen und Gummihandschuhe angeht. Nach einem Kassensturz, bei dem herausgekommen ist, dass die Einnahmenseite seines finanziellen Haushalts mit dem plötzlichen Tod seiner Frau die größere Hälfte eingebüßt hat, wendet er sich seinen eigenen »Skills« zu, wie das im modernen Personalmanagement heißt. Damit ist es schlecht bestellt, hat er doch nur seinen Körper zu bieten beziehungsweise die Hände. Das reicht nicht. Mit seiner Hände Arbeit kann er seinen inzwischen reichlich genusssüchtig gewordenen Körper nicht ernähren. Von der nicht gerade billigen Wohnung und dem sportiven Auto ganz zu schweigen.

Da kommt ihm ein Gedanke. Natürlich versucht er sofort, ihn wieder zu verwerfen. Also wirklich! So was ist mit seinem Berufsethos nicht vereinbar. Überhaupt nicht. Schließlich ist er Masseur und medizinischer Bademeister! Mit Kassenzulassung!

Aber so ist das mit total abwegigen Gedanken. Man kriegt sie nicht mehr aus dem Kopf. Es beginnt mit einem spielerischen »Was wäre, wenn?«, und das Ende vom Lied sind ganz handfeste Überlegungen, wie die abwegigen Gedanken in die Tat umgesetzt werden können.

Um seiner Idee etwas mehr Kontur zu verleihen, bastelt er nur mal so zum Spaß an Formulierungen für eine Kleinanzeige – provisorisch natürlich, im Hinterkopf immer die Berufsethik –, um mal auszuloten, wie sich so was anhören könnte.

Massage, nur für Frauen, komme ins Haus. Hundert Euro pro Stunde.

Nein, so geht es nicht. Das hört sich ganz eindeutig zu eindeutig an.

An so was denkt er ja auch gar nicht. Eher an eine Art Interimsmassage, Zielgruppe: die Frau ab fünfzig, schon etwas trocken – und das nicht nur hinter den Ohren –, aber innerlich noch in Saft und Kraft, mit dem Wunsch nach Streicheleinheiten, die dem Gatten schon lange lästig geworden sind und die frau sich mit zunehmendem Alter woanders nicht mehr holen kann – zumindest nicht für umsonst.

Diese Marktlücke könnte er doch schließen. Heinze, der Streichler, der Mann der Möglichkeitsform, der die Phantasie anregt und das Blut pulsieren lässt, die schnöde Realität aber dem heimatlichen Gatten überlässt. So was kann er, wie er seit seinem gestrigen Erlebnis im Fitnessstudio weiß. Die unbekannte Schöne war zwar jünger als seine angestrebte Zielgruppe, aber Frauen sind ja alle gleich, zumindest in der Bauart.

An der Formulierung der Annonce muss noch etwas gefeilt werden. Vor allem zwischen den Zeilen. Und dieses »Komme ins Haus« ist sowieso völlig unmöglich. Wo der Gatte quasi danebensteht und aufpasst, dass sich der Masseur nicht im Griff vergreift. Die erste Frage ist also, wo das Ganze überhaupt stattfinden könnte.

Im Geiste sieht er einen ganz normalen Massageraum vor sich. So ginge es schon mal nicht. Weiß getünchte Wände und Neonlicht sind erotischen Tagträumen eher abträglich. Für Erotik braucht's Atmosphäre. Aber wie den Einstieg ohne aufwendige Investitionen schaffen? Am Ende hockt er noch da, mit seiner Entspannungsliege im Kerzenschein bei Schummerlicht mit softer Musik, und kein Schwein kommt. Oder nur Schweine mit unzweideutigen Absichten. So ja nun auch wieder nicht. Er will ein Masseur der einsamen Herzen sein, keine männliche Nutte.

Siehst du, das meine ich: Langsam, aber sicher kann von einem »Was wäre, wenn?« nun wirklich keine Rede mehr sein. Unser guter Herr Heinze rutscht ganz klar in die zweite Phase rüber, denn er beginnt mit der planerischen Umsetzung.

Hausbesuche fallen flach, und in Heimarbeit geht es auf keinen Fall. Seine Wohnung hätte vielleicht genügend Platz, aber Gaarden ist einfach nicht die richtige Adresse für die von ihm anvisierte Klientel.

Hatte Hanna hinsichtlich der Grossmann'schen Putzstelle nicht erzählt, die Arbeitgeber seien nie zu Hause, wenn sie dort putzt? Bis in den frühen Nachmittag hinein sozusagen sturmfreie Bude, hatte sie gesagt. Das sollte man doch mal ausloten. Provisorisch natürlich. Denkt zumindest Herr Heinze.

Wohingegen ich meine, dass der Wechsel hinüber zu Phase drei – praktische Umsetzung – schon gefährlich nahe rückt.

Aber wie gesagt: Herr Heinze, noch ganz unbedarft, greift rein provisorisch zum Telefonhörer und ruft einfach mal ganz unverbindlich an – also für sich selbst unverbindlich.

Denkt er.

Herr Heinze geht putzen

Nach ausgiebiger Ausübung ihrer ehelichen Pflichten können Sonja und Uwe wieder voneinander lassen. In Sachen Putzhilfe sind sie allerdings noch keinen Schritt weiter.

»Ein Nacktputzer also«, nimmt Uwe den Faden wieder auf.

»Vielleicht«, sagt Sonja, da Uwe sie gerade tatkräftig davon überzeugt hat, dass die amouröse Seite eines solchen Putzers durchaus von ihm abgedeckt werden kann. Aber dass er, was die fachliche, also die rein putzliche Kompetenz anbelangt, auf jeden Fall versagen würde, ist ihr auch klar. Nun gibt es natürlich Frauen, die auf das Stehvermögen ihres Mannes pfeifen würden, wenn er dafür gut wischen kann. Sonja findet es andersherum besser.

Just in diesem Moment klingelt das Telefon, der Ehemann der teuren Verblichenen ist dran und deutet an, dass er sich vorstellen könnte, in die Fußstapfen seiner Frau zu treten.

Sonja kann ihr Glück kaum fassen. Der Mann kommt ja wie gerufen. »Schauen Sie doch mal vorbei, dann können wir alles besprechen«, sagt sie glücklich, und schon zehn Minuten später kommt Herr Heinze vorbei und schaut.

Zehn Minuten sind erstaunlich schnell, selbst für Kieler Verkehrsverhältnisse, und trotzdem kann auch in so kurzer Zeit sehr viel passieren. Uwe jedenfalls nutzt die zehn Minuten, um seiner Frau beizubringen, dass Herr Heinze gerade frisch Witwer geworden und ihr Strahlen wie ein Honigkuchenpferd daher gänzlich unangebracht ist.

Sonja nutzt die zehn Minuten, um ihre Eifersucht neu aufzufrischen. Ach nee, der Uwe! Hatte er also doch was mit Putzi! Warum sonst sollte er so pietätvoll sein, sie an den frisch erlangten Witwenstand von Herrn Heinze zu erinnern?

Deshalb ist ihr »Herzliches Beileid« etwas gequetscht, als sie Herrn Heinze in Empfang nimmt und ihm auf einem Rundgang durchs Haus seine zukünftigen Aufgaben erklärt. Herr Heinze seinerseits ist begeistert. Das Haus ist ideal für sein Vorhaben. Es liegt geschützt vor dem Blick neugieriger Nachbarn, und das Esszimmer kann mit wenigen Handgriffen in einen Massageraum mit entsprechendem Ambiente umfunktioniert werden. Das bisschen Pseudoputzen, damit die Grossmanns nicht merken, dass das Haus allenfalls oberflächlich gereinigt wurde, traut er sich locker zu. Es soll ja außerdem nur eine Interimslösung sein, bis er als Interimsmasseur so weit Fuß gefasst hat, dass er sich was Richtiges aufbauen kann.

Was Herr Heinze vorhat, ist eine absolute Gratwanderung, wobei die Putzqualitäten, die bei Männern bekanntlich nur peripher vorhanden sind, noch die kleinste Hürde auf seinem Weg zu einer vollen Haushaltskasse darstellt. Dieser Massage-Eiertanz zwischen zu viel und zu wenig dagegen, zwischen Griffig-Sein und Übergriffig-Werden, das erfordert schon ein besonderes Fingerspitzengefühl. Sonst hat man statt einer positiven Flüsterpropaganda ruckzuck eine denunzierende Ziege am Hals. Ob sich Herr Heinze das alles so klarmacht? Davon, dass das Ehepaar Grossmann die Sache mit dem Nebengewerbe spitzkriegen könnte, bevor er fest im Sattel sitzt und eigene Räumlichkeiten mieten kann, will ich gar nicht reden.

Herr Heinze jedenfalls ist voll in Phase drei, hat die perfekte Massageliege vor Augen, und sein mobiler Einsatzkoffer ist quasi schon gepackt. Er lässt sich noch schnell von Sonja das Gelass für Staubsauger und Putzmittel zeigen und verabredet flexible Arbeitszeiten. »Ich arbeite als Masseur in einem Fitnessstudio und kenne meine Termine nicht im Voraus«, erklärt er, was zwar stimmt, aber nur die eine Seite der Medaille ist.

»Alles kein Problem, Hauptsache, unser Haus ist sauber«, sagt Sonja und strahlt den Bären an. Wer hätte auch gedacht, dass Putzi einen so attraktiven Mann hat – beziehungsweise ab jetzt natürlich hatte? Sie wirft einen Blick auf seine Hände. Zum Putzen vielleicht etwas überdimensioniert, aber wie geschaffen für eine großartige Massage.

Jetzt merkst du sicher, dass Sonja auf einmal mitten in Phase eins ist, und Phase zwei kommt gleich hinterher: Morgen im

Büro wird sie mal die Kieler Fitnessstudios durchtelefonieren und sich einen Massagetermin geben lassen.

Während sie Herrn Heinze zur Tür bringt, ändert sie spontan ihre Planung und überspringt Phase zwei. »Wo arbeiten Sie eigentlich?«, fragt sie.

Er sagt es ihr, aber ich sage es dir nicht. Bei Interesse musst du dich schon selbst ans Telefon hängen und die örtlichen Fitnessstudios abklappern. Und vergiss Kronshagen nicht, diesen Kieler Vorort mitten in Kiel.

»Ist das nicht großartig?«, sagt Sonja zu Uwe, als Herr Heinze weg ist. Gott sei Dank hat sie sich nicht versprochen und aus Versehen »Ist *der* nicht großartig?« gesagt. Das hätte vielleicht selbst ihren trockenen Uwe Verdacht schöpfen lassen.

Doch sie unterschätzt ihn. Er ist zwar etwas unbedarft, aber nicht blind. Der Glanz in Sonjas Augen spricht Bände.

Ich weiß jetzt natürlich nicht, wie du so drauf bist, aber vielleicht kennst du das auch: Man hat was am Laufen, techtelmechtelt vor sich hin, da fängt der Partner, respektive die Partnerin, ebenfalls das Techtelmechteln an. So was kann einen schnell wieder zur Besinnung bringen. Das gilt besonders für Uwe, der eigentlich dieser berühmte treue Hucken ist und an seiner Frau hängt.

Dass sie den Heinze so ungeniert anhimmelt, gibt ihm zu denken.

✳✳✳

Am nächsten Tag ist Kommissar Schneider mit seiner Leiche im Grunde noch keinen Schritt weiter. Ganz ungut. Immerhin ist schon Dienstag, da kann man nun wirklich nicht mehr von den »ersten Stunden« reden, die ja für die Aufklärung eines Mordes so wichtig sind. Er zieht mal so etwas wie eine Bilanz: Die Tote ist Frau Heinze. Sie wurde am Donnerstagabend auf den Kopf geschlagen und ertrank im Olympiahafen. Am Sonntag in aller Herrgottsfrühe wurde sie von Herrn Grossmann im Wasser entdeckt, und am Sonntagnachmittag waren ihre Identität und die Todesursache geklärt. Bis dahin also alles ganz zügig aufgeklärt, da hat er sich nichts vorzuwerfen.

Aber seitdem tritt er auf der Stelle. Der Ehemann, der eigentlich prädestiniert dafür ist, die Gattin gemordet zu haben, und sich in der Regel auch als Mörder entpuppt, hat in diesem Fall ein hieb- und stichfestes Alibi. Er hat, als seine Frau ertrank, nachweislich im Fitnessstudio gearbeitet.

Auch die als Verdächtige äußerst vielversprechende Ehefrau des Leichen-Auffinders hat er wieder laufen lassen müssen. Wenn er genauer darüber nachdenkt, hätte er sie wegen ihrer nur so dahingesagten Morddrohung gar nicht erst einbuchten dürfen. Deshalb denkt er lieber nicht darüber nach.

Und sein letzter Kandidat, dieser Grossmann, hat sich zur Tatzeit überhaupt nicht in Kiel aufgehalten. Er steht vor der Frau Staatsanwalt mit leeren Händen da. So steht er nicht gern.

Etwas bekümmert schaltet er seinen Computer ein. Das Internet ist gespickt mit Spielen jeder Art, die meisten davon sogar kostenlos, aber er bevorzugt Alteingesessenes. Nach einer Runde Minesweeper, bei der er sich selbst übertrifft, legt er zur Entspannung eine Runde Tetris ein und beginnt dann – spielerisch gestärkt – seinen Kampf gegen zwei menschenfressende Monster aus dem All.

Mitten im schönsten Gemetzel betritt die Staatsanwältin sein Büro. Gut, dass er für derartige Störungen eine Cheftaste hat, obwohl sich anfangs innerlich alles in ihm dagegen sträubte. Schließlich ist er der Chef, und so eine Taste ist eigentlich nur etwas für Mitarbeiter, die sich nicht beim Spielen erwischen lassen wollen. Aber auch ein Chef tut gut daran, arbeitsfernes Tun vor seinen Mitarbeitern zu verbergen.

Nun ist die Staatsanwältin nicht seine Mitarbeiterin, nicht einmal im weiteren Sinne, leider, und seine Chefin natürlich erst recht nicht – wo käme man denn dahin, wenn man es so betrachten würde? Aber gerade dieser Frau gegenüber ist die Taste Gold wert. Denn sie hat letztes Endes das Sagen, entscheidet über Haftanträge, Durchsuchungsbeschlüsse, Vorladungen und all so'n Zeug. Im Grunde alles Dinge, die er viel besser beurteilen kann, aber der Gesetzgeber dünkt sich ja immer schlauer als die Basis. Jedenfalls wird sie gebraucht, und deshalb wäre es nicht sehr günstig, wenn sie Kommissar Schneider für einen faulen, Steuergelder verplempernden Sack hielte.

Mit einem Klick sind alle Monster und Untoten vom Bildschirm verschwunden, hübsch aufgeräumt, dafür springen eine Exceltabelle, die polizeiinterne Datenbank und ein YouTube-Fenster auf, ein Feature, das er nutzt, um jederzeit für jedermann sichtbar beweisen zu können, wie intensiv er mit Arbeiten beschäftigt ist.

»Was macht der Fall, Heinze?«, fragt die Staatsanwältin, lässt sich vor seinem Schreibtisch auf einem Stuhl nieder und kramt ihre Zigaretten raus. Eine Zumutung ist das. Nicht nur die Tatsache, dass sie sich gleich in seinen geheiligten Büroräumen eine anstecken wird, sondern vor allem, dass sie sich ausgerechnet sein Büro für ihr verbotenes Tun ausgesucht hat, weshalb sie Herrn Schneider öfter belästigt, als ihm lieb ist.

»Läuft«, sagt er und tippt angelegentlich das Wort »Grossmann« in die Suchzeile von YouTube ein.

Sie zündet sich eine Zigarette an und bläst genüsslich den Rauch in die Luft. »Haben Sie neue Erkenntnisse?«, fragt sie zwischen zwei Zügen.

»Ich habe keinen Aschenbecher«, antwortet er. Dabei atmet er schwer, teils wegen des Rauchs, teils weil die Antwort, die er eigentlich geben müsste, so gar nicht zum Bild des großartigen Ermittlers passt, als den er sich sieht.

»Schon irgendwen in Verdacht?«

»Natürlich«, sagt er und haut auf die Enter-Taste.

Als das Standbild des Video-Treffers auf dem Monitor erscheint, reißt er die Augen auf. Da sind doch tatsächlich der Uwe Grossmann und eine unbekannte Frau am Fi… Seine gute Erziehung verbietet es ihm, dieses Wort in Gegenwart einer Dame auch nur zu denken, und auch das andere Wort, das mit V anfängt, verscheucht er hurtig aus seinem Kopf. Stubenreine Begriffe fallen ihm im Moment jedoch nicht ein. Er ist sozusagen mit seinem Latein am Ende und sitzt ratlos vor dem Bildschirm.

Aber nur für zwei Sekunden. Dann wird ihm klar, dass er gerettet ist. Es kommt wieder Leben in den Fall. »Wenn Sie mal schaun wollen«, sagt er und dreht den Bildschirm zur Staatsanwältin herum.

»Ach! Schau! Nein, so was«, sagt die vergnügt und ploppt zwei Rauchkringel in die Luft. »Was will uns das denn sagen?«

»Das werden wir gleich wissen«, sagt er und wird so dynamisch, wie man es von einem Beamten gar nicht erwartet hätte. »Frau Tengel«, ruft er im Aufstehen, noch bevor er die Tür zum Vorzimmer aufgerissen hat. »Frau Tengel, ich schicke Ihnen gleich mal einen Link und will wissen, wer die Frau ist, was sie tut, warum sie es tut, wie sie es tut – eben die ganze Palette: wer, wo, wie, wann, warum und weshalb.«

»Was die Frau tut, ist doch eigentlich recht eindeutig«, sagt die Staatsanwältin und zaubert weitere Ringe aus ihrem o-förmigen Mund. »Hoffentlich unterschätzen und unterfordern Sie Frau Tengel nicht.«

»Hoffentlich«, entgegnet Kommissar Schneider, der nun wieder Oberwasser hat, »überschätzen und überfordern Sie Ihre Lunge nicht. Wie wäre es denn mal mit Elektro-Zigaretten? Die verpesten auch nicht so übel die Luft.«

Die Staatsanwältin entsorgt ungerührt ihren Zigarettenstummel im Gummibaum. »Ich weiß zwar nicht, was das Ganze mit unserem Fall zu tun haben soll. Aber immerhin. Hübsche Bilder«, sagt sie und entschwindet.

Hab ich schon gesagt, dass Frau Tengel wirklich ganz großartig ist? Beinah möchte man sagen: Wenn Herr Schneider die nicht hätte … Aber er hat sie ja! Gott sei Dank. Deshalb erfährt er im Laufe des Nachmittags alle Ws über die Frau, die der Grossmann da gerade auf dem Bildschirm in der Mache hat.

Das, was er so alles erfährt, ist allemal Grund genug, den Herrn Grossmann erneut antanzen zu lassen. Und diese Koslowski soll er gleich mitbringen.

***

»Ist eigentlich alles so weit klar?«, fragt Uwe und lässt die Zeitung sinken. Er sitzt auf dem Sofa, und Sonja hat es sich daneben im Sessel gemütlich gemacht.

Sie nickt.

»Und?«

»Und was?«, fragt Sonja.

»Kommt der Heinze montags und donnerstags wie früher seine Frau? Mit frischen Brötchen?«

»Darüber haben wir gestern nicht so genau gesprochen«, sagt Sonja etwas kläglich.

Uwe stutzt. »Über was habt ihr denn gesprochen?«

»Mehr so allgemein«, sagt Sonja noch kläglicher.

»Habe ich das jetzt richtig verstanden?« Uwes Stimmlage schraubt sich etwas in die Höhe. »Du hast ihm das Haus von oben bis unten gezeigt, er ist mit seinem sexy Körper durch unsere intimsten Wohnbereiche geschlendert, und du hast während der ganzen Zeit keine Details wie Dauer, Häufigkeit, Termine und Kosten seiner Putztätigkeit mit ihm geklärt?«

Sonja nickt.

»Alle Achtung. So was sollte ich mir mal erlauben. Du schmeißt mich schon wegen bedeutend nichtigerer Anlässe raus, wenn ich dich daran erinnern darf. Von unserem Hochzeitsgeschirr gar nicht zu reden.«

Tja, so ist das in einer gut funktionierenden Ehe. Mal ist der eine oben, mal der andere. Und das ist nicht nur sexuell gemeint. Jetzt ist ganz klar Uwe oben. Also ist Sonja unten, und da ist sie nicht gern, vor allem dann nicht, wenn Uwe zu Recht obenauf ist.

»Was soll das denn heißen?«, geht sie zum Angriff über. »Ich muss die Sache mit der neuen Putzhilfe regeln, während du hier im Wohnzimmer die Füße hochlegst. Und wenn alles klar ist, fängst du an zu meckern.«

»Ja, eben«, sagt Uwe. »Weil überhaupt nichts klar ist, wie mir scheint.«

»So«, sagt Sonja, »jetzt hör mir mal gut zu.« Sie springt aus dem Sessel hoch und nimmt diese bestimmte Position ein, die

er so hasst und um die er sie gleichzeitig beneidet: hoch aufgerichtet, Schultern zurück, die Fäuste in die Hüften gestemmt.
Vorbote eines Donnerwetters, das gleich auf ihn niederprasseln
wird. Großartig. Wenn er das doch auch schaffen würde. So
sollte er mal vor seiner Klasse stehen. Ganz klein würden seine
Schüler werden – mit Hut.

Im Augenblick ist allerdings nur Uwe ganz klein. Doch Ret-
tung naht. Bevor Sonja richtig ausholen kann, klingelt das Telefon.

Sonja nimmt die rechte Faust aus der Hüfte. »Was ist?«, bellt
sie in den Telefonhörer.

Erschrocken reißt Schneider am anderen Ende der Leitung den Hörer vom Ohr und vergisst sein »Hier Kommissar
Schneider«. Solche harschen Töne ist er nicht gewohnt. Wenn
er anruft, pflegt man strammzustehen und »Jawohl, Herr Kommissar« zu sagen.

»Frau Grossmann?«, vergewissert er sich, um zu erfahren,
ob er richtig gewählt hat.

»Ja«, sagt sie kurz angebunden.

»Ist Ihr Gatte da?«

Nun wird normalerweise der Hörer entsprechend weiter-
gereicht. Aber nicht bei Sonja.

»Was gibt's denn?«, fragt sie.

»Kann ich bitte Ihren Mann sprechen, hier ist Kommissar
Schneider«, verdeutlicht er. Was Schneider zu sagen hat, wird er
ihrem Mann sagen. Und zwar nur ihrem Mann. Ja, da kann man
ihm nichts vorwerfen. Datenschutz ist in solchen Momenten
sein zweiter Vorname.

Sonja allerdings scheint von Datenschutz noch nie was gehört zu haben. Oder vielleicht doch, aber nicht gern. Sie möchte
jedenfalls umfänglich informiert sein, besonders in der jetzigen
Lage und ganz besonders, was Uwe angeht. Sie gibt also den
Hörer an ihren Mann weiter und drückt die Lautsprechertaste,
als der sich meldet.

»Guten Tag, Herr Grossmann«, schallt Schneiders Stimme
durch das Grossmann'sche Wohnzimmer. »Seien Sie doch bitte

morgen um vierzehn Uhr dreißig hier in meinem Büro. Frau Koslowski wird auch zugegen sein.«

»Was will der denn noch?«, fragt Sonja, nachdem Uwe aufgelegt hat.

»Keine Ahnung«, sagt Uwe. Das Herz schlägt ihm bis zum Hals, was ein bisschen an der neuerlichen Vorladung liegt, vor allem aber an der Nennung von Vanessas Namen.

»Aha. Und wer ist Frau Koslowski?« Sonja weiß natürlich, wer Frau Koslowski ist. Nur zu gut weiß sie das. Kein anderer Name liegt ihr in letzter Zeit so schwer im Magen. Aber sie möchte doch zu gern wissen, was Uwe dazu sagt, und ist neugierig, wie er sich rausredet. Gespannt wie ein Flitzebogen ist sie auf seine Antwort und hält jede Menge Pfeile bereit, die sie einzeln und genussvoll abzuschicken gedenkt, um seine Erklärungen – welche es auch immer sein mögen – in winzige Fetzen zu schießen.

Uwe schwirrt der Kopf. Was will der Schneider noch von ihm? Warum wird Vanessa auch dort sein? Und auf oberster Eskalationsstufe: Was soll er Sonja antworten? Am besten wäre jetzt natürlich die Wahrheit. Das ist die, wegen der du mich am Samstag grundlos rausgeschmissen hast, sollte er sagen. Aber er entscheidet sich für etwas, womit Männer normalerweise mehr Erfolg haben als mit der Wahrheit: Er stellt sich dumm. Dumm und taub. »Was hast du gesagt?«

»Wer ist Frau Koslowski?«, wiederholt Sonja eine Spur heftiger als beabsichtigt.

»Keine Ahnung. Wer ist das?«

»Das hab ich dich gerade gefragt«, sagt Sonja noch eine Spur heftiger, diesmal allerdings beabsichtigt.

Und er reitet sich immer tiefer rein: »Ich kenne nur eine Koslowski. Die unterrichtet bei uns Deutsch und Französisch.«

Man mag kaum hinhören, wie die beiden ihre Ehe zerdeppern. Statt dass sie sagt: »Ich habe so ein schlechtes Gefühl und bin deshalb wahnsinnig eifersüchtig«, will sie, dass er alles zugibt, was immer das ist, will ihn kleinkriegen. Aber er will sich nicht kleinkriegen lassen, obwohl er eigentlich schon ganz winzig ist vor schlechtem Gewissen. Und empört. Sie hat ja recht, aber an der falschen Stelle.

Statt sich also gegenseitig reinen Wein einzuschenken, spielen sie Machtspielchen.

»Und was soll die mit dir beim Kommissar?«, bohrt Sonja weiter.

»Keine Ahnung.«

Für Sonjas Geschmack sagt Uwe viel zu oft, dass er keine Ahnung hat. Ihr Mann, der sonst immer von allem eine Ahnung hat, der sich auch dann äußert, wenn er tatsächlich keinen blassen Schimmer hat, und sich dann in Vermutungen der absurdesten Art ergeht, ihr Alleswisser beziehungsweise – wenn man ehrlich ist – Allesbesserwisser soll plötzlich keine Ahnung haben? Also bitte! Für wie blöd hält er sie eigentlich?

»Mach mir nichts vor. Was soll eine Lehrerin für Deutsch und Französisch mit dir auf dem Kommissariat?«

»Ist vielleicht eine Verwechslung oder eine ganz andere Koslowski«, weicht Uwe aus.

»Also, ich bitte dich! Sooo häufig ist der Name ja nun wirklich nicht.«

»Ehrlich, ich *weiß* es nicht.«

Diesmal sagt er tatsächlich die Wahrheit. Er weiß es wirklich nicht. Das ist es ja, was die Sache so beängstigend macht. Sonja sieht ein, dass sie im Augenblick nicht weiterkommt, und verstaut ihre Pfeile wieder im Köcher. Sie wird sie später abschießen. Einzeln. Zielgenau. Ihre Zeit kommt noch.

Uwe flüchtet ins Bad, den einzigen Ort, an dem er einigermaßen ungestört sein kann. Als ihm das in voller Gänze bewusst wird, erschaudert er leicht. In seinem eigenen Haus kann er, wenn Sonja da ist, nichts Unbeobachtetes tun. Und wenn er schon mal unbeobachtet ist, weil Sonja sich im Schlafzimmer einschließt, hat er nichts Besseres zu tun, als zum Boot zu fahren und sich die Kante zu geben, der Idiot. Da fühlt er sich auf einmal wieder wie damals als kleiner Junge, der vor der Fürsorge der Mutter aufs Klo flüchten musste.

Uwe stellt das Wasser an, während ihm diese Dinge durch

den Kopf gehen. Auch das hat er damals schon getan. Man ist mir draufgekommen, denkt er, während das Wasser geräuschvoll plätschert und ihn vor Sonjas Nachforschungen schützen soll. Meine Frau hat es spitzgekriegt, die ganze Schule weiß es, und nun ist sogar die Polizei deswegen hinter mir her.

Aber seit wann interessiert sich die Polizei für eine außerehelich verbrachte Nacht?

Wie hat er sich überhaupt mit Vanessa einlassen können? Nur deswegen ist ihm obendrein diese Peinlichkeit in der 7b passiert! Ein Alptraum, wenn man es nüchtern betrachtet. Das muss schleunigst aufhören. Erst dann hat er wieder ein reines Gewissen und hält die Kreuzverhöre seiner Frau aus. Und die der Polizei.

Was heißt aufhören? Im Grunde muss das Rad zurückgedreht und das Ganze ungeschehen gemacht werden.

Also, ich sag's mal so: Das wird nicht einfach. Aber Uwe ist ein Mann, und Männer denken, wenn sie sagen »Schwamm drüber«, ist die Sache weggewischt. Vor allem Lehrer denken so was, denn sie kennen das aus ihrem Berufsalltag. Was die Schüler so alles mit Kreide an der Tafel von sich geben, grauenhaft! Daher: wisch und weg. Alles wieder sauber. Blitzblank, als wäre es nie da gewesen.

Aber das stimmt natürlich nicht. Jeder Lehrer setzt in Gedanken einen kleinen Haken hinter den Namen des Schülers, der ihm diesen Dreckhaufen auf die Tafel gesetzt hat. Ebenso hat Uwe natürlich auch bei Vanessa, dem Lehrkörper und der gesamten Schülerschar seinen Haken weg. Da hilft es gar nichts, wenn er mit einem Blumenstrauß bei Vanessa aufkreuzt, ihr sagt, wie sehr er das Ganze genossen habe, wie wundervoll die Nacht mit ihr gewesen sei, wie sehr er wünschte, dass es ewig so weitergehen könne, dass aber nun endgültig Schluss sein müsse.

Gar nichts hilft das. Doch genau das nimmt er sich vor.

Er kommt aus dem Badezimmer, greift nach Mantel und Aktentasche und will mit einem »Ich geh dann mal« das Haus verlassen.

»Es ist aber nicht vierzehn Uhr dreißig. Und morgen ist erst morgen«, sagt Sonja. »Wo willst du hin?«

»Zur Bücherei. Hab dir doch erzählt, dass ich dringend zwei Bücher zurückbringen muss. Die sind mehr als überfällig.«

Respekt, Herr Grossmann! Wer hätte Uwe solch eine Ausrede zugetraut? Noch dazu so prompt. Da kann man mal sehen, dass eine kurze Zeit im Bad unerwartet gute Ideen hervorzaubern kann. Allerdings – so gut ist die Idee nun auch wieder nicht. Sonja ist wie gesagt nicht blöd und Uwe kein besonders guter Lügner. Aber sie lässt ihn laufen. Die Sache mit Herrn Heinze hat sie … wie soll ich sagen … ein wenig erblühen lassen. Ein zartes Pflänzchen keimt in ihr. Das möchte sie ein wenig beschauen, begießen, hätscheln und tätscheln. Dabei ist man liebsten ungestört.

∗∗∗

Mit einem Blumenstrauß von der Tanke steht Uwe vor Vanessas Haus und übt, während er klingelt, in Gedanken noch mal sein Sprüchlein: wie wundervoll die Nacht mit ihr war, wie sehr er wünscht, dass es ewig so weiterginge, dass aber Schluss sein muss – den ganzen Schmu halt.

Vanessa strahlt, als sie ihn ins Wohnzimmer schiebt. Denn mal ehrlich, was glaubst du wohl, was sie denkt, als sie Uwe mit Blümchen vor ihrer Tür stehen sieht? Da kannst du mal sehn, dass Uwe tatsächlich total unbedarft ist. In so einer Situation kann man vieles sagen, aber bitte nicht die Wahrheit. Solltest du selbst mal in ähnlicher Lage sein, putz dir drei Tage nicht die Zähne, zieh deine dreckigsten Stinkesocken an und fall mit einem Brunftschrei über sie her. Dann ist die Sache schneller vorbei, als du gucken kannst.

So aber läuft es total ungut. Und der Blumenstrauß ist die Katastrophe schlechthin. Was würdest *du* denn denken, wenn ein Mann mit Blumen bei dir aufkreuzt? Auf alles Mögliche würdest du kommen, aber doch nicht darauf, dass es sich um einen Abschiedsstrauß handelt.

Deshalb braucht Vanessa auch eine ganze Weile, bis sie endlich kapiert, was er sagt.

Als Uwe nach zwei Stunden, in denen er abwechselnd Tränen trocknen und Ohrfeigen ertragen musste, wieder abzieht, lässt er eine wütende Vanessa zurück, die den Strauß samt Vase in den Mülleimer pfeffert. Dann klaubt sie die einzelnen Blümchen wieder hervor, ordnet sie tränenüberströmt in einer neuen Vase, während sie überlegt, wie sie Uwe wieder zurückbekommen kann. Und das nur, um dann auch die zweite Vase im Mülleimer zu versenken und Rachegedanken zu schmieden.

**

Es klingelt. Herr Heinze wirft einen letzten Blick auf sein Werk und atmet durch. Alles geschafft. Gerade rechtzeitig. Keine Minute zu früh fertig geworden. Den Esstisch hat er an die Wand geschoben, Badelaken, Handtücher und Massageöl liegen bereit, die Rollen und Beine der Massageliege sind unter einer übergroßen Decke verborgen. Sogar an ein Kantholz, um die Liege am Wegrollen zu hindern, wenn es zu stürmisch werden sollte, hat er gedacht. Eine Tischdecke verhüllt die Kommode, die darauf verteilten Kerzen tauchen das Zimmer in sanftes Licht. Der Sessel steht bereit, um die Kleidung der »Patientin« in Empfang zu nehmen. Es kann losgehen. Er dimmt die Lampe, startet die CD mit dem einlullenden Pling-Pling, strafft sich innerlich, geht zur Tür und öffnet.

Da steht sie, seine erste Kundin, eine kleine graue Maus, die unsicher zu ihm aufsieht.

Er lächelt freundlich, aber verhalten, deutet eine leichte Verbeugung an, geleitet sie in den neu erschaffenen Massageraum und schließt leise die Tür. Während ihrer Entblätterung rauscht er durchs Grossmann'sche Schlafzimmer, um ihm in Windeseile eine geputzte Note zu verleihen. Leicht abgehetzt erscheint er danach im ehemaligen Esszimmer und begibt sich ans Werk.

So. Für das Weitere musst du jetzt deine Phantasie bemühen. Nur so viel: Die graue Maus ist danach natürlich weiterhin eine graue Maus, allerdings mit roten Bäckchen. Das mag nicht viel sein, aber immerhin. Frau Maus ist zufrieden, zahlt und verabredet einen Folgetermin.

Na bitte, alles einfacher als gedacht. Die Scheine knistern in Herrn Heinzes Hosentasche. Wie lange muss er im Fitnessstudio dafür arbeiten! Er geleitet Frau Maus zur Tür, kann sich sogar noch zu einem Handkuss aufraffen und schließt sie mit einem erleichterten Seufzer hinter ihr.

Dann versetzt er den Essraum wieder in seinen Urzustand, verstaut das Kantholz in der hintersten Ecke der Besenkammer, unterzieht den Rest des Grossmann'schen Hauses einer oberflächlichen Reinigung und macht sich aus dem Staub, der sich weiterhin ungerührt auf den Regalen breitmacht.

Erst zu Hause kann er sich in aller Ruhe eine Zigarette anzünden, die er jetzt wirklich dringend braucht.

***

Kommissar Schneider war zweimal auf Fortbildung: Verhörtechnik I und Verhörtechnik II. Für Verhörtechnik III hatte er keine Zeit mehr, aber er meint, das wäre entschuldbar, denn verhörtechnisch hat er's einfach drauf. Aber bei Uwe irrt er. Da fehlt's ihm dann doch noch am Know-how. Denn bei Uwe gehen bisweilen die Emotionen mit ihm durch, was in V III ausgiebig behandelt worden wäre.

Vanessa sitzt schon mit Kommissar Schneider im Verhörraum, als Uwe etwas verspätet erscheint. »Warum kommen Sie erst jetzt?«, fragt der Herr Kommissar in äußerst ungehaltenem Tonfall.

Siehst du, das meine ich. Seine Aufgabe wäre es, eine behagliche Kuschelatmosphäre zu schaffen, in der die Bösewichte in aller Harmlosigkeit vor sich hin plappern, bis der Zeitpunkt gekommen ist, da der Kommissar adlergleich herabstößt, zupackt und seine Beute ergreift, um sie in der Luft zu zerfleischen. Wenn der Verhörer jedoch gleich zu Anfang Vorwürfe ausstößt, hat der Befragte von da an natürlich alle Lampen an, ist gewaltig auf der Hut, und man muss ihm die Würmer einzeln aus der Nase ziehen.

Ist aber vielleicht verständlich. Der Kommissar hatte eine schwere Schulzeit, insbesondere was die mathematisch verstrichene Zeit anbelangt. So etwas prägt fürs Leben. Wenn einem dann später ein Vertreter des damaligen Grauens leibhaftig gegenübersitzt, kann man es demjenigen kaum verdenken, dass ihn Rachegedanken überkommen. Beinah möchte ich sagen, dass in Kommissar Schneiders Fall sogar ein Zusatzlehrgang Verhör IV für besonders geschädigte Fälle wenig dagegen hätte ausrichten können.

Na, jedenfalls ist Uwe äußerst wachsam, als Herr Schneider ihm nun mit triumphierender Geste das Notebook hinschiebt, auf dem YouTube zu den hingehauchten Klängen von »Je t'aime« ein Einzelbild nach dem anderen abspult. Bilder, die alle ihn und Vanessa in eindeutiger Pose zeigen.

»Das bin ich nicht«, sagt Uwe und schiebt das Notebook wieder weg.

»Wollen Sie etwa abstreiten, dass das Ihr Gesicht ist?«, fragt Schneider böse.

»Nein, das will ich nicht. Aber die gezeigten Bilder sind Fotomontagen. Das müssten Sie eigentlich bemerkt haben. Soweit ich weiß, werden Polizisten im Erkennen von Bildmanipulationen geschult. Waren Sie krank, als das drankam?«

Zack, da hat ihm der Herr Lehrer eins ausgewischt. Kommissar Schneider kocht. Erinnerungen an ungute Zeiten überschwemmen ihn. Wie damals der Mitschüler in der Reihe hinter ihm hat ihm diesmal seine eigene Mitarbeiterin falsch vorgesagt. Und nun steht er da, blamiert bis auf die Knochen mit hochrotem Kopf – wie damals, nur dass er heute sitzt.

Da geschieht das Wunder. Vanessa kommt ihm zu Hilfe. »Stimmt. Herr Grossmann kann es gar nicht sein. Er hat ein großes Muttermal unter dem Bauchnabel.«

Ach ja, die Frauen. Halten sich für besonders schlau, weil sie den Lover, um nicht aufzufliegen, beim Nachnamen nennen, und plaudern dann in aller Harmlosigkeit intimste Dinge aus.

Hätte man gar nicht gedacht, dass Vanessa solch ein Schäfchen ist.

Ist sie eigentlich auch nicht. Deshalb tut Uwe ganz recht daran, innerlich zu erstarren. Warum macht sie das?, fragt er sich. Aus Boshaftigkeit? Er hat sich bei ihr entschuldigt, hat ihr gesagt, wie sehr er sie schätzt – auch als Frau –, hat von Sonja erzählt und dass er auch sie schätzt, dass er seine Frau nicht betrügen und schon gar nicht verlassen kann oder will, er hat wirklich mit total offenen Karten gespielt, und nun haut sie ihn derart in die Pfanne. Er ist sprachlos. Das verstehe, wer will.

Du verstehst es natürlich. Seit ich dir den Tipp mit den Stinkesocken und den ungeputzten Zähnen gegeben habe, verstehst du es sogar noch besser. Die Wahrheit ist zwar immer ehrenvoll, aber was nutzt die ganze Ehre, wenn man auf die Verschwiegenheit des ehemaligen Bettgenossen angewiesen ist? Vanessa fühlt sich verarscht, benutzt, sitzen gelassen. Da kann man schon mal ein wenig biestig werden, wenn sich die Gelegenheit ergibt.

Herr Schneider ist von einer Sekunde zur anderen bester Laune. »Herr Grossmann, wenn Sie vielleicht so nett wären, mir zu sagen, woher Frau Koslowski das mit Ihrem Bauchnabel wissen kann«, sagt er mit zuckersüßem Lächeln, weil sich das Blättchen gewendet hat.

Doch Uwe hat sich wieder gefangen. »Wir hatten gemeinsam einen Schwimmkurs«, sagt er ins Blaue hinein. »Daher weiß ich auch, dass die Brüste von Frau Koslowski unterschiedlich groß sind. Im Gegensatz zu denen auf diesen Bildern hier«, fügt er hinzu. Eigentlich sagt er das, um auch Vanessa aus der Gefahrenzone zu holen. Ja, siehst du, das hätte er nicht tun sollen. Mit solchen Äußerungen trifft man eine Frau an ihrer empfindlichsten Stelle.

Herr Schneider lehnt sich genüsslich zurück, während Uwe und Vanessa sich gegenseitig über das Nichtvorhandensein körperlicher Unzulänglichkeiten aufklären und gelegentlich sogar in das vertraute Du zurückfallen. Na bitte: V I und V II waren völlig ausreichend. Gut, dass er damals V III zugunsten eines längst überfälligen Urlaubs abgesagt hat. Wäre völlig überflüssig gewesen. Er ist ein Naturtalent.

»Was ginge Sie das eigentlich an, wenn Vanessa und ich eine außerschulische Beziehung hätten?«, fragt Uwe schließlich erbost, wobei er immer noch die Hoffnung hat, die Liaison abstreiten zu können, wie du am Konjunktiv siehst.

»Die Fragen stelle *ich*«, sagt Herr Schneider streng, das hat er in V I gelernt. »Was es mich angeht, will ich Ihnen gern trotzdem sagen, auch wenn ich Ihnen beiden als Akademikern schon ein wenig mehr Wissen zugetraut hätte.«

Ganz falsch! Oberlehrerhafte Pampigkeit lässt die zu Verhörenden bockig werden. Das gilt auch und vielleicht gerade bei Lehrern. Schließlich ist das ihr Ressort. An V II Punkt sieben »Wie erzeuge ich eine Kuschelatmosphäre für schnelle Geständnisse« scheint er nur mit halbem Ohr teilgenommen zu haben.

»Sie, Herr Grossmann, haben damit eines der ältesten Mordmotive der Welt. Ich nehme Sie fest, weil Sie Frau Heinze, Ihre Putzfrau, die Ihnen draufgekommen ist, mit einem heimtückischen Mord zum Schweigen gebracht haben«, sagt Kommissar Schneider und haut mit der flachen Hand auf den Tisch. Na bitte, so einfach kann das Leben sein – auch das eines Kommissars. Immer dieses eierweiche Herumgesülze, dieses Fordern von Beweisen, alles Wischiwaschi. Draufhauen muss man. Es wird schon den Richtigen treffen.

Uwe sieht Kommissar Schneider entsetzt an. Was ist das denn für ein Schwachsinn? Das erinnert ihn an die frühere Fernsehsendung »Was bin ich?«, das heitere Beruferaten mit Robert Lembke. Am liebsten würde er jetzt sagen: »Machen Sie mal eine eindeutige Handbewegung«, woraufhin Schneider abwechselnd alle zehn Finger in den Mund nehmen und sich die Haare raufen müsste. Denn diese Anschuldigung ist doch wirklich total aus den Fingern gesogen und an den Haaren herbeigezogen.

Stattdessen tut Uwe endlich das, was er schon lange hätte tun sollen. »Ich will einen Anwalt«, fordert er.

»Bitte schön«, sagt Herr Schneider und schiebt ihm das Telefon rüber.

Uwe ist ein ganz normaler Mensch, quasi ein Mensch wie du und ich. Ich weiß natürlich nicht, wie das bei dir ist, vielleicht hast du ja mehr oder weniger ständig mit der Polizei zu tun und kannst daher die Telefonnummern einschlägiger Anwälte im Schlaf herunterbeten. Gut für dich, wenn es so ist. Bei Uwe verhält es sich jedenfalls nicht so, und auch seine Nacht in der Zelle hat ihn nicht dahin gehend geläutert, dass er nun entsprechend präpariert wäre. Da muss ich dem Herrn Kommissar nun beinah recht geben: Von einem Akademiker hätte man das erwarten können.

Es bleibt Uwe nichts anderes übrig, als Sonja anzurufen, damit sie sich um alles Weitere kümmert. Was in Anbetracht der Tatsache, dass Sonja sich nach ihrem letzten Gespräch aufmunitioniert hat und nun mit einem gefüllten Köcher voller giftiger Pfeile auf genau so eine Vorlage wartet, keine richtig gute Idee ist.

* * *

Sonja hat einen unerquicklichen Tag im Büro. Was sich am Montag, den sie wegen der Nacht im Kerker in einen blauen Montag umwandeln musste, alles angesammelt hat, geht auf keine Kuhhaut. Beinah scheint es so, als ob am Ende einer jeden Woche der deutsche Gatte zur Gattin die Worte spricht: »Lass mal sehen, Liebling, was in unserem Leben alles nicht versichert ist«, und flugs wird ein Antrag ausgefüllt, der diese Lücke schließen soll und dann postwendend auf ihrem Schreibtisch landet. Nicht selten braucht sie bis Mittwoch, um der Flut einigermaßen Herr zu werden. Und diese Woche wird sie wohl erst am Freitag den letzten Antrag bearbeitet haben. Am späten Nachmittag. Wenn's überhaupt reicht. Sehr ärgerlich, so was.

Sonja ist seit geraumer Zeit dazu übergegangen, an den ersten drei Wochentagen tüchtig ranzuklotzen, um dann donnerstags und freitags Spielraum für Privates zu haben. Wenn's gut läuft, auch schon am Mittwochnachmittag. Daraus wird nun nichts. Dabei hatte sie sich für diese Woche fest vorgenommen, sich am

Donnerstagnachmittag unter die kundigen Hände von Herrn Heinze zu begeben. Das kann sie nun knicken.

Ihre Finger hetzen gerade in Lichtgeschwindigkeit über die Tastatur, und die Stimmung ist entsprechend angespannt, als das Telefon klingelt. Uwe ist dran. Ich muss wirklich sagen: Einen schlechteren Zeitpunkt hätte er sich kaum aussuchen können.

»Du störst«, sagt Sonja, »ich bin mitten in einer Feuerversicherung dritten Grades für ein kinderloses Ehepaar mit zwei Rehpinschern.«

»Dann werden die Pinscher eben eine Weile warten müssen, denn du musst mir sofort einen Anwalt besorgen, der mich hier rausholt.«

»Ach, weißt du«, sagt Sonja und ist plötzlich die Ruhe selbst, »das werde ich genauso geschwind erledigen wie du, als du mich eine geschlagene Nacht in der Zelle hast schmoren lassen.« Lächelnd legt sie den Hörer auf die Gabel. Na bitte. Es gibt doch noch so etwas wie einen gerechten Gott.

»Sie hat aufgelegt«, sagt Uwe zu dem Kommissar. Der hebt in gespieltem Bedauern die Schultern.

»Wie schade. Sie dürfen nur einen einzigen Anruf tätigen. Leider. Ist Vorschrift. Da kann ich nichts machen. So gern ich das möchte.«

Wie herrlich. Endlich. Die Zeit der Rache ist da. All die Demütigungen aus Schülertagen: »Wie schade, wieder ein Fünfer« oder »Mit zwei Fünfen bleibt man sitzen, ist Vorschrift« oder »Das kann ich dir nicht durchgehen lassen. Leider. So gern ich das auch möchte« – all das wird nun zurückgezahlt. Mit Zins und Zinseszins. Sogar die traurigen Dackelaugen, mit denen die Lehrer ihre Boshaftigkeit zu verschleiern suchten, kriegt er hin.

Leicht angewidert besieht sich Uwe diese unzureichende schauspielerische Darbietung. Erst als er auch in Vanessas Gesicht einen Anflug von Häme zu erkennen glaubt, weiß er endlich Bescheid und erkennt: Die Zeiten für akademische Herablassung und lehrerhafte Großmut sind vorbei.

Du weißt natürlich, dass er nun einfach aufstehen und gehen könnte, denn Schneiders Beschuldigungen entbehren jeder Grundlage, sie sind gänzlich aus der Luft gegriffen und völlig beweisfrei. Doch Uwe ist wie gelähmt.

Er hat Angst. Verlassen von Weib und Geliebter ist er einem blindwütigen Polizisten schutzlos ausgeliefert, und eine bisher als harmlos verkannte Schülermeute fordert mit Fotomontagen seinen Kopf.

✳✳✳

Sonja lässt die Rehpinscher Rehpinscher sein, lehnt sich in ihrem ergonomisch brillant geformten Sessel zurück und fängt an zu denken. Uwe braucht also einen Anwalt. Das kann nur heißen, dass der Herr Kommissar ihn am Schlafittchen gepackt hat. Zusammen mit Vanessa, diesem Unschuldsengel für Deutsch und Französisch. Ha, Französisch! Das hätte sie von Anfang an stutzig machen müssen.

Sie kramt den Zettel hervor, auf dem sie sich die Telefonnummer notiert hat, die der gute Uwe zuletzt angerufen hat, bevor er seine vermeintliche Suche nach einem Anwalt für seine einsitzende Frau Gemahlin aufgab, und gibt die Nummer in die Internetsuchmaschine ein. Aha! Uwe hat keinen Anwalt, sondern Vanessa Koslowski angerufen, während sie im Knast war.

Jetzt glaubt sie, endgültig Gewissheit zu haben: Ihr betont harmloser Uwe ist fremdgegangen. Und zwar nicht nur ein Mal – ein Seitenausrutscher sozusagen –, sondern mit einem richtigen, gezielten Sprung. Er hat mit Vanessa die Seminarnächte verbracht, ebenso wie mit Sicherheit die Nacht, als sie ihn rausgeschmissen hat, und hat sich dann offenbar sogar in der Nacht ihrer Einkerkerung auf Französisch vergnügt. Warum sonst hätte er so vehement abstreiten sollen, eine Frau Koslowski zu kennen?

Na, warte, das wird er ihr büßen. Auf den rettenden Engel in Form eines Anwalts kann er warten, bis er schwarz wird. Wie du mir, so ich dir.

Moment mal. Zu echter Waffengleichheit gehört ja nun ein Seitensprung ihrerseits. Aber woher einen Lover nehmen und nicht stehlen? Noch dazu auf die Schnelle? Na, woher wohl. Aus der nächsten Umgebung natürlich! Genau wie es Männer auch tun, die sich nicht lange umsehen, sondern sich in unmittelbarer Nähe verlustigen, sprich: die Sekretärin beziehungsweise die Kollegin anbaggern. Und wer ist in der Nähe? Die neue Putzi, Herr Heinze.

Ganz kurz streift sie der Gedanke, dass sie diese Möglichkeit auch schon ins Auge gefasst hat, als sie noch nicht sicher sein konnte, dass Uwe ihr untreu geworden ist. Aber eben nur ganz kurz. Dann gibt sie sich vollends ihrer erbitterten Wut auf Uwe und den zu erwartenden Freuden mit Herrn Heinze hin.

Aber wie das so ist mit weiblicher Erbitterung: Sie steht auf dünnem Eis. Armer Uwe, funken ihr immer wieder Liebe und Mitleid in die aufgestaute Wut hinein. Wie mag es ihm wohl gehen? Und warum geht es ihm so, wie es ihm jetzt geht? Was hat er getan, dass es einen Beamten der Mordkommission auf den Plan ruft? Denn selbst wenn Uwe untreu geworden ist, ein Mörder ist er nie und nimmer. Sollten Frauen, Männer oder Kinder vor seinen Augen ableben, sich schwerstdemolieren oder auch nur unglücklich stürzen, er wäre der Erste, der ihnen zu Hilfe eilen, und der Letzte, der sich heimlich aus dem Staub machen würde.

Und dieser Mann, die Hilfsbereitschaft in Person, hat sich in den Fängen eines blutrünstigen Kommissars verheddert.

Sie nimmt das Telefon zur Hand, klappert ihre Freundinnen ab und hat nach kurzer Zeit eine stattliche Liste von Rechtsanwälten beisammen, die nach deren Aussagen nur darauf warten, auch schwerste Fälle aus den Klauen der Exekutive zu befreien.

Mit dem obersten fängt sie an. Besetzt. Der zweite ist in Urlaub. Beim dritten hat sie Glück. Wer, wo, warum, alles schnell geklärt, und nachdem sie auch noch die Nummer ihrer Kreditkarte angegeben hat, verspricht er, umgehend zu handeln.

Na bitte, nun hat sie ihre ehelichen Pflichten wirklich mehr als erfüllt und kann sich wieder ganz ihrer Retourkutsche widmen. Sie greift erneut zum Telefonhörer und wählt die Nummer des Fitnessstudios, die Herr Heinze ihr gegeben hat.

***

Sonja liegt bäuchlings auf der Massageliege im Fitnessstudio, angetan mit ihrem Slip für besondere Anlässe, den sie lange nicht mehr getragen hat, einem Goldkettchen und zwei Tropfen Chanel Nr. 5, das ebenfalls für besondere Anlässe bestimmt und daher im Gegensatz zum Slip noch nicht knapp geworden ist. Herr Heinze erscheint, wieder oben ohne, weshalb er nicht erkennt, dass die »Herrschaft« vor ihm liegt. »Wo haben Sie Ihre Verspannungen«, fragt er in medizinischem Tonfall.

»Überall«, haucht Sonja.

Prüfend gleiten seine Daumen ihren gesamten Rücken entlang. Der Nacken ist eine einzige Katastrophe. Myogelosen und verspannte Muskulatur in bunter Folge zeugen von intensiver Computertätigkeit. Er macht sich ans Werk, quetscht versteinerte Muskelstränge, quält Triggerpunkte, knetet und klopft.

Sonja treten vor Schmerz die Tränen in die Augen. Sie fasst hinter sich, erwischt seine Hand und hält sie fest. Mein Gott, diese Hände! »Etwas sanfter bitte, Sie bringen mich ja um.«

Er schafft es für genau zwei Minuten, den Druck zu verringern, dann verfällt er in seinen alten Trott und vergreift sich erneut an Sonjas Verspannungen.

Wie kommt's?, fragst du dich vielleicht. Wieso fällt dieser Bär, der Vanessa beglückt hat und sogar graue Mäuse erfreuen kann, bei Sonja wieder in den Massagemodus zurück? Nein, die Stimme seiner Herrin hat er nicht erkannt, und auch Sonjas Gesichtszüge bleiben ihm, da brillenlos, verborgen. Es wird wohl eher die Fitnessstudio-Umgebung gepaart mit der doch schon etwas in die Jahre gekommene Unterhose von Sonja sein, die ihn die Situation verkennen lässt. Vielleicht hat ihn auch ihr Nacken bei seiner Masseursehre gepackt. Oder er ist einfach geschäftstüchtig und hat beschlossen, seine Streicheleinheiten ausschließlich in seinem Interims-Massagesalon und keinesfalls unter Wert zu verkaufen.

Sonja geht zum Angriff über. »Nun lassen Sie mal meinen Nacken in Ruhe, andere Stellen haben es nötiger.«

Gehorsam gleiten Herrn Heinzes Hände den Rücken hinab. Als seine rotierenden Bewegungen Sonjas Hüftknochen erreichen, beginnt sie wohlig zu stöhnen. Jetzt endlich begreift er und verpasst Sonja eine ... ja, wie soll ich das nennen? Eine Schnuppermassage. Genau. Das ist das richtige Wort.

»Ich vereinbare auch individuelle Termine«, flüstert er, während er sanft Sonjas Pobacken knetet.

»Okay«, flüstert Sonja zurück und sagt, kurz bevor er beim Weggehen die Tür ganz geschlossen hat: »Kommen Sie zu mir. Sie kennen ja die Adresse.«

Du hast vielleicht schon mitgekriegt, dass Herrn Heinzes Gehirnwindungen diametral zu seinen Händen arbeiten. Der alte Spruch »Was man nicht im Kopf hat, muss man in den Beinen haben« könnte für ihn etwas abgewandelt lauten: Was er in den Händen hat, fehlt ihm weiter oben. Deshalb hat Sonjas Aussage, dass er die Adresse kenne, sein Innerstes erst erreicht, als er schon im Umkleidebereich des Personals angekommen ist.

Wieso soll er die Adresse dieser Frau kennen?

Er setzt seine Brille auf und stürmt zurück in den Massageraum, wo Sonja gerade barbusig in ihre Jeans steigt.

Entsetzt starrt er sie an.

Halb nackte Frauen werden nicht gern angestarrt – und entsetzt schon gar nicht. »Was ist?«, fragt Sonja und hält sich die Hände vor die Brust.

»Sie sind es«, stößt Herr Heinze hervor, wobei er den Tonfall irgendwo zwischen Frage und Feststellung ansiedelt.

»Haben Sie jemand anderes erwartet?«

Ich hatte ja schon gesagt, dass Herrn Heinzes Oberstübchen nicht das flinkeste ist. Daher weiß er mit dieser Frage nichts anzufangen. Er hatte alles Mögliche erwartet, nur das nicht. Doch als Sonja die Hände senkt, spürt er instinktiv, dass jetzt nicht mehr sein Kopf, sondern die Hände gefragt sind, und greift zu.

Erst als er wieder zu Hause ist, fangen seine Hände an zu zittern. Nicht so stark wie bei der Erkenntnis, dass seine Frau ein für alle Mal von ihm gegangen ist, aber doch immerhin so heftig, dass er sich seiner Anspannung bewusst wird. In seinem Kopf tanzen die Gedanken Ringelreigen, und er kriegt keinen zu fassen.

Wie konnte er nur – noch dazu mit der früheren Arbeitgeberin seiner Frau? Wie konnte er nur – mit seiner jetzigen Arbeitgeberin und Besitzerin seines neu erkorenen Massagesalons! Gut, dass auf seinen Reklamekärtchen nur eine Telefonnummer steht. Was würde wohl passieren, wenn Frau Grossmann ihre eigene Adresse als Massageinstitut darauf lesen könnte? Wie soll das nun weitergehen? Was soll er tun?

Er tut das, was er in schwierigen Situationen schon immer getan hat. Er geht erst mal aufs Klo. Kommt Zeit, kommt Rat.

∗∗∗

Manu lächelt. Sie sitzt allein in ihrem Zimmer und lächelt glücklich in sich hinein. Denn sie hat ein Gefühl – ein wunderbares Gefühl. Dieses Gefühl sagt ihr, dass Herr Grossmann ihr heute seine Liebe erklärt hat. Mit einem ganz zarten Lächeln. Nur für sie bestimmt. Und seitdem lächelt auch sie. Lächelt und denkt dabei an all die schönen Dinge, die er und sie machen könnten, wenn sie beide endlich einmal allein wären. Um ihre Phantasie ein wenig zu unterstützen, ruft sie die Internetseite der Schule auf. Unter der Rubrik »Lehrkörper« lächelt er ihr entgegen, diesmal allerdings ein wenig starr.

Manu spielt auf ihrem Notebook herum, tippt verträumt »Grossmann« in die Suchzeile ein. Und erschrickt. Erschrickt freudig erregt, denn auch YouTube hat einen Grossmann zu bieten.

Am liebsten möchte ich jetzt ihren Computer abstürzen lassen, um ihr das Video mit den kompromittierenden Bildern zu ersparen. Aber wie soll ich das machen? Es bleibt mir nichts anderes übrig, als ihr die ganze Wahrheit zuzumuten.

Von einer Sekunde zur anderen lächelt Manu nicht mehr. Der YouTube-Grossmann allerdings lächelt ungerührt weiter. Nackt belächelt er eine ebenfalls nackte Frau. Wenn er es wenigstens noch dabei bewenden ließe. Aber nein, er tut offensichtlich auch das, was sie sich in ihrer Phantasie vorgestellt hat. Allerdings tut er es nicht mit ihr, sondern mit der Französisch-Kotze.

Entsetzt klappt sie den Deckel zu. Scham und Wut steigen in ihr hoch. Er liebt sie gar nicht. Sein Lächeln, als sie die Frage nach dem Lösungsansatz der Gleichung so grandios beantwortet hat, ist bloß das eines Lehrers gewesen, nicht das eines potenziellen Lovers. Es hatte alle Erinnerungen an den Brötchen-Morgen weggewischt. Nun kehren sie mit voller Wucht zurück. Er hat doch was mit der Kotze.

Nur nebenbei gesagt: Die Jungs nennen Frau Koslowski »Franz-Kosi« oder auch »German Angel«, je nachdem, welche Fächer sie bei ihnen unterrichtet. Aber die Mädchen durchgängig nur: die Kotze.

Was hat die Kotze, was ich nicht habe?, fragt sich Manu, außer dem alles in den Schatten stellenden Busen natürlich. Aber einem Mann wie dem Grossmann hätte sie nicht zugetraut, dass ihn derart niedere Instinkte antreiben. Sie klappt den Deckel ihres Laptops wieder auf und besieht sich die Kotze im Standbild genauer. Makellos. Nicht das kleinste Muttermal. Nur ein dezentes Tattooband umschlingt ihren linken Oberarm. Nanu, die Kotze, ein Tattoo? Das ist ihr neu. Manu schaltet in den Vollbildmodus. Na bitte. Das ist nur der Kopf von der Französisch-Tante auf irgendeiner nackten Frau.

Manu inspiziert den Grossmann. Ebenso ein makelloser Körper, alles, was recht ist. Ein Mann, wie ihn sich frau nur wünschen kann. Großartig. Da bedauert sie es direkt ein wenig, als sie erkennt, dass auch der Grossmann'sche Kopf nur aufmontiert ist.

Manu lehnt sich zurück und sieht die Bildfolge unter veränderten Gesichtspunkten erneut an. Gelungene Fotomontagen, eine wie die andere. Die Körper immer mal andere, die Köpfe immer dieselben. Kleine Kunstwerke rauschen an ihr vorbei, zwar gefälscht, aber meisterhaft montiert. Hut ab, alle Achtung. Sie kennt nur einen, der derart brillant mit einem Bildbearbeitungsprogramm umgehen kann. Vorsichtshalber überprüft sie ihren Verdacht und besieht sich den Nickname des Künstlers. Na bitte: GroPro.

Manu muss trotz ihrer Trauer grinsen. Auf so was kann nur Tommi kommen. Seit der fünften Klasse kennt sie ihn, erinnert sich, wie er auf dem Schulhof immer große Reden geschwungen hat, sodass alle Lehrer ihn spöttisch nur den »kleinen Professor« genannt haben. Sieht ihm ähnlich, dass er sich zum großen Professor geadelt hat. Bescheidenheit ist nicht seine Stärke.

Aber warum hat Tommi das getan? Vielleicht aus demselben Grund, warum ein Hund sich die Eier leckt: weil er es kann. Oder er will jemandem eins auswischen. Aber wem? Der Kotze? Wohl kaum. Die Kotze ist ungebunden, kann machen, was sie will und mit wem sie will. Oder will er den Grossmann bloßstellen? Warum? Tommi schrammt in Mathe stets dicht an einem »Gut« entlang, da hat er doch gar keinen Grund, Grossmann zu vergrätzen.

Das macht alles keinen Sinn.

Nachdenklich lutscht sie an einer Haarsträhne. Noch besser geht Nachdenken natürlich, wenn man an den Fingernägeln kaut, aber das hat sie sich Gott sei Dank abgewöhnen können. Die Vorstellung, dass Grossi mitten im heißesten Kuss einen Blick auf ihre abgekauten Nägel wirft, hat dabei mächtig mitgeholfen.

Plötzlich springt sie auf. Jetzt hat sie's. Na bitte, Nägel kauen ist gar nicht nötig, Haare lutschen reicht völlig aus. »Pass auf, dass dir nicht die Augen rausfallen und Grossmann drauf ausrutscht.« – »Was himmelst du den alten Sack eigentlich immer so an?« – »Warum in die Ferne schweifen, das Gute liegt so nah.« Alles so Sprüche von Tommi. Auch die Fliege, die sie von ihrer Schulter wedeln wollte, bis sie merkte, dass sich seine Lippen dorthin verirrt hatten, fällt ihr wieder ein.

Schau, schau, das gute Tommilein ist eifersüchtig auf Herrn Grossmann. Na, das ist ja ein Ding. Deshalb hat er sich einen geschlagenen Nachmittag mit dieser Bildmontage um die Ohren gehauen. Mindestens. In einem Viertelstündchen ist so was nicht zu machen. Das schafft selbst ein Tommi nicht.

Das wirft ein ganz neues Licht auf die Sache.

＊

Sonja hat wirklich ganze Arbeit geleistet, bevor sie sich an ihren Seitensprung gemacht hat. Oder hättest du vermutet, dass ein Anwalt alles stehen und liegen lässt und sich im Laufschritt zu seinem Mandanten begibt? Doch dieser tut es. Kommt gleichsam mit wehender Robe angewetzt und erscheint just in dem Moment, als Kommissar Schneider Vanessa nach Hause und Uwe in die Zelle schicken will.

Es hätte nicht viel gefehlt, und Uwe wäre seinem Retter um den Hals gefallen. Da hätten der Schneider, der Anwalt und auch Vanessa sicher nicht schlecht gestaunt. Deshalb lässt er es lieber. Doch wohin mit der ganzen Erleichterung darüber, dass er nicht wieder in den Bau muss? Er vergisst alles: dass er gestern erst auf immer und ewig mit Vanessa Schluss gemacht hat, dass sie ihn vor nicht einmal einer Stunde in die Pfanne gehauen hat, alles vergessen. Er lädt sie auf einen Kaffee in den Kieler Yacht-Club ein.

Der Kieler Yacht-Club ist ein großartiges Restaurant mit vorzüglichem Kaffee und Kuchen. Aber leider auch mit entsprechenden Preisen. Für ein kleines Kännchen Kaffee kannst du dir andernorts den einen oder anderen Quadratmeter eines ganzen Hotels kaufen. Dafür wird dir hier aber ein unverbauter Blick auf die Förde zuteil – und Uwe ein Blick auf sein im Olympiahafen dümpelndes Boot.

»Unsere Putzfrau Frau Heinze hat hier als Zimmermädchen gearbeitet«, sagt Uwe. »Auf Vierhundertfünfzig-Euro-Basis. Da drüben muss sie erschlagen worden sein, ist ins Wasser gefallen und ertrunken.« Er deutet vage in Richtung Steg. »Und ich Idiot hab sie entdeckt und die Polizei gerufen. Jetzt will der Schneider mir ihren Tod in die Schuhe schieben.«

»Und? Hast du sie erschlagen?«

»Natürlich nicht. Würdest du mir das etwa zutrauen?«

»Verheirateten Mathelehrern, die was mit alleinstehenden Französischlehrerinnen anfangen, würde ich alles zutrauen«, sagt Vanessa, während sie seine Hand streichelt.

»Wie läuft es eigentlich so bei dir im Leistungskurs? Immer noch Probleme mit der Disziplin?«, fragt Uwe, um das Gespräch in ungefährlichem Fahrwasser zu halten. Schließlich hat er nicht gestern seine ganze Kraft für eine Trennung aufgefahren, um heute alles wieder zunichtezumachen.

»So lala«, sagt Vanessa und streichelt ungerührt weiter.

»Das da ist mein Boot«, versucht Uwe ein anderes Thema und bestellt für sie beide noch einen Cappuccino, obwohl er damit ein Leben in Armut riskiert.

»Zeig mal«, sagt Vanessa.

»Da«, sagt Uwe und deutet mit der Hand in die Richtung.

»Von innen, meine ich«, sagt Vanessa und schiebt so das Gespräch gefährlich weit aus dem ungefährlichen Fahrwasser hinaus.

»Ich glaube, ich hab den Schlüssel gar nicht bei mir«, steuert Uwe gegen.

»Wenn du mir dein Boot von innen zeigst, zeige ich dir, dass meine Brüste gleich groß sind – alle beide«, geht Vanessa zum Angriff über.

Noch einen kurzen Moment schwankt Uwe, dann beschließt er, dass er seinen Schlüssel doch mithat, legt einen Schein auf den Tisch und verlässt mit ihr das Restaurant.

Sträflich geradezu, den Cappuccino ungetrunken zurückzulassen. Die Kinder in Afrika hungern, und er wirft einen Betrag zum Fenster hinaus, von dem er zwei kleine Negerlein einen Monat lang zur Schule schicken könnte. Aber im Augenblick ist ihm eben die Hose näher als der Rock.

Was haben Diana, die Rose von England, und ein Lehrer gemeinsam? Richtig: Beide sind nie unbeobachtet. Obwohl das jetzt wahrscheinlich nur noch für Lehrer zutrifft, Diana wird in dieser Beziehung inzwischen weitgehend aus dem Schneider sein. Bei Uwe hingegen ist das noch so.

Statistisch gesehen laufen jedem Lehrer in seiner privaten Zeit pro Woche eineinhalb Schüler über den Weg. Bei zwei Lehrern sind das sogar doppelt so viele. Und einer von den dreien joggt gerade das Hindenburgufer entlang, als Uwe Vanessa galant an Bord hilft.

Dabei können die beiden froh sein, dass sie nur von Jan gesehen werden. Denn die Promenade an der Kieler Förde ist eine beliebte Laufstrecke. In herrlicher Seeluft, kaum getrübt von Abgasen, obwohl das Hindenburgufer in erster Linie eine Autostraße ist. Doch seit 2014, seitdem die Straße »Kiellinie« heißt, sind die Autos weniger geworden. Dass das an der Namensänderung liegt, glaube ich allerdings nicht.

Jetzt im November und noch dazu am Nachmittag gibt es nicht so viele Jogger, und im Moment ist nur Jan hier unterwegs. Trotzdem können die beiden sich auf etwas gefasst machen, denn Jan ist sehr mitteilsam.

Am nächsten Tag weiß es die halbe Schule.

Aber eben nur die *halbe* Schule. Manu weiß es noch nicht.

Manu weiß sich weiterhin geliebt, jetzt sogar doppelt: von Herrn Grossmann, der ihr mit diesem wunderbaren Lächeln in der Mathematikstunde seine ganze Liebe gestanden hat. Sein kleines Lächeln, das eigentlich ein bitteres Lächeln über so viel Nichtwissen war, hatte ausreichend Zeit zum Wachsen und ist in ihrem Innern zu einem großen, leidenschaftlichen Strahlen geworden. Und geliebt von Tommi, der sich so viel Mühe gegeben hat, ihr mit seinen albernen Fotomontagen ihren Grossmann auszutreiben. Ha! Als ob das je möglich wäre. Gerade jetzt, wo sie fast am Ziel ist.

***

Manu lümmelt auf Tommis Couch rum. Seine Couch ist eins dieser wunderbaren Teile, die tagsüber ein Sofa sind und des nächtens mit wenigen Handgriffen in ein Bett umfunktioniert werden können. Das Wunderbarste an ihnen ist, dass sie natürlich auch am Tag als Bett herhalten können, wenn man die Umbaumaßnahmen unterlässt. Jedenfalls ist genügend Platz, und Tommi lümmelt mit.

Noch am Montag hat Manu ihre Mutter mit einer erneuten Magenverstimmung in Angst und Schrecken versetzt, aber jetzt hat sie sich wieder prächtig erholt, liegt auf Tommis Couch und überlegt sogar, ob sie ihre bisher leider nur platonisch verlaufende Liebe zu Herrn Grossmann zugunsten einer handfesten mit Tommi aufgeben sollte. Doch die erreichbaren Früchte sind lange nicht so verlockend wie die vermutlich viel süßeren, aber unzugänglichen Äpfel in Nachbars Garten. Manu lässt den Gedanken schnell wieder fallen.

»Wie hast du das gemacht?«, fragt sie.

»Wie habe ich was gemacht?«, fragt Tommi zurück.

»Die Bilder auf YouTube«, sagt sie, zieht eine Haarsträhne durch ihre Finger und sucht die einzelnen Haare nach Spliss ab. Das gibt ihr so was herrlich Desinteressiertes.

Aber Tommi kann sie nichts vormachen. Er weiß Bescheid. Schließlich gehen sie seit Urzeiten zusammen auf dieselbe Schule. Außerdem kennt er die Frauen.

Ist das nicht rührend? Gerade erst den letzten Pickel ausgedrückt, noch ganz feucht hinter den Ohren, aber schon der große Frauenkenner. Ja, wie gesagt, Bescheidenheit ist nicht seine Stärke.

»Ach? Schon entdeckt?« Tommi tut erstaunt. »Die sind doch erst kurz im Netz.«

»Ganz zufällig«, sagt Manu und kaut auf ihrer Strähne.

Weiter sagt Tommi nichts. Er kann warten, lümmelt weiter auf der Couch, lümmelt ein bisschen näher an Manu heran, spaziert mit zwei Fingern ihren Arm rauf und wieder runter und greift zwischendurch nur mal kurz hinter sich, um das Radio lauter zu stellen.

»Und? Wie denn nun?«, fragt Manu ungeduldig.

Tommi zuckt mit den Schultern. »War ganz einfach«, sagt

er und dreht das Radio noch etwas lauter, damit es eventuelle Geräusche, die nicht jeder hören muss, übertönen würde.

So, jetzt reicht es Manu aber. Sie schüttelt seine Finger ab, wechselt in den Schneidersitz und setzt einen strengen Blick auf: »*Wie* hast du es gemacht?«

Man muss wissen, wann man verloren hat. Tommi stellt das Lümmeln ein und das Radio ab, geht zu seinem Schreibtisch und schaltet den Computer ein. Dann zieht er einen zweiten Stuhl heran und sagt: »Komm, ich zeig's dir.«

Bildmontagen sind so eine Sache. Die lernt man nicht von jetzt auf gleich. Das braucht Manu auch gar nicht. Sie ist zwar auf diesem Gebiet nicht so ein Könner wie Tommi, aber grundsätzlich kann sie es auch. Was sie wissen will, ist, welche Vorlagen er dafür benutzt hat. Woher hat er die vielen Bilder von Grossmann und der Kotze, die für solche Bildmontagen nötig sind?

Als er den Ordner »Klassenfahrten« öffnet, weiß sie es. Schau, schau, der gute Tommi. Hat mit seinem Handy dauernd klick gemacht. Sie grinst, als sie die Motive sieht: Manu im Gras vor einer Kirche, Manu im Gras hinter einer Kirche, Manu von unten auf der Kirchentreppe, Manu von oben auf dem Kirchenvorplatz, Manu hier, Manu da. Aber auch ganz viele Bilder von der Kotze. Von Grossmann eher wenige, aber immerhin.

»Die will ich alle haben«, sagt Manu.

»Warum?«

»Schließlich bin ich auf allen drauf«, sagt sie.

»Du bist auf *einigen* drauf«, entgegnet Tommi und grinst, als Manu eine Augenbraue hochzieht und ihm einen Vogel zeigt.

»Nun los«, sagt sie und kuschelt sich ein wenig an ihn an. »Mach schon.«

Tommi holt einen Stick aus der Schreibtischschublade und macht. Macht ganz langsam in der Hoffnung, damit das Kuscheln etwas zu verlängern.

Kaum ist der Ordner auf den Stick überspielt, schnappt sich Manu das Teil und springt auf. Aha, das war's wohl mit Kuscheln. Tommi ist ein wenig enttäuscht. Am Frauenverstehen muss er wohl doch noch etwas arbeiten.

Aber dann kriegt er einen Kuss. Na bitte! Allerdings eher nur ein Küsschen – auf die Stirn.

»Warum hast du das mit Grossmann und der Kotze eigentlich gemacht?«, fragt Manu, als sie schon auf dem Weg zur Tür ist. Ich wollte aus einer Maus einen Elefanten machen, müsste er eigentlich sagen, aber ihm fällt etwas Besseres ein.

»Ich wollte deine Reaktion sehen.«

»Na, das hast du ja nun«, sagt Manu, wirft ihm noch ein Küsschen durch die Luft zu und rauscht ab.

Erst jetzt sieht Tommi das Handy, das auf seiner Couch liegt. Es muss Manu aus der Hosentasche gerutscht sein. »Manu«, ruft er, »du hast dein Handy …« Er bricht ab. Was soll's. Sie wird es sich bald holen. Dann kriegt er sicherlich noch einen Kuss.

Den vielleicht auf den Mund.

***

Mitte der Woche hat er den Schritt in die neue Scheinputztätigkeit gewagt, und bereits heute, am Freitag, hat Herr Heinze seinen Folgetermin mit der grauen Maus. Um halb zwölf wird sie vor der Tür des Grossmann'schen Hauses stehen, unsicher lächeln und sich von ihm die Bäckchen erröten lassen – für Geld. Sehr verlockend. Vielleicht nicht so sehr die geröteten Mausebäckchen, aber dafür die Scheinchen, die anschließend in seine Tasche wandern.

Er startet um zehn, weil er die Säuberung der Grossmann'schen Wohnung vor dem Mäuse-Termin weitgehend erledigt haben will. Am Nachmittag stehen Massagen im Fitnessstudio auf dem Programm.

Die Küche der Grossmanns ist ein einziger Saustall. So etwas hat er noch nie gesehen, geschweige denn in Ordnung gebracht. Ein Scheißjob, den er sich da aufgehalst hat. Er braucht eine gute Stunde, bis er sie endlich so weit auf Vordermann gebracht hat, dass er die Spülmaschine zuklappen und auf Express-Spülung stellen kann. Die soll hinnemachen, die Maschine, denn er muss sie auch noch wieder ausräumen und hat nicht ewig Zeit.

Er richtet den Pseudo-Massageraum her, schiebt die CD in den Player und schaut erschöpft zur Uhr. Das Wohnzimmer kann er noch schaffen, bevor Frau Maus eintrudelt. Als er eben damit fertig ist und den Sofakissen abschließend mit einem Handkantenschlag Hasenohren verpasst, läutet es. Im Vorbeigehen am Flurspiegel probt er noch kurz sein gütig-erotisches Lächeln, dann öffnet er die Tür.

»Über-ra-schung!«

Vor ihm steht eine ausgesprochen muntere Sonja, die mit einer Selbstverständlichkeit, wie sie nur dem Hausbesitzer eigen sein kann, an ihm vorbei ins Haus drängt. Das Gütig-Erotische seines Lächelns macht einem Ausdruck blanken Entsetzens Platz. Aber da Sonja wie die meisten Menschen hinten keine Augen hat, geben ihm die paar Sekunden, bis sie sich wieder zu ihm umdreht, Zeit, sich einigermaßen zu fassen.

»Ich habe schon alles vorbereitet«, murmelt er schwach.

»Hab ich's nicht geahnt?«, jubelt Sonja. »Die ganze Zeit im Büro war mir so, als ob heute *der* Tag ist. Da hab ich es nicht mehr ausgehalten und bin in der Mittagspause mal schnell hergeflitzt.«

Magisch angezogen von dem Pling-Pling aus dem CD-Player geht sie schnurstracks ins Esszimmer. »Holla, was ist das denn?«

»Die versprochene Erotikmassage«, sagt Herr Heinze, während ihm der Schweiß den Rücken hinunterrinnt, weil er natürlich gar nichts versprochen hat. Kein Wort haben sie verloren, nachdem er bei Sonja das letzte Mal zugegriffen hat. »Mach dich schon mal fertig, ich komme gleich.« Er setzt sein verschmitzt-erotisches Lächeln auf, sieht ihr tief in die Augen und schließt leise die Tür. Mit einem Satz ist er wieder an der Haustür und kann gerade noch verhindern, dass Frau Maus klingelt.

Wie beim letzten Mal steht sie vor ihm, sieht leicht verunsichert zu ihm auf, hat diesmal aber schon von vornherein die roten Bäckchen. »Tut mir leid«, sagt er etwas gehetzt. »Das passt jetzt nicht. Geben Sie mir Ihre Telefonnummer, ich rufe Sie an.«

Vielleicht hast du schon einmal hinter einer älteren Dame an der Supermarktkasse gestanden und durftest miterleben, wie sie erst nach ihrem Portemonnaie und dann darin nach passendem Kleingeld sucht. Und vielleicht warst du da ein wenig in Eile. Dann kannst du – wenn auch in sicherlich sehr abgemilderter Form – die Gefühle nachempfinden, die Herrn Heinze überkommen, während Frau Maus in ihrem Handtäschchen nach Papier und Stift fahndet.

Schließlich hält er es nicht mehr aus. »Wissen Sie was«, sagt er, »am besten rufen Sie mich an. Sie haben ja meine Nummer.« Rumms, ist die Tür wieder zu.

Da steht sie nun, wegen der Abfuhr knallrot bis über beide Ohren, und hält sich an ihrer Handtasche fest. Eine Frau von heute würde sich so etwas nicht gefallen lassen – Gott sei Dank. Sie würde sich natürlich auch nicht mit einer Massage zufriedengeben, die nur die Wangen rötet, sondern mehr für ihr Geld verlangen. Aber mit grauen Mäusen kann man das machen. Deshalb kannst du davon ausgehen, dass diese mausige Einnahmequelle nicht so schnell versiegen wird.

Herr Heinze hetzt zurück zum Esszimmer, sammelt sich, atmet noch einmal tief durch und öffnet leise die Tür.

»Wo bleibst du denn?«, sagt Sonja. »Ich war drauf und dran, dich zu suchen.«

Herr Heinze lächelt, diesmal geheimnisvoll-erotisch, und Sonja, die schon halb saß, legt sich wieder flach.

Herr Heinze begibt sich ans Werk.

✳✳✳

Kommissar Schneider ist nicht wirklich weitergekommen. Wenn man es genau nimmt, steht er quasi mit leeren Händen da. Bis die nikotinsüchtige Frau Staatsanwalt das nächste Mal reinschneit und ihm die Bude zuqualmt, muss er sich was einfallen lassen. Seine Verhaftung des wegen eines Fehltritts aus kriminalistischer Sicht vielversprechenden Herrn Grossmann hat sich als Seifenblase entpuppt, die Grossmanns Anwalt mit lässigem Fußkick zum Platzen gebracht hat. Und Herr Heinze, der für einen Gattinnenmord prädestinierte Ehemann, hat leider nach wie vor ein Alibi.

Er zieht die Ermittlungsakte hervor, in der Polizeiobermeister Müller den Bericht über die im Fitnessstudio durchgeführten Befragungen abgeheftet hat. »Über die Massagetermine wird Buch geführt«, steht da. Geplante Termine werden mitsamt dem Namen des Masseurs eingetragen und wieder ausgestrichen, sobald bezahlt wurde. Für Donnerstag standen ab sechzehn Uhr fünfzehn zwei durchgestrichene Herr Heinzes im Buch.

Ja, wirklich schade: Das Alibi von Herrn Heinze ist wasserdicht. Doch besonders die wasserdichten Alibis sind Schneider suspekt, sind sie doch im Grunde sogar die verdächtigsten, wie er in V I unter Punkt sechs »Je mörderischer der Mörder, desto besser sein Alibi« gelernt hat. Er ruft im Fitnessstudio an und kriegt genau das erklärt, was bereits in seiner Akte steht.

Gerade will er wieder auflegen, da fällt ihm noch etwas ein: »Was machen Sie, wenn ein Kunde den Termin absagt?«

»Dann streichen wir ihn natürlich.«

»Woran können Sie denn dann erkennen, ob massiert oder abgesagt wurde?«

»Können wir nicht. Das ist doch auch vollkommen egal.«

Ich weiß jetzt natürlich nicht, wie alt du bist. Zu meiner Zeit gab es eine Zigarettenwerbung, in der einem kleinen Strichmännchen jede Menge Unbill passierte, bis er unter Zurücklassung kleiner Staubwölkchen senkrecht nach oben startete. »Aber, aber, mein Freund«, mahnte dann eine sonore Stimme aus dem Off. »Wer wird denn gleich in die Luft gehen? Greife lieber zur HB.«

Herr Schneider kann sich nicht erinnern, jemals Sehnsucht nach der Staatsanwältin gehabt zu haben. Auch jetzt ist es nicht direkt die Sehnsucht nach der Frau Staatsanwalt, sondern eher die nach ihrer Handtasche. Welche Zigarettenmarke er daraus hervorziehen würde, wäre ihm so ziemlich schnuppe. Er braucht nur dringend was zwischen die Zähne, sonst dreht er durch.

»Müller zwo«, schreit er durch die ganze »Blume«, dass die Wände wackeln. »Was hast du denn da für eine verdammte Scheiße gebaut?«

Müller zwo verlebt gerade seinen Jahresresturlaub in List auf Sylt, den er sich nur jetzt, zur absoluten Nebensaison, leisten kann. Bis dort reicht die Stimme seines Herrn aber nicht, was gut so ist. Er spaziert nämlich gerade, nur spärlich von einem Handtuch umschlungen, durch den Textilbereich der Saunaanlage. Kein wirklich schöner Anblick, wenn er jetzt einen Handtuchzipfel loslassen müsste, um strammzustehen.

Langsam beruhigt Schneider sich wieder, woran zwei Kaugummis, die er in den Tiefen seines Schreibtischs gefunden hat, einen nennenswerten Anteil haben. Er ruft erneut im Fitnessstudio an. Wer am Donnerstag an der Rezeption Dienst gehabt hat, will er wissen, und daher Auskunft geben könne, ob Herr Heinze dort war oder nicht.

»Keine Ahnung«, erwidert eine gelangweilte Stimme. »Ich nicht.«

»Wer denn dann?«, fragt der Kommissar und versucht, seiner Stimme, die sich gern überschlagen möchte, einen freundlichen Touch zu geben.

»Vielleicht der Thore oder die Melli. Oder ... nee, ich glaube ... Moment mal.«

Sekundenlang wiegt sich Herr Schneider in der Hoffnung, dass die Rezeptionistin jetzt in einem großen Buch nachschlägt, wer wann Dienst hatte. Doch dann hört er die gar nicht mehr gelangweilte Stimme, wie sie lacht, giggelt und gurrt, derweil ein sonorer Bass die Begleitmusik intoniert. Der Flirt zieht sich hin. Endlich ist er wieder an der Reihe.

»Ist noch was?«, fragt sie, nun wieder die Langeweile selbst.

»Wer hat donnerstags am Tresen Dienst?«, donnert Schneider in den Telefonhörer.

»Keine Ahnung.«

»Dann verbinden Sie mich bitte mit der Buchhaltung, die werden ja wohl Belege darüber haben.« Herr Schneider, der spätestens seit dem Flirt am anderen Ende der Leitung etwas ungehalten ist – wenn während seiner Recherche mit jemand geflirtet wird, dann ja wohl mit ihm –, wird jetzt richtig sauer.

»Da werden Sie kein Glück haben, wir handhaben das hier locker.«

Aha, »locker« nennt man das heute. Die gesamte Organisation scheint vornehmlich in der Hand junger Leute zu liegen, die viertelstündlich wechseln. Ein Kommen und Gehen wie im Puff. Niemand kann sagen, wer wann wen warum ausgestrichen hat.

Kommissar Schneider schlussfolgert: Nichts Genaues weiß man nicht. Nur eins ist sicher: Heinze hat gar kein Alibi – und ein wasserdichtes schon gar nicht. Na bitte, geht doch! Die haben ihn von ihrer Liste gestrichen, und er hat ihn auf seiner drauf.

✳✳✳

Manu lächelt. Diesmal ist es allerdings kein Lächeln in Erinnerung an vergangene Mathematikstunden mit Herrn Grossmann und auch kein Lächeln in Gedanken an zukünftige Freuden mit ihm. Es ist eher ein Arbeitslächeln. Sie versucht, ein seliges Lächeln in ihren Gesichtszügen unterzubringen, während die Kamera mit Selbstauslöser im Sekundentakt den Verschluss öffnet und wieder schließt, wodurch sie wie ein Maschinengewehr rattert. Nachdem an die fünfzig Manuköpfe aus unterschiedlichsten Blickwinkeln zusammengekommen sind, beginnt Manu mit der eigentlichen Arbeit.

Sie lädt die Fotos auf ihren Computer, schlägt etlichen im Internet gefundenen Bräuten den Kopf ab und lässt sie unter Manu'schem Lächeln neu erstrahlen. Dann enthauptet sie entsprechend viele Bräutigame und bedient sich zwecks Neubestückung in Tommis Klassenfahrt-Fundus. Die tödlichen Wunden kaschiert sie mit Fliege und Collier. Damit ihre Brautpaare nicht so blöd in der Gegend rumstehen, lässt sie wahlweise eine Schar jubelnder Brautjungfern durchs Bild huschen oder setzt eine der vielen auf der Klassenfahrt besuchten Kirchen in den Hintergrund. Perfekt! Hat ja auch lange genug gedauert. Drei Tage war sie damit beschäftigt: Freitag Materialsichtung, Samstag Layout und Montage, und nun hat sie dem Ganzen den letzten Schliff verpasst.

Verliebt betrachtet sie den frisch mit ihr verheirateten Uwe. Stundenlang könnte sie sich die Bilder ansehen und träumen. Damit sie auch nachts was zum Träumen hat, druckt sie die beiden aus, die ihr am besten gelungen sind, und versteckt sie unter ihrem Bett.

Sie sieht zur Uhr. Holla, so spät schon. Jetzt muss sie sich beeilen. Viel Zeit ist für den Kram draufgegangen, die ihr jetzt natürlich fehlt.

Nun denkst du vielleicht: Meine Güte, die strebsame Manu hinkt nun wegen der Bildmontagen mit den Hausaufgaben hinterher, die Arme. Nein, nein, Manu hat Wichtigeres zu tun. Sie wandelt auf Uwes Spuren, in der Hoffnung, ihm irgendwann einmal über den Weg zu laufen. »Ach, Herr Grossmann«, wird sie sagen, »was für ein Zufall, dass wir uns hier begegnen. Sagen Sie, das gestern im Unterricht habe ich noch nicht so ganz verstanden. Wie ist das denn nun, wenn die Determinanten gleich null sind?« Der Rest muss sich finden. Im entscheidenden Moment wird ihr das Richtige einfallen, da ist sie sich sicher.

In ihrer Phantasie sieht sie die alles entscheidende Begegnung vor sich, die sich am besten zufällig in der Nähe seines Bootes ereignet. »Wie nett, Manu, kommen Sie doch eben mit an Bord, dann kann ich Ihnen das gern noch mal erklären.« Ab dann wird alles so flott gehen wie das Brezelbacken.

Aber damit diese Zufälligkeit auch wirklich zufällig rüberkommt, bedarf es natürlich intensiver Vorarbeit, mit der sie jetzt wegen der Bräute samt Jungfern drei Tage im Rückstand ist. Sie überprüft ihre Aufzeichnungen. Die enthalten neben dem Stundenplan von Herrn Grossmann seinen Weg nach

Hause, seine Konferenzen und natürlich allerhand Freizeitaktivitäten, wobei sie insbesondere seine Zeiten im Schwimmbad als vielversprechend ins Auge gefasst hatte, die sie dann aber als zu unregelmäßig wieder verwerfen musste. Seine Saunagänge wären auf ihrer Prioritätenliste natürlich ganz oben gelandet, doch er bevorzugt den Herrentag, und da heißt es für Frauen: Wir müssen leider draußen bleiben.

Vielleicht ist es dir schon aufgefallen: Die meisten Saunen bieten zwar durchaus noch einen Damentag an, haben den Herrentag aber längst abgeschafft. Zu wenig lukrativ. Der Mann als solcher schwitzt halt lieber in weiblicher Gesellschaft, frei nach dem Motto: Das Auge schwitzt mit. In Schleswig-Holstein gibt es den Herrentag allerdings noch. Warum, weiß ich auch nicht. Ich könnte zwar Vermutungen äußern, tue es aber nicht.

Manu zieht die Laufschuhe an und studiert ihre To-do-Liste. Neben ihrem täglichen Gang zum Grossmann'schen Haus und der selbstverständlichen Umrundung des Schulhofs einschließlich des angrenzenden Parks steht sonntags vor allem das Millionenbecken auf dem Programm, das sie normalerweise nur für die Sommermonate eingeplant hätte. Doch seit sie weiß, dass sein Boot dort im Wasser überwintert und manchmal von ihm besucht wird, hat es auf ihrer Liste auch im November an Priorität gewonnen. Zumal es sich in ihrer Phantasie als optimale Stätte der Begegnung herauskristallisiert hat.

Wer die Kieler Verkehrsgesellschaft kennt, weiß, dass sie damit eine schwere Belastung auf sich genommen hat. Früher, in der guten alten Zeit, gab es die unterschiedlichsten privaten Fährbetriebe, die grünen, die blauen, die schwarzen und die weißen Dampfer, welche die Werftarbeiter über die Förde trugen und am Seegarten, an der Reventloubrücke oder in Holtenau an Land kippten. Und zwar zum Schichtwechsel, der in der besagten guten alten Zeit noch quasi rund um die Uhr stattfand, denn so ein Nieter ließ ja nicht um halb fünf nachmittags den Hammer fallen. Heutzutage, wo die Kieler Förde im Grunde nur noch als Verkehrshindernis dient, die privaten Fährunternehmen der SFK gewichen sind, der Schichtbetrieb weitgehend eingestellt wurde und die private Motorisierung auch nicht vor den Werftarbeitern haltgemacht hat, werden nur noch die Studenten zur Fachhochschule geschippert, und die arbeiten bekanntlich nach achtzehn Uhr kaum noch, zumindest nicht an der Fachhochschule auf dem Ostufer.

Manu ist also auf den Bus angewiesen. Wenn er denn fährt. Wie bitte?, fragst du jetzt vielleicht. *Wenn* er fährt? Ich kann dich beruhigen. Natürlich fahren unsere Busse, oft sogar mehrere gleichzeitig hintereinanderweg. Dafür kommt dann eine halbe Stunde lang gar keiner mehr. Aber zu den Büroöffnungs- und -schließzeiten funktioniert das im Viertelstundentakt. Denn dafür ist der öffentliche Personennahverkehr schließlich da. Danach nur noch mäßig. Am Wochenende nur während der Einkaufszeiten. Und am Sonntag kaum. Warum auch? Um in der Freizeit Freunde zu besuchen oder einfach mal zum Strand zu fahren, dafür sind Kieler Busse nun wirklich nicht gedacht.

Deshalb ist Manu doch nicht auf den Bus angewiesen. Kann sie gar nicht, denn zu ihren Zeiten fährt er kaum noch. Daher ihre Laufschuhe. Und ihr Skateboard, auf dem sie dem Bus hinterherhetzt, wenn von ihm nur noch die Rücklichter zu sehen sind. Oder das Rad, mit dem sie von zu Hause in einer knappen halben Stunde am Landtag ist. Da schmeißt sie es ins Gebüsch und schlendert betont geruhsam über das ehemalige Hindenburgufer, wie wir Kieler die heutige Kiellinie trotz allem immer noch nennen, am alten Olympiahafen entlang.

So wie jetzt.

Ausgesprochen unglücklich, dass Manu heute Nacht hier entlanggeht. Sie würde es natürlich als Glück bezeichnen, denn sie sieht einen Lichtschein, der sich in den Wellen des Hafens spiegelt. Grossmann ist an Bord. Ihr Herz schlägt höher. Jetzt! Endlich hat sich der ganze Aufwand gelohnt.

»Nein, was für ein Zufall, Herr Grossmann«, probt sie noch einmal ihren seit Langem vorbereiteten Text, während sie über die Kaimauer klettert. »Da komme ich ganz zufällig um Mitternacht hier vorbei und sehe durch einen Zufall, dass Sie zufällig gerade auf Ihrem Boot sind.«

Nein, so geht es natürlich nicht. An so viele Zufälle glaubt keiner. Schon gar kein Mathelehrer, der die Wahrscheinlichkeit solcher Ereignisse ausrechnen kann. Ganz genau. Bis auf zwei Stellen hinter dem Komma. Sie bleibt stehen. Da ist doch jemand? Eine Frau geht den Steg entlang.

Eine Frau mit langen Beinen und langen Haaren.

Dass Manu am folgenden Tag in der Schule fehlt, wundert dich sicherlich nicht. Wer in kalten Novembernächten durch die Gegend streunt, statt zu Hause im warmen Bett zu liegen, bettelt geradezu um eine Erkältung. Ist ja auch mal was anderes als die übliche Magenverstimmung. Und Manus Mutter müsste ihre Therapie kaum ändern. Allenfalls vielleicht noch ein Wadenwickel zum Kamillentee.

Manus Mutter hantiert am Montagmorgen jedoch weder mit dem Teekocher noch mit Wadenwickeln. Sie hantiert überhaupt nicht, sondern sitzt wie ihr Mann apathisch im Sessel.

Schon seit Stunden.

Seit dem Anruf der Polizei.

Manu geht weg

Die »Kieler Nachrichten« sind weiß Gott kein Käseblättchen, auch wenn böse Zungen das behaupten. Es handelt sich immerhin um die einzige Tageszeitung der schleswig-holsteinischen Landeshauptstadt. Da muss diese Behauptung per se schon Unsinn sein, egal, was drinsteht.

Dass die Schlagzeile »Hochzeitstag der Royals« Manus Tod in die zweite Reihe verdrängt, hätte ich denn allerdings doch nicht gedacht. Aber so sind seriöse Provinz-Zeitungen: immer erst das Weltgeschehen und dann das Lokale. Und beim derzeitigen Weltgeschehen der Royals kann man beinah froh sein, dass Manus Ende es immerhin auf die erste Seite geschafft hat.

»Tod im Olympiahafen: Kieler Schülerin Manuela G. tot aufgefunden.«

Die Staatsanwältin kocht. Dampft und kocht, möchte man sagen. Qualmt Kommissar Schneider das Büro voll und ist außer sich. Wo kommen wir denn dahin, bläst es aus ihr heraus, wenn alle paar Tage eine Leiche aus dem Millionenbecken gefischt wird und die Polizei nur achselzuckend danebensteht?

So eine Staatsanwältin, das ist schon was Besseres. Sieht man gleich daran, dass sie in öffentlichen Gebäuden raucht und niemand pisst sie an. Deshalb ist es beachtenswert, dass sie den alten Olympiahafen leicht abfällig »Millionenbecken« nennt.

Wir Kieler haben natürlich nicht so was wie die berühmte Berliner Schnauze, so weit will ich nicht gehen. Das wäre zu viel verlangt von einem kleinen Landeshauptstädtchen im Vergleich zu einer Weltstadt. Doch manchmal werden wir keck. Da geht es mit uns durch, und wir sagen »Millionenbecken« statt »Olympiahafen«, und sogar Google weiß Bescheid. Wer »Millionenbecken Kiel« eintippt, wird auf die offizielle Seite der Stadt Kiel geführt, die seriös über den Olympiahafen und den Kieler Yacht-Club referiert, das Wort »Millionenbecken« aber mit keinem Wort erwähnt. Und trotzdem muss irgendein

Witzbold beim Alternativtext der Suchmaschine dieses Wort eingetragen haben.

Ja, Witzbolde haben wir in Kiel auch. Hätte man gar nicht gedacht.

Der Begriff »Millionenbecken« lässt sich übrigens nicht durch die Kosten für diesen Hafen erklären – obwohl das vielleicht auch richtig wäre –, sondern muss als Hinweis auf die Millionen gesehen werden, die dort über den Sommer vor sich hin dümpeln. Früher, also ganz früher, in der guten alten Zeit, konnten die armen Werftarbeiter hier mal schaun, wie die Reichen so leben. Heute, wo jeder Hans und Franz sich ein Boot leistet und der Werftarbeiter als solcher von modernster Technik weitestgehend verdrängt wurde, ist der Klassenunterschied natürlich nicht mehr so augenfällig. Obwohl: So ein Boot ist immer noch ein Loch im Wasser, in das man ständig Geld schmeißen muss – Geld, das ein einfacher Werftarbeiter nicht hat. Und wenn doch, dann nicht, um es ins Wasser zu schmeißen.

Manu ist also aus dem Wasser gezogen worden, die Polizei zuckt mit den Achseln, die Journaille hat endlich mal wieder eine flotte Seite eins, wie es sich für eine Landeshauptstadt gehört, und Kommissar Schneider steht dumm da.

»Also bitte sehr«, dampft es mit einer Heftigkeit aus der Staatsanwältin heraus, dass Herr Schneider einen erschrockenen Blick auf ihre Ohren wirft, ob sich vielleicht auch dort kleine Wölkchen zeigen. »Die drei großen Ws, aber ein bisschen plötzlich, wenn ich bitten darf.«

»Steht alles in der Zeitung«, sagt Schneider und setzt seine Brille auf. »Also gut: Wer? ›Manuela G.‹, Klammer auf, fünfzehn, Klammer zu, ›Schülerin des Max-Planck Gymnasiums, das seine erste Erwähnung schon 1858 in den Annalen der Stadt findet und zu den bekanntesten Schulen Kiels gehört, ist vermutlich‹ – jetzt kommt das Wann – ›in der Nacht von Sonntag auf Montag kurz nach Mitternacht‹ – Wo – ›in den Fluten des altehrwürdigen Kieler Olympiahafens, entstanden zur Segelolympiade 1936 und eine der geschichtsträchtigsten Sehenswürdigkeiten der Landeshauptstadt, mutmaßlich ertrunken‹.«

»Geben Sie mal her«, sagt die Staatsanwältin und grapscht sich die Zeitung.

»1858«, liest sie vor, und Dampf bläst aus ihren Nüstern. »Da hat Mäxchen Planck seine ersten Windeln umgebunden gekriegt. Und schon ist er in den Annalen der Stadt zu finden? Alle Achtung.« Sie hustet kurz und trocken, bevor sie weiterliest. »›… in den Fluten des altehrwürdigen …‹ und das Verb ›ertrunken‹ erst ganz hinten, nach …«, ihr Zeigefinger fährt die Spalte hinab, »eins, zwei, drei … nach ganzen neun Zeilen. Grauenvoll, was die Presse der deutschen Sprache antut. Aber uns werfen sie vor, dass kein Schwein unser Beamtendeutsch verstünde. Pressefritzen! Was für ein Pack!«

Dass das Pack angesichts des royalen Montagsereignisses gestern alle Hände voll zu tun gehabt hat und nur wegen Manu die erste Seite einstampfen und neu gestalten musste, daran denkt sie natürlich nicht. Oder daran, dass wahrscheinlich der einzige für diesen Job übrig gebliebene Volontär zum ersten und letzten Mal in seinem Leben eigenverantwortlich die Nachricht formulieren musste. Sie thront voll selbstgerechter Empörung auf dem Besucherstühlchen vor Schneiders Schreibtisch und kocht, dass die Ohren dampfen.

Tatsächlich, ihr steigt Dampf aus den Ohren, was aber vielleicht nur so scheint, denn der Kommissar hat einen etwas unglücklichen Blickwinkel auf die Staatsanwaltschaft.

»Mit den drei großen Ws, mein lieber Schneider«, fährt sie fort und sieht ihn streng an, »meinte ich nebenbei bemerkt nicht, wer wann in welchen altehrwürdigen Fluten ertrunken ist, sondern wer es getan hat, womit und warum.«

»Könnte sich ja auch um einen Unfall handeln«, sagt Herr Schneider, ohne die Ohren der Frau Staatsanwalt aus den Augen zu lassen.

»Klar«, sagt Frau Staatsanwalt, und Herr Schneider hat für einen kurzen Moment den Eindruck, dass auch ihre Augen unter Dampf stehen. »Klar! Die Schülerin des bekanntesten Kieler Gymnasiums hat im Restaurant Kieler Yacht-Club fürstlich diniert und sich dann bei einem kleinen Verdauungsspaziergang versehentlich ins Millionenbecken begeben, um dort in aller Ruhe das Zeitliche zu segnen. Und die Hämatome an Hals und Armen hat sie vom Streit mit dem Kellner, der sie um zwei Euro zwanzig betuppen wollte.«

Also, das muss man der Frau Staatsanwalt lassen: Auf Zack ist sie. Nicht nur, dass sie den Obduktionsbericht gelesen hat. Ihr ist es zu verdanken, dass es überhaupt schon einen gibt. Wo doch Leichen auch schnell mal in den Kühlfächern überwintern und langsam Grünspan ansetzen, ehe sie auf dem Obduktionstisch landen.

Als Frau Staatsanwalt endlich samt Glimmstängel und Zeitung verschwunden ist, zieht Herr Schneider die Bürotür zu und denkt nach. Erst Frau Heinze und jetzt Fräulein Gabler, denkt er. Öffentlich würde er selbstverständlich immer »Frau« denken – er hat sich sogar schon dabei ertappt, von einer Elfjährigen als Frau zu denken –, aber hier, allein in seinem Büro mit seiner fast vierzigjährigen Erfahrung, denkt er weiterhin »Fräulein«. So viel Zeit muss sein.

Auch wenn er der Frau Staatsanwalt gegenüber eben von einem Unfall gesprochen hat: Dass zwischen den beiden Todesfällen kein Zusammenhang besteht, kann einer seiner Großmutter erzählen, so viel ist schon mal sicher. Im Grunde ist die zweite Tote für ihn ein Geschenk des Himmels. Den Kreis der Verdächtigen muss er nur unwesentlich erweitern, dann die Schnittmenge aus den Verdächtigen des einen Mordes und denen des anderen Mordes bilden, und schon bleibt der Mörder darin hängen.

Das hast du vielleicht schon geahnt: Herr Schneider gehört zu der bedauernswerten Generation, die noch die volle Breitseite der schulischen Mengenlehre ertragen musste. Er hat allerdings nie gewusst, wofür er diesen Scheiß jemals brauchen würde. Nun weiß er es. Und er weiß auch, dass Schnittmengen mehr als nur ein Element enthalten können. Eigentlich sollte er noch zwei, drei weitere Leichen im Millionenbecken abwarten, für den Fall, dass bei nur zwei Mengen mehrere Verdächtige in der Überschneidung kleben bleiben. Je mehr Tote, desto mehr

Mengen von Verdächtigen, desto eher schrumpft die gemeinsame Schnittmenge wie von selbst auf einen einzigen Täter.

Viele Morde können etwas Wunderbares sein.

* * *

Bad news travel fast, und deshalb weiß die ganze Schule schon vor dem Klingeln zur ersten Stunde Bescheid. Ein Graus, so was. Besonders für Uwe. Er ahnt zwar nicht, dass er mit der Toten quasi verheiratet ist und entsprechende Hochzeitsbilder existieren, doch er weiß über das Geschehen vorletzte Nacht im Millionenbecken etwas mehr als wir.

Uwe entschließt sich zu einer Trauermiene und verkündet, was ohnehin alle wissen, nämlich dass »unsere liebe Mitschülerin Manuela« das Zeitliche gesegnet hat. »Ich bitte euch alle, einmal aufzustehen und Manuela in stiller Trauer zu gedenken.«

Meine Güte, aus welchem Buch für Anstandsregeln hat er das denn? Muss sich schon mächtig viel Staub drauf angesammelt haben. Aber die Klasse 10a ist ernsthaft erschüttert und bewahrt eine geschlagene Minute äußerste Ruhe. Uwe kann sich nicht erinnern, wann es während seines Unterrichts das letzte Mal so ruhig gewesen ist. Fast möchte man wünschen, dass von Zeit zu Zeit einer seiner Schüler verstirbt. Welche Wohltat das doch für Ohren und Nerven wäre! Die immense Klassenstärke würde zudem auf ein erträgliches Maß zusammenschrumpfen.

Weg mit den hässlichen Gedanken. Zumal er in seinem Unterricht, in dem er mit dem Lehrplan ohnehin schon etwas hinterherhinkt, überhaupt nicht mehr richtig weiterkäme, denn nach solch einem tragischen Tod ist an ein simples Fortfahren mit dem Unterrichtsstoff natürlich nicht zu denken.

Was soll er also in dieser Stunde mit seinen Schäfchen anfangen?

»Ich habe«, beginnt er und räuspert sich – er hat tatsächlich einen Frosch im Hals, passt ja prima zur Situation –, »ich habe

Manuela nur als Schülerin gekannt. Was war sie denn für ein Mensch?«

Na bravo. Damit hat er eine Lawine losgetreten. Mindestens drei Mädchen fangen augenblicklich an zu heulen, mehrere Jungen kriegen glasige Augen, und der Rest redet wild durcheinander. Die herrliche Ruhe ist erst mal wieder futsch. Nur Tommi starrt vor sich hin und schweigt.

Langsam kommt so etwas wie ein richtiges Gespräch zustande. Es geht um Manuela. Doch nach einer Weile verlagert sich der Schwerpunkt mehr und mehr auf die Sorgen und Nöte junger Menschen in diesem schrecklichen Alter. Nicht mehr Kind und doch nicht erwachsen, wie wir alle es erlebt haben, um die widerstreitenden Gefühle dann mit Eintritt in die Welt der Großen in den Tiefen unseres Innern zu vergraben. Und dann kommt er, der unheilvolle Satz, der Uwe mit einem Mal völlig nackt dastehen lässt: »Sie müssten das doch am besten wissen, Herr Grossmann«, murmelt Tommi.

Uwe merkt, wie alles Blut seinen Kopf verlässt und er weiß wie die Wand wird. Ja, er weiß am besten, wie es ist, wenn man will und nicht darf, wenn die Sehnsucht einen auffrisst und man in ständiger Angst vor Entdeckung lebt. Von der Bloßstellung im Internet ganz zu schweigen. Normalerweise hasst er die Klingel, die immer im wichtigsten Augenblick, wenn er glaubt, seinen Schülern gerade die Geheimnisse der Mathematik ein wenig näherbringen zu können, alles zerstört. Doch jetzt ist sie ein Segen. »Das ist grauenvoll«, sagt er so ehrlich wie selten.

»Dann noch viel Spaß mit der Franz-Kosi, Herr Grossmann«, ist das Letzte, was er hört, bevor er das Klassenzimmer verlässt.

Auf dem Flur stehen Schüler und Lehrer in kleinen Grüppchen zusammen. So hätte er es auch machen sollen, statt sich vor der ganzen Klasse einer Diskussion auszusetzen. Einfach die Klassentür öffnen und alles rauslassen, raus aus dem Klassenzimmer, raus aus den Köpfen und Herzen, alles raus.

Ganz am Ende des langen Ganges entdeckt er Vanessa. Klein und zittrig steht sie da, diese große, schöne, junge Frau, umringt von Kindern, deren Ansturm aus Kummer und Fragen sie kaum standhalten kann. Da fühlt er auf einmal das starke Band, das das Erlebnis der vorletzten Nacht um sie beide geschlungen hat: Er liebt sie. Nun ist auch schon alles egal. Mit großen Schritten geht er auf sie zu und nimmt sie in die Arme.

Sie fängt an, leise zu schluchzen.

Kommissar Schneider geht zu weit

Ein Beamter ist immer im Dienst, und Herr Schneider bildet da keine Ausnahme. Selbst zu Hause, also ganz klar nicht im Dienst, war er dienstlich tätlich, hat seiner Frau ein Wollknäuel aus dem Nähkästchen gemopst und die Kiste mit den Playmobil-Figuren seines Enkels entliehen. So ein Doppeldiebstahl ist jetzt vielleicht nicht das, was man von einem Polizeibeamten im höheren Dienst erwartet hätte, aber der Zweck heiligt bekanntlich die Mittel. Außerdem haben Worte wie »gemopst« und »entliehen« in unserem Sprachschatz inzwischen eine inhaltliche Wandlung erfahren.

Der Kommissar kennt das zur Genüge aus zahllosen Vernehmungen. Was gibt es schließlich Harmloseres, als sich ein Auto, das herrenlos am Straßenrad steht, »auszuleihen«, wenn man eins braucht – für ein Autorennen auf nächtlichen Straßen beispielsweise oder auch nur für eine Spritztour zum Flohmarkt, um dort Handtaschen zu »mopsen«. Und den treuherzigen Augenaufschlag, wenn sein Enkel ihm draufkommt, wird er ja wohl noch hinkriegen.

Jetzt sitzt er hinter seinem Schreibtisch und kramt längst vergessenes Wissen aus grauenvollen Schultagen wieder hervor. Wie war das noch mit der Mengenlehre? In einem Kreis lagen die gelben Klötzchen verschiedener Form, im anderen die runden verschiedener Farbe. Dann mussten die Kreise so weit übereinandergeschoben werden, dass die gelben, runden in der Schnittmenge aus beiden Kreisen liegen konnten. Er schneidet zwei lange Baumwollfäden vom Knäuel und legt sie zu zwei sich überschneidenden Kreisen zusammen. Darin gedenkt er jetzt die Verdächtigen zu verteilen.

Er wühlt in der Kiste mit den Playmobil-Figuren. Die Tiere kann er schon mal aussortieren. Obwohl, schade eigentlich. Der Tiger würde die Sache so schön einfach machen. Doch wann hat man in Kiel je einen Tiger am Millionenbecken gesichtet?

Ich persönlich lebe zwar erst seit vierzig Jahren in Kiel, kann also einen frei laufenden Tiger an der Kieler Förde nicht wirklich ausschließen, aber von so was hätte man doch sicherlich auch Jahre später noch gehört. Die Wuppertaler renommieren schließlich auch immer noch mit ihrem Elefanten in der Schwebebahn. Und dieses Wuppertaler Großereignis ist schon fünfundsechzig Jahre her.

Den Delphin lässt Herr Schneider vorerst im Rennen. Fiete, der Schweinswal, der 2016 mit seinem Auftauchen in Kieler Gewässern die Herzen an der Förde erwärmt hat, könnte sich doch für den Winter im Olympiabecken häuslich eingerichtet haben, bisweilen aufgetaucht sein und die beiden Damen zu Tode erschreckt haben. Wäre doch möglich! Als deutscher Beamter soll man auch das Unwahrscheinliche nie ganz ausschließen.

Jetzt zu den Frauen, die in seinem Fall eine wichtige Rolle spielen. Tja, das kann knapp werden. Er wühlt und wühlt. Findet Bauarbeiter, Ritter, Feuerwehrleute, sogar einen Batman, aber von der holden Weiblichkeit keine Spur. Was ist denn Playmobil für ein frauenfeindlicher Laden? Gott sei Dank fällt ihm ein, dass sein Enkel ein Junge und obendrein in einem Alter ist, in dem er Mädchen total blöd findet. Bis der mit Mädchen spielt, kann es noch eine Weile dauern. Dann wird er aus dem Playmobil-Alter raus sein und gleich zum Maßstab eins zu eins übergehen.

Herr Schneider muss also ein wenig improvisieren. Macht aber nichts, eine gehobene Vorstellungskraft kann im gehobenen Dienst erwartet werden.

Blöd natürlich, wenn in Momenten außergewöhnlicher Schaffenskraft die höhere Staatsgewalt hereinplatzt, um eine zu rauchen.

»Was machen Sie denn da?«, fragt Frau Staatsanwalt. Mit ganz langem i, um ihre Empörung besser rüberzubringen. »Was machen Siiiiiie denn da?«

Verbumfeit der Mensch hier Steuergelder, die sich der Staatshaushalt mühsam vom Munde abgerungen hat, während ich

alles tue, um mit der Zigarettensteuer das Staatssäckel einigermaßen am Laufen zu halten, das bedeuten die sieben iiiiiiis.

»Ich ermittele«, sagt Herr Schneider knapp.

»Das sehe ich«, antwortet die Staatsanwältin ebenso knapp.

»Drei Verdächtige sind schon in der engeren Wahl.« Herr
Schneider deutet auf drei Playmobil-Figuren: Der Bauarbeiter
steht für den Grossmann, dem er zur Identifizierung einen
Hotdog ohne Würstchen als Tafelschwamm in die Hand ge-
drückt hat. Herr Heinze ist ein Feuerwehrmann, ihm hat er
einen weißen Gespensterumhang als Masseurs-Outfit über die
rote Uniform gestülpt. Für Sonja hat er Batman ausgewählt
und ihm eine Strubbelperücke über die Fledermausohren gezogen.

»Aha«, sagt Frau Staatsanwalt, zündet sich eine Zigarette an
und nimmt einen tiefen Zug. Der gibt ihr die Kraft, alles heraus-
zulassen, was in ihr steckt. Was ihm wohl einfiele, schnaubt sie
mit geblähten Nüstern, sich hier mit Kinderspielzeug zu amü-
sieren, während sich auf Kiels Straßen die Mörder die Klinke
in die Hand gäben. Sicherlich, bemerkt sie ironisch weiter, habe
Playmobil in der kriminalistischen Ermittlungsarbeit unbedingt seine Berechtigung. Dennoch, fährt sie fort und erhebt
sich drohend, seien Inspektionen vor Ort in der Polizeiarbeit
nach wie vor durch nichts zu ersetzen. Zumindest so lange, wie
sie hier das Sagen habe. Dabei haut sie auf den Tisch, dass die
Playmobil-Figuren wackeln.

Es ist immer schwer zu ertragen, wenn Frauen sich wie Vor-
gesetzte aufspielen. Wenn sie dazu noch so einen Befehlston
anschlagen … unausstehlich. Gut, dass Herr Schneider ein so
sanftmütiger Mensch ist. Sie soll ihren Willen haben.

Er setzt die Spurensicherung auf Manus Jungmädchen-Zim-
mer an. Doch außer einem illegal aus dem Internet herunter-
geladenen Bildmontage-Programm und einigen kryptischen
Aufzeichnungen über Wegbeschreibungen, Adressen und
Sauna-Öffnungszeiten, die Kommissar Schneider unerheblich
erscheinen, fördern die Kriminaltechniker nichts Verdächtiges
zutage.

Ein Taucher wird bemüht. Er soll sich mal unter Wasser im Millionenbecken umsehen. Hat sich Fiete vielleicht doch häuslich dort unten eingerichtet? Natürlich nicht! Auch von Manus Handy, das die Staatsanwältin im Hafenbecken vermutete, keine Spur. »Ein junges Mädchen geht vielleicht mal nackt aus dem Haus, aber nie ohne ihr Handy«, hatte sie zu Schneider gesagt. Da kann man mal sehen: keine Ahnung, die Frau.

Er selbst fährt noch mal zum Fitnessstudio, um sich Klarheit über Herrn Heinzes Alibi zu verschaffen. Ohne Erfolg. Es bleibt zweifelhaft.

Na bitte: Außer Spesen nichts gewesen. Hätte er der Dame vorher sagen können.

***

»Unverhofft kommt oft« sagt eine deutsche Redensart, aber ich glaube, sie tut es wie das Morgenstern'sche Wiesel auf einem Kiesel inmitten Bachgeriesel nur um des Reimes willen. Für Kommissar Schneiders Geschmack jedenfalls kommt unverhofft viel zu selten. Doch heute hat er Glück. Unverhofft und leicht verschwitzt steht ein jugendlicher Jogger in seinem Zimmer und verbreitet einen Schweißgeruch, dass der Kommissar sich beinah die Staatsanwältin mit ihrem Tabakgestank herbeiwünscht.

»Ich hätte da eine Aussage zu der Leiche im Olympiahafen zu machen.«

Herr Schneider verkneift sich unter Aufbietung aller Kräfte ein »Hätten Sie *vielleicht* oder *haben* Sie tatsächlich?« und weist freundlich auf das Arme-Sünder-Stühlchen vor seinem Schreibtisch. Man muss ja dankbar sein, wenn die heutige Jugend zu ganzen Sätzen fähig ist. »Nehmen Sie bitte Platz. Was möchten Sie mir sagen?«

»Ja, also«, beginnt der junge Mann, »der Mathe-Grossi schraubt an der Franz-Kosi rum.«

Der Kommissar legt den Stift, mit dem er die erwartete Enthüllung notieren wollte, wieder zur Seite. Das ist zwar ganz eindeutig ein weiterer ganzer Satz, aber er kann nichts damit anfangen. Auch nachdem der junge Mann den Satz in verständliches Deutsch übersetzt hat, ist immer noch nicht viel damit los. »Dass Herr Grossmann und Frau Koslowski ein Verhältnis haben, wissen wir bereits.«

Hast du schon mal eine Seifenblase platzen sehen? Eben noch schön und groß und schillernd und im nächsten Augenblick – pitsch – nur noch ein Spritzer Seifenlauge. So was tut man nicht, Herr Schneider! Man macht Kindern nicht ihre Seifenblasen kaputt und pubertierenden Jugendlichen erst recht nicht. Und wenn doch, muss man sich nicht wundern, wenn die aus dem Ruder laufen.

»Aber das mit der Manu und dem Grossmann noch nicht«, sagt Jan triumphierend.

Das ist jetzt beim besten Willen kein ganzer Satz mehr, dafür lässt sich einiges mit ihm anfangen.

Kommissar Schneider nimmt einen Befragungsbogen zur Hand, notiert, dass der junge Mann Jan Dengel heißt, bei Herrn Grossmann um die Ecke wohnt, ihn als Klassenlehrer hat und Mitschüler von Manuela ist. Unter Aufbietung all seiner Verhörkunst dröselt er aus ihm heraus, dass er Manu gesehen hat, wie sie aus dem Haus von Grossmann gekommen ist.

Ich kenne Lehrer, die Lichtjahre von der Stätte ihres Wirkens entfernt wohnen und täglich lange Wege in Kauf nehmen, um ihre Schüler zu unterrichten. Das war mir bisher immer unverständlich. Doch jetzt weiß ich, warum: Sie wollen nicht, dass ihre Schüler ihrem Privatleben zu nahe kommen. Verständlich, obwohl ich nie gedacht hätte, dass diese biederen Herren und Damen überhaupt ein Privatleben haben – jedenfalls kein so privates.

Schneider bewegen die Worte von Jan in seinem Herzen. Ach nee, der saubere Herr Lehrer hatte was mit einer Schülerin. Unzucht mit Abhängigen, Paragraf 174 Strafgesetzbuch, Freiheitsstrafe nicht unter sechs Monaten, denkt er. Eigentlich hätte er »sexueller Missbrauch« denken müssen, denn die Unzucht hat seit der Strafrechtsreform im Jahr 1973 manches eingebüßt.

Onanie, Beischlaf ohne Ehe, Beischlaf in der Ehe, aber mit dem Falschen, Beischlaf unter Männern, alles erlaubt. Nur bei den Abhängigen ist der Gesetzgeber altmodisch geblieben.

Aber wahrscheinlich auch nur pro forma. Kein Grund also, die Schülerin umzubringen. Dass das schöne Gehalt samt Pension vielleicht futsch ist, könnte allerdings ein Grund sein. Auch für Frau Grossmann, die sich ja jeden Monat eine hübsche dicke Scheibe davon abschneiden kann. Hochinteressant, was der Dengler sagt.

»Sie haben also tatsächlich gesehen, dass Manuela Gabler aus dem Haus der Grossmanns gekommen ist?«, fragt Schneider zur Sicherheit noch einmal nach.

»Na ja, nicht so richtig – mehr so vom Boot«, schränkt Jan ein. Zum Verrücktwerden mit diesem Jungvolk.

»Ja, was denn nun?« Schneider hat bald die Nase voll – auch wörtlich genommen. Die Ausdünstungen des Jungen übersteigen seine Kräfte, was schade ist, denn bei richtiger Befragungstaktik hätte er hier so manches in Erfahrung bringen können. Schließlich ist Jan ein eifriger Jogger, trabt dauernd durch die Gegend und steckt seine Nase in alles rein. Von der Schuhgröße bis zum Autokennzeichen gibt es nichts, was er über die Grossmanns nicht weiß.

Zumindest die Sache mit dem Boot hätte Schneider genauer hinterfragen sollen – wobei V III sicher eine große Hilfe gewesen wäre. Doch er vertut seine Chance, und das Boot geht sang- und klanglos unter.

»Der hat sie vernascht, ganz klar«, sagt Jan störrisch. »Sie hat ja auch immer Herzchen mit seinem Namen in ihr Heft gekritzelt. Und dann wieder rausradiert, damit es keiner sieht.«

»Was haben Sie *genau* gesehen?«, fragt Schneider nachdrücklich.

»Na ja … eben …« Jan schaut hilflos und verfällt in dumpfes Brüten.

Aha, der hat also gar nichts gesehen, wollte nur mal über seine Mitschülerin herziehen. Warum auch immer. Vielleicht hat sie ihn abblitzen lassen. Ist ihm früher auch passiert. Manchmal. Eher selten. Eigentlich fast nie. Trotzdem kann er sich an den einen oder anderen Rachegedanken erinnern.

Allerdings: Mit der Sache Grossmann/Koslowski hat der kleine Stinker recht. Schneider nimmt sich vor, der guten Frau Grossmann noch mal auf den Zahn zu fühlen. Der erste Gedanke ist eben doch immer der beste. Er hatte sie ja schon mal hopsgenommen, nachdem sie in seiner Gegenwart einen Mord aus Eifersucht angedroht hatte. Und sie wieder laufen lassen, der Idiot.

Mit seinem Standardsatz »Vielen Dank für Ihre Aussage, wir melden uns« komplimentiert er Jan aus dem Zimmer und öffnet das Fenster.

***

Tommi ist über Manus Tod mehr als erschüttert. Die niedliche, kleine Manu. Nie wieder wird sie auf seiner Couch liegen und ihm einen Klaps geben, wenn er mit seinen Fingern auf ihren Armen spazieren geht. Nie wird er sich mit seinen Fingern weiter vorwagen können. Dabei hatte er sich alles so schön vorgestellt: »Ich hab was gefunden«, wollte er ihr heute Nachmittag ins Telefon säuseln. »Komm doch mal vorbei.«

»Du Schuft«, hätte sie sicher schon in der Tür gesagt. »Ich frag dich seit Tagen, ob ich mein Handy bei dir vergessen habe, und du sagst immer Nein, weil du es nicht für nötig hältst, mal unter deinem Bett nachzugucken.«

Bei der anschließenden Rangelei wäre *es* dann passiert.

Jetzt ist alles vorbei. Sie ist nicht mehr da. Sie ist weg und kommt nie wieder. Und das Letzte, was sie von ihm gehört hat, war eine Lüge.

Er liegt auf seiner Couch und gräbt sich in die Wolldecke, die noch ein wenig nach ihr riecht. Erst jetzt wird ihm klar, dass er in sie verliebt war. Quatsch, er war doch nicht verliebt. So ein Unsinn. Vielleicht ein bisschen verschossen, aber mehr nicht. Auf keinen Fall! Außerdem hat sie auch gar nichts von ihm gewollt, die dumme Gans. Nur Augen für diesen blöden

Grossmann hat sie gehabt. Die Tränen laufen ihm übers Gesicht, während er das denkt.

Wer war das? Wer hat sie ertränkt? Und warum?

Vielleicht der Grossmann. Hat Manus Nachstellungen nicht mehr ausgehalten und sie ins Wasser geschubst.

Tommi holt ihr Handy hervor, das er vorsichtshalber in seinem Schrank versteckt hatte. Vielleicht verrät es ihm etwas über ihr tatsächliches Verhältnis zu dem Kerl. Doch das Handy ist tot, kein Saft mehr. Es müsste neu hochgefahren werden, und dafür braucht er das Passwort. Hat er aber nicht. So könnte es nur noch der polizeiliche Erkennungsdienst knacken. Doch wer weiß, was die alles darauf finden? Da verbuddelt er es lieber in den Tiefen seines Schreibtischs.

Es könnte auch Grossmanns Frau gewesen sein. Aus Eifersucht. Als er sich gerade angelegentlich in die Vorstellung hineinsteigert, dass die Gattin Manu auf frischer Tat in Grossmanns Armen entdeckt und anschließend ertränkt hat, klingelt es, und Jan steht vor der Tür.

Stehen ist vielleicht nicht der richtige Ausdruck. Wie alle Jogger, die im Lauf aufgehalten werden, tritt er vor der Tür auf der Stelle. »Komm rein«, sagt Tommi.

Jan hoppelt an ihm vorbei und schmeißt sich auf die Couch, während seine Füße weitertrappeln.

»Halt die Füße still und sag, was du willst.«

So richtig freundlich klingt das nicht, muss ich zugeben. Aber Jan gehört zu den Menschen, die einem schon nach kürzester Zeit auf die Nerven fallen. Und wenn man gerade dabei ist, den Mord an einer geliebten Freundin aufzuklären, stören sie mächtig.

»Na, wegen Manu«, sagt Jan und stellt das Trappeln ein.

»Was wegen Manu?«, fragt Tommi.

»Weil die tot ist«, sagt Jan.

Siehst du, das meine ich damit, dass einem so einer auf die Nerven gehen kann. Platzt rein, stinkt nach Schweiß, sagt Dinge, die man längst weiß, und bohrt in Wunden, die man sich gerade lecken wollte.

»Hast du mitgekriegt, wie der Mathe-Groß und die Franz-Kosi sich nach der Stunde vor Freude in den Armen gelegen haben, weil Manu tot ist?«, fragt er und fängt wieder an, mit den Füßen zu trappeln.

»So ein Quatsch«, wehrt Tommi ab und öffnet das Fenster.

»Gar kein Quatsch. Hab die beiden mal zusammen auf sein Boot gehen sehen. Und Kosis Auto steht gern mal um die Ecke beim Institut für Weltwirtschaft. Dann ist sie bestimmt auch immer bei ihm an Bord.« Jan steht von der Couch auf, joggt in kleinen Trippelschritten durchs Zimmer und fummelt an allem rum, was Tommi liebevoll in seinen Regalen aufgebaut hat. Tommi könnte die Krise kriegen, doch er versucht, es mit Gleichmut zu ertragen. Denn das, was Jan jetzt so vor sich hin plappert, scheint interessant zu werden.

Damit meine ich nicht Jans weitschweifige Reden darüber, dass Uwe und Vanessa was miteinander haben. Das weiß ja inzwischen jeder Depp, nicht zuletzt dank Tommis Bildmontagen. Aber dass Manu mehrfach bei dem Grossmann gewesen sein soll, ist ihm neu.

»Woher weißt du das denn?«

»Na ja«, sagt Jan und dreht verlegen den Stein, den Tommi von Manu geschenkt gekriegt hat und der seitdem einen Ehrenplatz in seinem Regal hat. »Hab sie da mal gesehen.«

»Erzähl doch mal«, sagt Tommi, und Jan erzählt.

»Die Kosi und der Grossmann sind händchenhaltend auf sein Boot gestiegen.«

»Wieso die Kosi? Ich denke, Manu?«

»Na, die auch.«

»Was? Die waren zu dritt an Bord?«

»Nee, das ja nun auch nich.«

»Wie denn dann?«

»Weil ich da doch immer langjogge. Is ja klar, ne?«

Tommi kriegt langsam die Krise. Immer wenn er nachbohrt, kommt nur heiße Luft, zum Auswachsen, so was. Als Jan nach zwei Stunden endlich wieder abhaut, hat er nicht mehr als der Kommissar aus ihm rausgekriegt. Trotzdem ist er um einiges schlauer geworden. Der Kerl hat zwar eigentlich die ganze Zeit nur dummes Zeug geschwafelt, aber das eine oder andere kann Tommi sich jetzt zusammenreimen. Vor allem weiß er nun alles über das Auto der Grossmann – einschließlich Kennzeichen und Beule hinten links.

Eine Goldgrube, dieser Jan.

***

Nachdem er das Fenster hinter Jans geruchsintensivem Besuch geschlossen hat, kann sich Kommissar Schneider endlich wieder den wichtigen Dingen zuwenden, nämlich der Komplettierung seiner Playmobil-Menagerie. Herr und Frau Grossmann sowie Herr Heinze sind mit Hilfe von Hotdog-Tafelschwamm, Strubbelperücke und Massage-Gespensterlaken unverwechselbar.

Für Frau Heinze und Manuela wählt er zwei Figuren mit Badehose. Richtig gut gefällt es ihm nicht, weil keine der beiden für ihr Bad im Hafenbecken entsprechend gekleidet war, aber im Rahmen seiner Möglichkeiten macht er das Beste daraus. Dem einen Männchen verpasst er mit Filzschreiber ein M für Manuela, dem anderen ein H, wobei man nicht weiß, ob es für Hanna oder Heinze steht. Ist egal, sie liegen flach auf dem Bauch tot in ihrem jeweiligen Kreis.

In der Hauptsache fehlen noch die Koslowski und jede Menge Familienangehörige der toten Manuela, die als Verwandte von Natur aus zum engsten Kreis der Verdächtigen zählen und daher in jeder Kriminalstatistik eine herausragende Rolle spielen. Dann natürlich eine noch näher zu ermittelnde Anzahl von Mitschülern und – nicht zu vergessen – der Lehrkörper.

Lehrer und Schüler sind schnell gefunden. Herr Schneider kramt aus der Kiste zwei Ritter und drei Kinderfiguren hervor, die er aber erst später, nach eingehender Recherche an der Schule, entsprechend auszustatten gedenkt. Fünf Bauern in Krachledernen repräsentieren die Verwandtschaft der Toten.

Außerdem braucht er noch den großen Unbekannten, der ihm seit ewigen Zeiten immer wieder aufgetischt wird, wenn ein Verdächtiger nicht weiterweiß. Er gräbt in der Kiste des Enkels und fördert schließlich einen Grizzly mit erhobenen Tatzen zutage. Das passt – der Bär, den das Gesocks ihm immer wieder aufbinden will.

Vanessa ist die Einzige, die ihm ein wenig zu schaffen macht. Kurz spielt er – mehr beiläufig – mit einer Kuh mit recht erfreulichem Euter, um dann aber doch den Diamanten zu nehmen, der aus einer Schatzkiste hervorleuchtet. Na bitte, jetzt hat er alle beisammen und kann mit ihrer Verteilung auf die Kreise der Verdächtigen beginnen.

»Müller«, schreit er gegen die verschlossene Tür seines Büros, um sich dann aber sogleich daran zu erinnern, dass Müller ebenso wie Müller zwo urlaublich außer Haus ist. »Frau Tengel«, flötet er in gänzlich anderer Stimmlage in den Telefonhörer, »seien Sie doch bitte so nett und rufen Sie für drei Uhr die Soko Olympia zur Lagebesprechung in Zimmer Zwo Null Drei zusammen – wenn Sie so lieb wären.«

»Mit ein paar Plätzchen?«, erkundigt sich Frau Tengel.

»Nein«, sagt Herr Schneider und schenkt dem Diamanten einen innigen Blick.

***

»So, Männer«, sagt Herr Schneider, nachdem er festen Schrittes Zwo Null Drei betreten hat. Dass auch eine Frau zu seinem Team gehört, übersieht er seit Jahren geflissentlich. »Es gibt Arbeit.«

Das hätte man sich bei der dichten Aufeinanderfolge zweier Toter in der beschaulichen Landeshauptstadt beinahe denken können. Es ist aber dennoch ein gewisser Schock und drückt ein wenig auf die Stimmung, die bis zum Eintreffen des Chefs doch recht gehoben war.

»Die Befragung der Schüler und Lehrer übernehmen Sie«, sagt er bestimmt zu zwei Mitarbeitern, ohne auf das Schrumpfen der beiden ohnehin schon zu klein geratenen Kollegen zu achten, und wendet sich direkt denen daneben zu. »Sie beide graben Manuela Gablers familiäres Umfeld um.« Zack, haben auch die Kollegen Gerner und Schneeweis ein großes Stück Scheiße an der Backe. »Sie«, sagt er schließlich und deutet mit großartiger Geste in Richtung zweier älterer Kollegen in Cordhosen, »kümmern sich um die Zusammenhänge, die zwischen beiden Morden zweifellos bestehen. Ich selbst werde Frau Koslowski mal einen Besuch abstatten.«

Obwohl Letzteres mehr genuschelt rüberkommt, sind sofort alle im Bilde: Der Chef hat sich mal wieder das Sahnestück rausgepickt.

»Das könnte ich doch machen«, bietet einer der Cordhosenträger an, wird jedoch mit einem »Sie haben mit Ihrer Aufgabe genug zu tun« abgebügelt.

»Sonst noch Fragen?«

Schneider kann, wenn er will, eine gänzlich unnahbare Unnahbarkeit ausstrahlen. Und im Augenblick will er. Was der Ermittlung allerdings nicht wirklich zuträglich ist, denn es wäre noch so manches zu klären. Was soll zum Beispiel seine schwammige Äußerung »familiäres Umfeld umgraben« genau heißen? Und welche Zusammenhänge bestehen zwischen den beiden Toten? Sogar *zweifellos*, wie Schneider sagt. Und wieso überhaupt Mord?

Aber ebenso, wie Schneider seine Pappenheimer kennt, kennen seine Pappenheimer ihn. Sie werden keinesfalls nachfragen, sondern seine Anweisungen so weit wie nötig und so eng wie möglich auslegen. Damit sind sie immer gut gefahren und konnten auf diese Weise noch jeden Mörder überführen. Wobei leider angemerkt werden muss, dass es so richtig viele Morde in Kiel bisher noch gar nicht gab.

∗∗∗

Die beiden ohnehin schon klein geratenen und jetzt auch noch zusätzlich geschrumpften Kriminalbeamten sollen sich Schüler und Lehrer vorknöpfen, hat Kommissar Schneider gesagt. Sie platzen also – wie aus jedem besseren Fernsehkrimi hinlänglich bekannt – unverhofft in den Unterricht von Herrn Hempel.

Hempel lehrt Geschichte und hat gerade sein Steckenpferd, Karl den Großen, am Wickel. Deshalb ist er entsprechend ungehalten über den Besuch. Für die Schüler hingegen, denen Karl der Große so langsam zu den Ohren wieder rauskommt, ist das Erscheinen dieser zwei endlich mal weniger großen Gestalten eine willkommene Abwechslung. Bereitwillig berichten sie, dass der Mathe-Groß mit der Kotze ein Verhältnis hat. Und mit der Manu vielleicht auch. Die sei sowieso immer etwas wunderlich gewesen. Richtig verschlossen und voller Geheimnisse. Alle reden durcheinander.

Erstaunt sehen sich die beiden Polizisten an. Ist das heute so? Wo sind die Zeiten geblieben, in denen man sich noch gemeldet hat, den Arm gehoben: Herr Lehrer, ich weiß was.

»Einer nach dem anderen bitte«, sagt der Kürzere von beiden etwas verzweifelt.

»Ich könnte dazu …«, sagt Jan und will sich erheben.

»Was soll das denn?«, zischt Tommi und drückt ihn mit der Hand wieder runter.

»Aber ich muss doch …«

»Gar nichts musst du«, widerspricht Tommi. »Die Franz-Kosi würgt dir in Franz einen rein, wenn du sie anschwärzt. Halt die Schnauze und bleib sitzen.«

Also hält Jan die Schnauze und bleibt sitzen. Stimmt ja auch. Richtig dankbar ist er Tommi, dass der ihn gerade noch rechtzeitig von einer Dummheit abgehalten hat. Sein knappes Ausreichend kann er in die Tonne treten, wenn er den beiden Polizisten sagt, dass er Kosis Auto des Öfteren am Institut für Weltwirtschaft in der Nähe von Grossmanns Boot parken gesehen hat. Er lächelt. Ein guter Freund, der Tommi – und so selbstlos.

Das täuscht natürlich. Tommi ist alles andere als selbstlos. Informationen sind ein kostbares Gut. Die verplempert man nicht einfach im Geschichtsunterricht, zumal wenn eigentlich Karl der Große auf dem Unterrichtsplan steht. Informationen muss man da benutzen, wo es was bringt. »Schiri, wir wissen, wo dein Auto steht« gehört ins Fußballstadion, und »Franz-Kosi, ich weiß, wo dein Auto stand« ist gut für Französisch. Denn in Französisch ist auch Tommi sauschlecht. Ihn kann im Grunde nur noch ein Wunder retten. Und dieses Wunder scheint grad um die Ecke zu kommen.

»Was wollten Sie sagen?«, fragt der Kürzere und lächelt Jan aufmunternd zu.

»Na ja, weil ich doch eben gerade … aber ich glaube doch eher …«, stammelt Jan und wird rot.

»So, nun ist aber Schluss«, spricht Herr Hempel schließlich ein Machtwort und gerät damit unversehens ins Visier der Ermittler.

»Wo waren Siiie eigentlich, als der Mord geschah?«

Nun musst du dir Herrn Hempel nicht etwa wie einen potenziellen Mörder mit gefletschten Zähnen und grimmigem Blick vorstellen, sondern eher wie einen Biedermann mit leicht in die Jahre gekommenem Schmuddelanzug und Hornbrille. Entsprechend entsetzt ist er, als man ihm zutraut, eine seiner Schülerinnen gemeuchelt zu haben. »Im Bett natürlich«, sagt er mit einer Inbrunst, die ihresgleichen sucht – genau wie das augenblicklich einsetzende Gekicher.

Nein, wie komisch! Herr Hempel im Bett! So was lag ja bisher gänzlich außerhalb der Vorstellungskraft der unter seiner Verehrung Karls des Großen leidenden Schüler. »Wo sonst?«, tönt es sarkastisch aus der letzten Bank. »Bei Mami im Bettchen«, gluckst es aus der Reihe davor.

Die Stimmung ist auf ihrem absoluten Höhepunkt, als die beiden Kleinen das Klassenzimmer unverrichteter Dinge wieder verlassen. Außer dass sich ein bisher allseits geachteter Lehrer lächerlich gemacht hat, haben sie nichts geschafft.

***

Gerner und Schneeweis müssen »Manus Umfeld umgraben« und klingeln bei Manus Eltern. Kein schöner Besuch. Mit den

Aussagen einer tränenüberströmten Mutter und einem auf Vergeltung sinnenden Vater ist in der Regel wenig anzufangen. Keine Gesprächspartner, wie man sie sich wünscht. Deshalb haben Gerner und Schneeweis vor dem Läuten an der Manu'schen Haustür noch Schnick, Schnack, Schnuck gemacht. Gerner hat verloren. Also muss er die Verhandlungen allein führen, Schneeweis kann stumm bleiben und sich allenfalls ein wenig in den Sessel fläzen.

»Wir hätten da noch ein paar Fragen bezüglich des Todes ihrer Tochter«, fällt Gerner schon an der Schwelle mit der Tür ins Haus, sodass sich Schneeweis der Magen umdreht und er es beinah bedauert, gewonnen zu haben.

»Kommen Sie rein«, haucht Manus Mutter – die Augen verschwiemelt, die Nase tiefrot, die Haare zerzaust. Ein Bild des Jammers. Sie ist in den letzten Tagen um Jahre gealtert, so als ob sie ihre eigene Großmutter überholen wollte.

Auf dem Flur rutscht Schneeweis aus und muss sich von Gerner stützen lassen. Nur so kann er gerade noch dessen üblichen Spruch »Alles Roger in Kambodscha?« verhindern. Würde ja sonst ein ganz falsches Bild auf die Umgangsformen der Kieler Polizei werfen.

Auch Manus Vater ist verdächtig rot um die Augen, sitzt in einem Sessel und brütet still vor sich hin.

»Heinz, die Polizei ist da«, flüstert die Mutter.

»Habt ihr das Schwein?«, fragt der Vater, ohne aufzublicken.

»Nein«, sagt Gerner launig, »wir wissen noch nicht einmal, ob es tatsächlich ein Schwein oder vielleicht doch eher eine Sau war.«

Es ist wirklich ausgesprochen bedauerlich, dass Schneeweis gewonnen hat. So kann er nur hilflos mit gezücktem Bleistift danebensitzen und stumm mitschreiben, was Manus Eltern zu sagen haben, während Gerner deren Trauer mit Füßen tritt.

Viel ist es nicht, was die Eltern zu berichten wissen. Manu war liebenswert, fleißig, adrett und folgsam, die Freude ihrer Eltern und darüber hinaus mit ihren fünfzehn Jahren eigentlich noch ein halbes Kind. Schneeweis lässt den Bleistift wieder sinken. Mit solchen Lobeshymnen auf eine Tote ist nun wirklich überhaupt nichts anzufangen.

»Wieso konnte es dann passieren, dass Ihr adrettes halbes Kind so spät nachts noch am Millionenbecken rumgeturnt ist?«, fragt Gerner ironisch, und Schneeweis bereut, seine Siegchancen erhöht zu haben, als er unversehens die Figur Brunnen in das Schnick-Schnack-Schnuck-Spiel eingebaut hat. Eigentlich merkwürdig, dass Gerner ihm das erlaubt hat. Langsam kommt Schneeweis der Verdacht, dass Gerner verlieren *wollte*.

Doch die Eltern ignorieren den Spott in Gerners Frage. Manus Mutter kann sich das nur mit einer Entführung und der Vater überhaupt nicht erklären. »Sie war müde und ist früh schlafen gegangen. Als ich gegen zehn nach ihr sah, lag sie wie erwartet in ihrem Bett. Ich habe nachts immer mehrfach in ihr Zimmer geschaut, ob sie schläft und gut zugedeckt ist«, sagt er mit belegter Stimme. »Sie schlief doch bei geöffnetem Fenster.«

»Und? War sie?«, fragt Gerner.

»Was?«

»Na, ich meine, war sie wie immer gut zugedeckt?«

Man begibt sich gemeinsam in Manus Zimmer, um das mit der Zudecke zu klären. Mit wenigen Handgriffen platziert Gerner einige Kissen in Manus Bett, legt die aus Kindertagen übrig gebliebene Puppe aufs Kopfkissen und zieht ihr die Bettdecke über die Ohren, während Schneeweis mit einem kurzen Blick aus dem Fenster feststellt, dass ein sportliches junges Mädchen locker über das kleine Vordach ihr Zimmer verlassen und auf demselben Weg unbemerkt dorthin zurückkehren kann.

»So etwa?«, fragt Gerner.

»Was?«

»Schauen Sie mal: Sah das, was Sie gesehen haben, wenn Sie nach Ihrem halben Kind schauten, in etwa so aus?«

Jetzt ist aber mal gut mit dem halben Kind! Man kann wirklich froh sein, dass Schneeweis gerade eifrig mit seinen Notizen beschäftigt ist, sonst wäre er wahrscheinlich vor Scham in den Boden versunken.

Aber irgendwie muss Schneeweis doch was mitgekriegt

haben, denn er scheint tatsächlich in den Boden versunken zu sein, hat auf dem Weg dorthin mal unters Bett gesehen und dort einen Schuhkarton entdeckt. »Was ist das denn?«, fragt er ganz entgegen der eigentlichen Verabredung, dass er sich als Gewinner nicht an der Befragung beteiligen muss.

»Was?«

»Der Karton?«

Die Tatsache, dass ein Karton an einem Ort steht, wo eigentlich regelmäßig gesaugt werden sollte, ruft die Hausfrau in Manus Mutter auf den Plan. Ihre Trauer beiseiteschiebend erklärt sie in epischer Breite, dass Manu aus pädagogischen Gründen angehalten war, ihr Zimmer selbst sauber zu halten. Schneeweis fragt sich derweil, was die Spusi wohl noch alles übersehen hat, wenn ihr schon etwas so Offensichtliches entgangen ist.

»Dass Ihre Tochter wahrscheinlich keine Jungfrau mehr war, ist Ihnen wohl auch nicht bekannt?«, unterbricht Gerner den Redefluss von Manus Mutter. Schneeweis kann sie gerade noch auffangen, als sie umkippt, und beschließt, sich nie wieder für eine gemeinsame Ermittlung mit Gerner einteilen zu lassen.

»Der hat seine Tochter missbraucht, ganz klar«, sagt Gerner, als sie wieder auf der Straße stehen.

»Wie kommst du denn darauf?«, fragt Schneeweis. Er ist so entsetzt, dass ihm beinah der konfiszierte Schuhkarton aus den Armen rutscht.

»So was rieche ich«, sagt Gerner und zündet sich eine Zigarette an.

✳✳✳

Die älteren Cordhosen, die sich um die Zusammenhänge beider Morde kümmern müssen, haben von allen Parteien den besten Job erwischt, wenn man mal von dem Besuch bei Vanessa absieht, der wahrscheinlich der allerbeste Job ist und Kommissar Schneider vorbehalten bleibt. Sie sitzen bei Kaffee und Keksen hinter ihren Schreibtischen, malen kleine Diagramme mit Kreisen und Pfeilen, korrigieren gegenseitig in den Kunstwerken des jeweils anderen herum und kommen bald vom Hölzchen aufs Stöckchen.

»Hast du den letzten Tatort gesehen?«, fragt der mit den Bundfalten.

»Den mit Ballauf und Schenk?«

»Nee, natürlich den Kieler Tatort mit Borowski, wo am Ende der gänzlich unverdächtige Vater ...«

»Der Unverdächtigste ist sowieso immer der Mörder«, unterbricht ihn der ohne Bundfalten. »Und natürlich nie ein Ausländer. Der kann so verdächtig sein, wie er will. Und kein Behinderter, nicht mal, wenn er ein ganzes Waffenarsenal in seinem Rollstuhl herumkutschiert. Ist dir auch schon aufgefallen?«

Nein, das ist dem mit den Bundfalten noch nie aufgefallen. Deshalb wendet er sich wieder seinem Diagramm zu und streicht energisch die Pfeile, die die gegnerische Cordhose hinzugemalt hat, wieder aus. Zwischen Frau Heinze und der Mutter von Manuela gibt es nicht den geringsten Zusammenhang – und wenn sie zehnmal den gleichen Putzfimmel haben.

Als Kommissar Schneider tags darauf bei der Besprechung in Zwo Null Drei die Ergebnisse abfragt, haben die beiden sämtliche Kieler Tatorte auf Plausibilität überprüft, sind aber mit ihrer eigentlichen Aufgabe keinen Schritt weitergekommen.

Die Cordhose mit den Bundfalten hat allerdings immerhin noch eine Nachtschicht eingelegt und die verworrenen Diagramme des Nachmittags mit Hilfe von PowerPoint in eine vernünftige Form gegossen. Das hat ihm einige Mühe bereitet, denn PowerPoint gehört nicht zu seinen Lieblingsprogrammen. Das entstandene Diagramm ist jedoch wenig ergiebig und zeigt im Grunde nur, dass Herr und Frau Grossmann als Einzige zu beiden Toten in Beziehung stehen – Frau Grossman sogar nur, wenn man ihr Eifersucht auf die gesamte Weiblichkeit im Umfeld des Gatten unterstellt. Damit Uwe und Sonja nicht so einsam auf weiter Flur sind und um dem ohne Bundfalte einen Gefallen zu tun, hat er sich noch zu einem Hin-und-rück-Pfeil zwischen Manus Mutter und Frau Heinze durchringen können.

Und weil er gerade so schön dabei war, hat er auch Vanessa und Frau Heinze solch einen Pfeil verpasst. Was er allerdings sagen soll, wenn Schneider dafür eine Erklärung haben will, ist ihm schleierhaft. Notfalls will er sich damit rausreden, dass er sich vertan hat, weil er mit PowerPoint nicht umgehen kann – was ja nicht einmal gelogen wäre.

Herr Schneider wirft Gott sei Dank nur einen flüchtigen Blick auf das nächtliche Machwerk. Er hat Wichtigeres zu tun. »Wenn es Frau Koslowski war, fresse ich einen Besen«, verkündet er, und Schneeweis murmelt: »Ich kauf schon mal einen.«

Den Diamanten hat Herr Schneider gleich nach dem Besuch bei Vanessa auf Nimmerwiedersehen aus der Schnittmenge entfernt. Völlig verstört ist sie ihm anfangs erschienen, aber kein Wunder, wenn Schülerinnen ertrinken. Ansonsten so eine nette Person, diese Koslowski, alles, was recht ist. Und hübsch! Die langen blonden Haare, überhaupt die ganze Figur: eine Pracht. Und die Augen! Wie ein Engel. Sogar einen Kaffee hat sie ihm gekocht, da war alles dran. Und ihre ganze Wohnung hat sie ihm gezeigt. Auch das Schlafzimmer. Um ein Haar hätte er mal Probe liegen können.

Wirklich, es hat nicht viel gefehlt.

***

Dank der Berichte seiner Mitarbeiter kann Herr Schneider einige Umgruppierungen innerhalb seiner Wollfäden vornehmen. Der Diamant ist als Erster wieder zurück in die Kiste gewandert, das war ja eigentlich von vornherein klar. Dass Vanessa etwas mit Frau Heinze zu tun haben soll, wie aus dem Diagramm der Cordhosen hervorgeht, übersieht er geflissentlich. Dabei kann es sich nur um einen Fehler handeln. Dass die mit PowerPoint richtig umgehen können, glaubt er ohnehin nicht. Außerdem ist der Diamant in der Kiste des Enkels so weit nach unten gerutscht – den findet er sowieso nie wieder.

Dann macht er sich erst mal über den Schuhkarton her, den Gerner von Manus Eltern mitgebracht hat. Großartiger Mann, dieser Gerner, der hat das Zeug zu Höherem. Den muss er unbedingt berücksichtigen, wenn die nächsten Beförderungen anstehen. Hoffentlich hat er es bis dahin nicht vergessen. Der Staatshaushalt befördert nicht gern, daher sind die Termine so selten. Außerdem geht es streng nach Dienstalter, deshalb müsste er sich für eine Beförderung außer der Reihe eine Begründung ausdenken, und denken tut er nicht gern.

Aus dem Schuhkarton befördert er neben einer Diddl-Maus mit abgelutschten Ohren, einem Silberkettchen und zwei Hochzeitsfotos nur einen zugeklebten Briefumschlag ohne Aufschrift zutage. Er stockt einen Augenblick, denn er gehört zu der Generation, für die das Wort »Briefgeheimnis« noch eine Bedeutung hat. Aber der Umschlag trägt weder Anschrift noch Absender und fällt damit wohl nicht unter diese Rubrik. Außerdem ist er als Leiter der Soko doch wohl dazu berechtigt, alles zu öffnen, was ihm in die Finger kommt. Schließlich geht es um Mord!

Beherzt greift er zum Brieföffner.

»Tommi ist ein richtiges Aschloch«, steht auf dem Blatt. Schneider setzt seine Brille auf und entdeckt ein kleines r zwischen A und s. Das t am Ende des Arschlochts ist ein Ausrufungszeichen.

»Tommi ist ein richtiges Arschloch! Macht sich über mich lustig. Er hält es für Quatsch, dass Herr Grossmann mich liebt. Aber ich weiß genau, dass er sich von seiner Frau, der blöden Ziege, für mich scheiden lassen würde. Geht bloß nicht, weil sie auf dem Geldsack sitzt. Hoffentlich biegt er sie bald um. Dann kann er mich heiraten, wenn ich achtzehn bin.«

Biegt sie bald um? Schneider kneift die Augen zusammen. Ach so: »bringt sie bald um«. Also wirklich, ganz großartig, dieser Gerner. Präsentiert ihm den Mörder auf dem Silbertablett, quasi mit einem Satz raus aus dem Schuhkarton und hopp aufs Silbertablett. Schade nur, dass Manu tot ist und nicht Sonja Grossmann. Das Leben könnte so einfach sein, wenn endlich mal die richtigen Leute totgingen.

Wer weiß, vielleicht schwimmt die Grossmann auch bald

kieloben im Olympiahafen? Dann könnte er einen dritten Wollfaden spendieren, den Bauarbeiter mit Tafelschwamm in die Schnittmenge der drei setzen, und alles wäre paletti. Kurz überlegt er, ob er die Zeit nicht einfach abwarten und bis dahin noch ein wenig Minesweeper spielen sollte, da fällt ihm ein, dass Uwe Manu ja gar nicht heiraten kann, weil sie tot ist, und er daher kein rechtes Motiv mehr hat, seine Frau umzubringen. Das macht also keinen Sinn.

Was ist eigentlich mit den Eltern von Manuela? Er nimmt einen der Krachledernen und malt ihm mit Filzstift ein dickes G auf die Brust. Der Gabler könnte es gewesen sein. Immerhin hat er Manu missbraucht, wie Gerner in Zwo Null Drei angedeutet hat. Schneider wühlt ein weiteres Mal den Karton durch. Nichts. Wenn sie missbraucht worden wäre, müssten sich doch irgendwelche Hinweise darauf in ihrem geheimen Schatzkästlein finden lassen. Tja, sonst so ein guter Mann, dieser Gerner, aber hier hat er sich eindeutig vergaloppiert. Außerdem hat der Gabler nun wirklich überhaupt nichts mit Frau Heinze zu schaffen, wenn Schneider dem Diagramm der beiden Cordhosen glauben kann. Also ab mit G zu den armen Rittern samt dem Grizzly mit seinen erhobenen Tatzen.

Was ist denn mit der Mutter? Er nimmt sich den nächsten Krachledernen vor und malt ihm ebenfalls ein G auf die Brust. Nein, das geht nicht. Wie soll er da die beiden Gs auseinanderhalten? Schweren Herzens setzt er ein M für Mutter vor das G. MG. Das darf man keinem zeigen. Ein lustiger Tiroler mit MG auf der Brust. Hastig wischt er die beiden Buchstaben wieder weg und wirft die ehemalige MG zu den anderen Figuren am Spielfeldrand. Alles Unsinn. Wann hat man je gehört, dass Mütter ihre Töchter umbringen.

Etwas ratlos sitzt er nun vor dem Schuhkarton und wirft spaßeshalber mal einen Blick auf die Bilder mit den Hochzeitspaaren. Er schiebt die Brille nach vorn auf die Nase, um besser sehen zu können.

Das kann doch nicht wahr sein. Tatsächlich! Manuela und der Grossmann im Hochzeitsstaat. Haben nicht einmal gewartet, bis Manuela achtzehn ist. Geschweige denn, bis Sonja umgebracht ist.

Er kneift auch noch die Augen zusammen, um besser sehen zu können. Alles prima. Diesmal bestimmt kein Fake. Die Bilder sind echt. Der Grossmann hat Manuela tatsächlich geheiratet, mit allem Schnick und Schnack.

Wo gibt es denn so was? Dass ein verheirateter Beamter eine Zweitfrau, obendrein eine minderjährige, heiratet? In irgendwelchen Bananenrepubliken vielleicht, aber doch nicht in Deutschland! Er zieht die rechte Schublade seines Schreibtischs auf und grabbelt nach der Lupe. Verdächtig viel Klimbim um den Hals. Vielleicht doch eine Bildmontage?

Wie auch immer. Der Grossmann wird die Liebelei zwischen ihrem Mann und dessen Schülerin nicht gefallen haben. Sie musste einschreiten, sonst Gatte weg, Gehalt weg, Pension weg, alles weg.

Na bitte. Eifersucht und Geld. Ein Motiv wie aus dem Bilderbuch. Sonja alias Batman avanciert zur Nummer eins in seiner Schnittmenge.

Der Frau Staatsanwalt wird er damit allerdings nicht kommen können. »Und? Sind die Bilder echte Beweise?«, wird sie fragen. Er kann den Qualm förmlich riechen, den sie dabei ausstößt. Obendrein könnte sie recht haben: Die Beweislage ist bisher tatsächlich etwas dürftig. Dennoch ist es ein starker Hinweis. Dem wird er nachgehen müssen, damit die Falle endgültig zuschnappt.

Er holt die Ermittlungsberichte hervor. Zwei seiner Mitarbeiter waren auf dem Friedhof Eichhof, stellt er erfreut fest. Vielleicht haben sie im Kirchenarchiv gestöbert und etwas über diese Heirat entdeckt? »Beerdigung Hanna Heinze«, liest er. Frau Heinze ist also schon unter der Erde. Hat er gar nicht mitgekriegt. Trotzdem waren zwei seiner Leute dabei. Großartig. Sind eigenverantwortlich tätig geworden, die beiden. Wie er es immer predigt. Ist schließlich hinlänglich bekannt, dass der Mörder immer dabei ist, wenn die Leichen seiner Opfer verbuddelt werden. Kennt man ja.

Moment mal. Dann hätte Sonja Grossmann eigentlich dabei sein müssen. Hastig blättert er die Seiten um. Keine Sonja. Meine Güte, ist die Frau gerissen. Kommt extra nicht, damit man sie nicht verdächtigt. Aber ihn kann sie damit nicht hinters Licht führen.

Herr Heinze scheint seine Frau in aller Stille zu Grabe getragen zu haben. Teilnahmslos und beinahe richtig böse soll er ins Grab geschaut haben. Das sei doch sehr merkwürdig, steht in dem Bericht.

Merkwürdig? Wieso das denn? Da könnte er halb Kiel einbuchten, wenn es bei einer Ermittlung nur darum ginge, dass der Gatte am Grab der Gattin keine Träne vergießt. Trotzdem stellt er Feuerwehrmann Heinze zu Sonja Batman. Schweren Herzens übrigens. Gedränge in seiner Schnittmenge kann er nicht leiden.

Vielleicht weiß ja Tommi, das Aschloch, etwas über die vermeintliche Hochzeit von Herrn Grossmann mit Manuela. Herr Schneider greift zum Telefon. »Dieser Thomas Neureuter soll morgen um neun zu uns aufs Präsidium kommen«, bellt er in den Hörer.

»Da hat er aber Schule«, erinnert ihn Frau Tengel.

»Na, dann eben um drei«, sagt Herr Schneider.

Ich will jetzt nicht behaupten, dass Tommi begeistert gewesen wäre, wenn er gewusst hätte, dass der Termin im Präsidium eigentlich um neun Uhr hätte stattfinden sollen. Natürlich wäre ihm ein von Amts wegen versäumter Schultag sehr zupassgekommen. Es macht sich einfach besser, wenn zwischen den vielen »Fehlt unentschuldigt«-Einträgen auch mal ein »Fehlt wg. Vorlad. z. Polizei« im Klassenbuch steht. Die Zeit, die für eine gute Vorbereitung erforderlich ist, hätte Tommi allerdings gefehlt, wenn er schon um neun Uhr hätte da sein müssen.

So hat er ausreichend Zeit und kann sich in Franz, Gesche und Bio in aller Ruhe überlegen, was er sagen will. Es ist nie gut, unvorbereitet bei der Polizei zu erscheinen.

***

Tommi kommt aus gutem Hause, wie man so sagt, und die Schule weiß das. Wieso eigentlich, möchte man fragen. Früher, als bei der Anmeldung noch der Beruf des Vaters angegeben werden musste, war das klar, zumal die wenigsten clever genug waren, statt »Feger bei Howaldt« lieber »Professor für Ornithologie und Vogelkunde« zu schreiben. Und die Mutter war sowieso Hausfrau. Heute werden diese Angaben nicht mehr gefordert, aber ein diskriminierender Blick auf den Vater ist ohnehin nicht nötig, um die Spreu vom Weizen zu trennen. Die Anschrift reicht völlig aus. Da weiß man gleich: Der wohnt in einer Villa in Düsternbrook und der im weißen Riesen von Mettenhof.

Ist natürlich erstaunlich, dass Papa Neureuter den Bub ins Max-Planck-Gymnasium gesteckt hat und nicht in die Gelehrtenschule wie alle anderen Professoren. Aber der Nobelpreisträger Max Planck war eben ein Kieler Jung, und Tommis Papi ist um sieben Ecken mit einem Cousin dritten Grades von Mäxchen verwandt, das macht sentimental.

Tommi hat also ein entsprechendes Standing an der Schule und dazu das Glück, dass ihm seine Eltern nicht auf die Nerven gehen. Solange er seinen Job macht, machen sie ihren, finanzieren ihm Motorrad samt Führerschein ab sechzehn, übernehmen Versicherung, Wartung und Sprit, versorgen ihn mit sämtlichen Barmitteln, die ein Junge in seinem Alter braucht. Außerdem stehen sie nicht mit der Stoppuhr hinter der Tür, wenn es abends mal später wird, was öfter der Fall ist, und haben vollstes Verständnis dafür, dass er nicht an jeder Unterrichtsstunde teilnimmt, die auf seinem Stundenplan steht. Als einzige Gegenleistung für ihre Großzügigkeit muss er – seit er schon mal eine Ehrenrunde gedreht hat – in jedem Schulfach auf mindestens drei stehen. So einfach ist das.

Ja siehst du, das hört sich im Grunde ganz einfach an und ist es auch. Denn Tommi ist nicht doof. Ich will nun beileibe nicht behaupten, man müsse intelligent sein, um in der Schule Erfolg zu haben. Das würde ein ganz falsches Licht auf unser Schulsystem werfen. Aber wenn man stinkend faul ist, dann kann ein wenig Klugheit nicht schaden. Und natürlich ein einigermaßen gutes Aussehen. Und Charme. Hätte man gar nicht gedacht, dass für eine gute Note in Deutsch oder Physik Charme vonnöten ist. Aber Lehrer sind eben auch nur Menschen. Das wird leicht mal vergessen.

Schulisch hat Tommi keinerlei Probleme – ausgenommen in Französisch. Die Franz-Kosi hat ihm in den letzten zwei Klausuren Zensuren reingedonnert, da war alles dran. So schnuckelig, wie sie sonst ist, bei Noten kennt sie kein Erbarmen. Hat sie auch nicht nötig. Wer selbst klug und charmant ist und gut aussieht, kann auf den Charme sechzehnjähriger Bubis pfeifen. »Wenn das so weitergeht«, hat sie ihm bei der Rückgabe der letzten Klausur gesagt, »kannst du eine Fünf im Zeugnis schon mal fest einplanen.«

Für einen normalen Jungen in der zehnten Klasse ist so was heutzutage keine Drohung. Diese Jungs haben Eltern mit Stoppuhren, die am Monatsersten aus pädagogischen Gründen ein nur spärlich bemessenes Taschengeld rausrücken, dafür aber bei schlechten Noten über Einfühlungsvermögen ohne Ende verfügen und in das Wehklagen ihrer Sprösslinge einstimmen, wenn die die Lehrerschaft samt und sonders zu bösartigen, korrupten Schweinen erklären. Das Ende vom Lied ist in solchen Fällen meist, dass ihre vermeintlich hochbegabte Brut ein, zwei oder drei Ehrenrunden dreht, es sich in dieser Zeit gut gehen lässt – und alles ist in Butter.

Bei Tommi ist das anders. Bei ihm bedrohen schlechte Zensuren die Existenz. Die konsequente Konsequenz seiner Eltern durfte er schon einmal miterleben, als er in Englisch abgesackt war. Es war grauenvoll: Stoppuhr, pädagogisches Taschengeld – das ganze Programm. Nur seine sechs Wochen Ferien in London konnten ihn vor noch Schlimmerem wie etwa Motorradentzug bewahren, denn danach war ihm die Zwei in Englisch nicht mehr zu nehmen. Aber jetzt ist November, und die Sommerferien in der Bretagne liegen in weiter Ferne. Was sich seine Eltern bis dahin an Unannehmlichkeiten für ihn alles einfallen lassen könnten, mag er sich gar nicht ausmalen.

»Kann ich Sie mal sprechen?«, fragt Tommi die Franz-Kosi daher nach der ersten Stunde, in der Französisch auf dem Stundenplan steht. Die Koslowski wartet, bis die Tür ins Schloss gefallen ist.

»Was ist nur mit dir los, Tommi?«, beginnt sie, als die anderen den Raum verlassen haben. »Du wirkst total desinteressiert und beteiligst dich gar nicht mehr.«

»Ich steh wohl auf Fünf, was?«, erwidert er, während er starr zu Boden sieht.

»Wenn das mal reicht.« Sie zieht bedauernd die Schultern hoch.

»Wenn Sie mir im Zeugnis eine Fünf reindonnern, machen meine Eltern mir die Hölle heiß.«

»Dann streng dich an.«

»Ich hätte lieber eine Drei«, sagt Tommi und hebt zum ersten Mal den Blick.

»Das glaube ich dir gern«, entgegnet Vanessa und kann einen leicht höhnischen Unterton nicht verhindern. »Aber Schulzeugnisse sind kein Wunschkonzert.«

»Ich brauche aber eine Drei, sonst streichen meine Eltern mir das Taschengeld und die Yamaha und verpassen mir Hausarrest«, sagt er.

»Das tut mir leid für dich, aber wenn deine Leistungen so bleiben, kann ich's nicht ändern.«

»Doch, das können Sie.«

Bisher hatte sie sich noch eingebildet, dass sie gerade mit einem etwas bockigen Jungen redet, aber bei diesem Satz ist Tommis Ton unverkennbar bedrohlich. Sie hat keine Lust mehr zu diesem verbalen Pingpong. »Pauk endlich mal Vokabeln«, sagt sie und geht zur Tür.

»Ich weiß, wie Manu ertrunken ist«, sagt Tommi.

Abrupt bleibt Vanessa stehen und dreht sich um.

Wo ist die strenge, souveräne Französischlehrerin geblieben? Tief getroffen steht sie wie ein kleines Mädchen vor dem großen, schlaksigen Jungen.

»Was weißt du?«, flüstert sie und kann sich nur mit Mühe

an einer Tischkante festhalten. Aschfahl ist sie geworden. Nur ihre Augen haben einen roten Rand bekommen.

Nichts weiß Tommi. Absolut gar nichts. Aber durch ihre Reaktion weiß er, dass er was wissen könnte. Sein Herz rast. *Sie war es*, brüllt es ihn ihm. *Sie hat die süße kleine Manu auf dem Gewissen!* Am liebsten würde er sich auf sie stürzen und sie so lange schütteln, bis Manu aus ihr rausfällt.

Wirklich erstaunlich, wie sich dieser Halbwüchsige in der Gewalt hat. Denn er atmet nur etwas schwerer, wirkt aber ansonsten ganz ruhig, als er erklärt: »Wie schon gesagt: eine Drei in Französisch – mindestens. Dann vergesse ich, was ich weiß.«

Mit langsamen Schritten spaziert er zur Tür und hofft, dass sein Gang leger und entspannt wirkt. Zumindest von hinten. Endlich draußen, rennt er zum Klo und kotzt. Danach bleibt er zitternd auf dem Klodeckel sitzen.

Geschichte ist schon zehn Minuten im Gange, als er wieder im Unterricht erscheint. Er ignoriert Hempels strafenden Blick und sieht auf der Tafel, dass Karl der Große in die zweite Runde gegangen ist. Rasch klemmt er sich hinter seine Bank und holt die Kladde raus. Er hat viel zu tun. Sollte Hempel ihn mit lästigen Fragen stören, wird er sagen: »Karl der Große war ein großer Stratege, an dem wir uns alle ein Beispiel nehmen sollten.« Das wird Hempel freuen.

Unterdessen nimmt Tommi sich besagtes Beispiel und bereitet sich strategisch auf den Besuch bei Schneider vor.

✳✳✳

Schneider hat auf Erfahrungen aus längst vergangenen Zeiten mit seiner elektrischen Eisenbahn zurückgegriffen und seinen Playmobil-Zirkus de facto mobil gemacht. Der ganze Verein steht jetzt, mit Fixogum wieder ablösbar verklebt, auf einer Sperrholzplatte und lässt sich, wenn notwendig, im Schrank verstecken. Unabdingbar für jemanden, der ständig mit dem Besuch der Staatsanwältin rechnen muss.

»Herein«, sagt er, als es klopft, und lässt den Zirkus hinter der Schranktür verschwinden.

Tommi grüßt schüchtern, als er eintritt, und nimmt auf dem Arme-Sünder-Stühlchen vor Schneiders Schreibtisch Platz.

»Na, dann schießen Sie mal los«, sagt Schneider launig und schiebt ihm eine Tasse Kaffee rüber. Er hat sich vorgenommen, das Bürschchen zu siezen, auch wenn's noch so schwerfällt. Bei Frau Tengel hat er daher Kaffee bestellt, und um ein Haar hätte er die Frau Staatsanwalt um eine Zigarette für den Rotzlöffel gebeten. Du siehst, Verhörtechnik I ist ihm in Fleisch und Blut übergegangen.

Aber Tommi schießt nicht. Auch er ist gut vorbereitet. Er erscheint statt mit Motorradhelm unterm Arm mit Fahrrad-klemme an der Hose, hat Tinte am Finger und eine Schniefnase. Tommi macht auf unbedarften Zehntklässler und lässt sich jedes Wort einzeln aus der Nase ziehen. Innerlich ist er jedoch mächtig in Aufruhr. Erst kurz vor seinem Auftritt hier hat er mal ein bisschen gegoogelt und ist auf Paragraf 258 gestoßen: Strafvereitelung.

Ja, solche Worte gibt es in der deutschen Sprache, zumindest in der juristischen. Strafvereitelung wird mit bis zu fünf Jahren bestraft. Uneidliche Falschaussage gibt es auch. Paragraf 154 droht ebenfalls mit bis zu fünf Jahren Haft.

Das stellt Tommi vor ein Problem. Auf der einen Seite die Yamaha, auf der anderen Seite das Strafgesetzbuch. Was wiegt schwerer? Solche Probleme bewältigt Tommi normalerweise mit Hilfe einer Matrix. Die hat im aktuellen Fall ganz schön kompliziert ausgesehen. Bis er das alles sauber durchmultipliziert hatte, ohne sich zu verheddern – grauenvoll, sag ich dir. Zu guter Letzt hat er den ganzen Kram in die Ecke gedonnert und beschlossen: Er muss es einfach wagen.

Und so sitzt er nun hier auf Schneiders Arme-Sünder-Stühlchen und schaut in einer wohlkonstruierten Mischung aus schüchtern-ängstlich und naiv-ehrlich zu Herrn Schneider auf. Obendrein sitzt er nur mit einer Viertel-Pobacke auf der äußersten Stuhlkante, was seine Darbietung wunderbar abrundet.

»Der Herr Grossmann und die Manuela waren ja verheiratet, wie wir wissen«, springt Kommissar Schneider gleich mittenrein. Er will die Befragung zügig hinter sich bringen. Er hat Wichtigeres zu tun. Der Kampf gegen die Invasoren aus dem All hat ein neues Level erreicht, und etliche Untote warten auf ihre Erschlagung.

Tommi ist so perplex, dass er beinah mit einem »Was ist das denn für ein hirnverbrannter Käse?« aus der Rolle gefallen wäre. Er kann sich gerade noch bremsen, mit den Augen kullern und ein ängstlich-naives »Ja?« hauchen.

»Ja«, sagt Schneider bestimmt.

»Davon weiß ich nichts«, sagt Tommi und betont das »davon« in der Hoffnung, dass Schneider draufhüpft wie ein Kaninchen auf die vorgehaltene Mohrrübe. Und siehe da, der Herr Kommissar hüpft.

»Davon wissen Sie also nichts«, sagt Schneider gütig und richtet seine vier Bleistifte parallel zur Tischkante aus. »Wovon wissen Sie denn was? Erzählen Sie mal frisch von der Leber weg.«

Und Tommi erzählt – frisch von der Leber weg. Schüchternnaiv lügt er ihm vor, dass er in der Nacht von Manus Tod das Auto der Grossmann vor dem Institut für Weltwirtschaft parken gesehen hat. »So gegen Mitternacht«, sagt er und schaut ängstlich-ehrlich. »Kann auch eine halbe Stunde früher oder später gewesen sein. Ich war grad von der ›Schaubude‹ auf dem Weg nach Hause. Aber noch ganz nüchtern«, sagt er und lächelt verzagt-treuherzig. »Ihr Auto hab ich sofort erkannt. An der Beule hinten links. Da stieg 'ne Frau aus.«

Großartig, Tommi hat wirklich alles richtig gemacht: zuerst die Sache mit der Uhrzeit. Niemals Punkt vierundzwanzig Uhr sagen. Immer schön vage bleiben, das macht das Ganze erst so richtig glaubwürdig. Und man sollte einen plausiblen Grund angeben: Er für seinen Teil war auf einem Livekonzert an Kiels erster Adresse, wenn es um Punk und Hip-Hop geht.

Dass er da bis Mitternacht an einem Gläschen Milch genuckelt hat, glaubt ihm natürlich keiner. Aber gerade das macht die Sache rund. Jugendliche seines Alters müssen um zehn raus. Wenn er zugibt, unerlaubterweise länger geblieben zu sein … brillant. Aus Wahrheitsliebe gesteht er sogar eine eigene Verfehlung. Und das Detail mit der Beule setzt dem Ganzen die Krone auf.

Unglaublich glaubhaft, das alles. Der arme Schneider könnte einem beinahe leidtun.

***

Als Tommi weg ist, befreit Schneider seine Playmobil-Menagerie aus dem Schrankversteck. Hochinteressant, was der Junge da gesagt hat. Er überprüft bei Google, wie weit das Institut für Weltwirtschaft vom Tatort entfernt ist. Zwei Gehminuten, ein Klacks also. Obwohl – das Wort »Gehminute« kennt er aus einschlägigen Urlaubsprospekten: »Nur vier Gehminuten vom feinen Sandstrand entfernt«, wobei das aber immer recht flotte Gehminuten sein müssen, sonst schafft man es nicht. Und »feiner Sand« ist auch eher Ansichtssache.

Er klebt einen dieser wundervollen Post-it-Pfeile an den Sonja-Batman. Wenn die kein Alibi hat, ist sie dran. Das wird der Höhepunkt seiner Laufbahn. Der krönende Abschluss seiner Karriere. Ach ja, der Abschluss. Lange hat er nicht mehr, dann reißt ihn die Pensionierung mitten aus seiner Schaffenskraft. Nur nicht dran denken. Vielleicht kriegt er ja Verlängerung wegen guter Führung.

Bevor er Frau Grossmann endgültig überführt, muss er sich aber noch mal den Heinze vorknöpfen. Erst die Arbeit, dann das Vergnügen, das ist schon immer sein Motto gewesen. Das Schönste will er sich für den Schluss aufsparen.

Herr Schneider findet einen Parkplatz direkt vor Herrn Heinzes Haus. Das ist das Beste an Gaarden: Die Bewohner gehören zur ärmeren und daher größtenteils autolosen Bevölkerungsschicht. Parkplatzsorgen sind hier weitgehend unbekannt. Dafür hat mindestens jeder Zweite ein Haustier von der Größe eines Fleischerhundes. Die vielen Riesen-Tretminen verwandeln die Bürgersteige in einen Hindernisparcours. Kottütchen scheinen diesen Stadtteil jedenfalls noch nicht erreicht zu haben. Herr Schneider hätte allerdings gedacht, dass in dem Teil Gaardens, der immerhin den Namen »Fürstlich-Gaarden« trägt, die Scheißeflut etwas eingedämmt sein würde. Wie man sich täuschen kann. Eine Scheiße, das! Und aus den Tiefen seiner Profilsohlen schwer herauszukratzen.

Er klingelt bei »Heinze, dritter Stock«.

Nichts rührt sich.

Er drückt noch einmal auf die Klingel.

Nichts.

Gerade will er sich umdrehen und seinen Hindernislauf zurück zum Auto antreten, da wird von innen die Tür aufgezogen. »Kommen Sie doch rein. Die Haustür ist immer auf. Der Klingelkasten tut nicht.« Eine Frau hält ihm die Tür auf, sodass er einen Blick auf die Stromzuleitung werfen kann, die lose an der Wand baumelt. Ja, das erklärt es.

Er macht sich an den Aufstieg. Auf dem Podest des zweiten Stocks legt er eine kleine Verschnaufpause ein, er ist schließlich nicht mehr der Jüngste. Dann geht es zügig weiter.

Er klingelt bei »Heinze«.

Nichts rührt sich.

Er drückt noch einmal auf die Klingel.

Nichts.

Tun die Klingeln in den einzelnen Etagen auch nicht? Er klopft an die Wohnungstür. Vielleicht hat Herr Heinze vom Fenster aus mitgekriegt, dass Schneider auf eine Tretmine gelatscht ist, und lässt ihn jetzt nicht rein. Zu verstehen wäre es. Wer will schon Scheiße auf seiner Auslegeware haben? Schneider bollert mit der Faust gegen die Tür, dass die Briefkastenklappe scheppert. So weit kommt es noch, dass er sich die drei Stockwerke hochgewuchtet hat und dann keiner aufmacht.

Nach weiteren drei Minuten verbollerten Wartens muss er sich eingestehen, dass es doch so weit kommt: Der beschwerliche Aufstieg war umsonst. Heinze ist nicht da. Oder steht er hinter der Wohnungstür und feixt sich eins? Na, warte! Es soll keiner behaupten können, dass ein Hauptkommissar Schneider nicht gut vorbereitet ist. Er klaubt ein Vorladungsformular aus seiner Tasche, trägt den Namen und einen Termin ein und wirft das dadurch amtlich gewordene Dokument durch die Klappe. Dass es die Unterschrift der Staatsanwaltschaft tragen müsste, um verbindlich zu sein, wird Heinze wohl nicht wissen.

Wie Kommissar Schneider den Abstieg meistert und dann mit vielen kleinen Schlenkern sein Auto erreicht, will ich dir ersparen. Nur vielleicht so viel: Er hat *zwei* Füße und daher auch *zwei* Profilsohlen, aus denen man den Dreck nur schwer wieder rauskriegt.

✳✳✳

Im Hause Grossmann herrscht Frieden. Warum auch nicht? So ein gemeinsam überstandener Besuch im Knast tut einer Ehe mal ganz gut. Das sind Erfahrungen, die nicht jeder macht. Obwohl »gemeinsam« natürlich nicht das richtige Wort ist, denn so weit sind wir in deutschen Gefängnissen noch nicht. Ehepaare werden, selbst wenn sie gleichzeitig einsitzen, getrennt gelagert. Wen wundert's? Im Gefängnis wird die gleichgeschlechtliche Liebe bevorzugt – vornehmlich unter der Dusche und nicht ganz freiwillig, sagt man zwar, aber dennoch. Generell jedenfalls gilt: Fernseher ja, Ehebett nein, was bei den Grossmanns wegen der Zeitverschiebung ihrer Knastaufenthalte aber sowieso egal gewesen wäre.

Auch die Ruhe an der Putzfrauenfront, die Herr Heinze so genial hergestellt hat, trägt zum ehelichen Frieden bei. Sonja hat die rund geputzten Ecken noch nicht bemerkt. Sie ist mit ihren Augen woanders – was ja auch mit Herrn Heinzes Genialität zu tun hat. Allerdings auf anderem Gebiet.

Der Friedensengel schwebt also milde lächelnd über der Grossmann'schen Behausung und verbreitet eitel Sonnenschein. Ganz schwer auszuhalten so was, das kann ich dir sagen. Für einen Mann vielleicht nicht, weil er gern seine Ruhe hat, aber die Frau als solche ist mit Frieden unzufrieden. Bei dir ist das vielleicht anders, aber im Allgemeinen darf ein bisschen Spannung schon sein.

Sonja, rundum zufrieden und befriedigt, geht der Friedensengel bald gehörig auf den Keks. Sie beschließt, ein wenig Unruhe in die eheliche Ruhephase zu bringen. Mal sehen, was passiert.

»Als du ins Gefängnis gewandert bist«, beginnt sie eins ihrer gefürchteten Kreuzverhöre, »da hab ich dir gleich einen Anwalt besorgt.« Sie sagt das mit Betonung auf »ich« und »gleich«. Der Zeitpunkt ist großartig gewählt. Spielt bei Verhören eine ganz wichtige Rolle. Musst du dir merken: Am besten beim Frühstück, wenn er die Zeitung liest, oder beispielsweise beim Fußballgucken. Die Gedanken müssen jedenfalls woanders sein.

Uwe ist gerade mit der morgendlichen Toilette beschäftigt, und das Rasieren erfordert seine ungeteilte Aufmerksamkeit. »Hmmm«, sagt er daher nur und schiebt das Kinn nach vorn, damit sich seine Gesichtsfalten nicht im Rasiermesser verheddern.

»Du aber nicht, als sie mich eingebuchtet haben«, sagt sie mit Betonung auf »du« und »nicht« und »mich«.

»Hmmm?«, fragt er.

»Warum eigentlich nicht?«

»Hmmm?« Er ist gerade an dieser kniffeligen Stelle am Kinn angekommen.

»Soll ich dir sagen, woher ich weiß, dass du keinen Anwalt angerufen hast?«

»Häääh?« Er rasiert die Kehlkopfzone. Da muss er immer höllisch aufpassen.

Das »Häääh?« passt eigentlich gar nicht zu Uwe. Auch ein »Näääh!«, wie man den kehligen Laut ebenfalls hätte deuten können, passt nicht wirklich, denn er ist ein Mann mit ausgewählten Umgangsformen. Aber genau das ist es ja, er ist eben doch nur ein Mann, und Männer können bekanntlich nicht mehrere Dinge auf einmal. Von Präsident Bush wurde zum Beispiel immer behauptet, er könne nicht spazieren gehen und gleichzeitig Kaugummi kauen. Von Trump behaupten die Leute sogar, er könne nicht einmal eins von beidem. Uwe ist gerade mit Rasieren beschäftigt, und da ist ein gleichzeitiges Zuhören und obendrein noch adäquates Antworten selbst für einen durchaus fähigen Mann wie ihn eine gewisse Herausforderung.

Deshalb überspringt Sonja den Teil, in dem sie ihm die Besonderheiten moderner Telefone erklärt. Mit diesen Hightech-Teilen kann man nämlich nicht nur telefonieren, sondern auch überprüfen, wer wann und wie oft mit wem telefoniert hat – und zwar zurück bis in die Steinzeit. Uwes Einstellung, mit einem Telefon nur telefonieren zu wollen, ist zwar verständlich, aber unklug. Wenn man etwas zu verbergen hat, sollte man sich dringend mit der Geschwätzigkeit der heutigen Infrastruktur beschäftigen, dem ganzen Schnickschnack, den sie anbieten, wie zum Beispiel die Liste der letzten viertausend getätigten Anrufe. Diese Liste kann man natürlich löschen, wenn man will. Uwe hätte wollen sollen.

Aber Uwe ist eben ein Schaf und merkt nicht, dass seine Gattin sich gerade in einen Wolf verwandelt, der Beute wittert. Sie weiß, dass Uwe in jener unsäglichen Nacht, die sie im Knast verbracht hat, Vanessa angerufen hat – genau um einundzwanzig Uhr drei. Sonst niemanden. Schon gar keinen Anwalt.

Sonja setzt sich auf den Klodeckel. Für ihr Kreuzverhör braucht sie etwas, wovon sie empört hochspringen kann, um dem Ganzen zusätzliche Dramatik zu verleihen. Uwe ist inzwischen mit seiner Rasur fertig und klopft etwas Eau de Cologne auf die malträtierte Haut.

»Ahh.« Er fühlt sich frisch und für Kommendes gerüstet, wobei er allerdings lediglich das schulisch Kommende vor Augen hat und die drohenden Wolken, die sich im Badezimmer über ihm zusammenbrauen, nicht bemerkt.

Alles geht so weiter, wie wir es befürchten: Sonja nimmt ihn in die Zange, sagt ihm auf den Kopf zu, dass er die Nacht bei dieser Koslowski verbracht hat, schafft es sogar, im dramaturgisch richtigen Moment empört vom Klodeckel aufzuspringen. Alles wirklich großartig inszeniert.

Aber Uwe sagt nur: »Tut mir leid, Schatz, ich muss jetzt wirklich los, sonst komme ich zu spät.«

∗∗∗

Frauen können sehr hartnäckig sein, wenn sie sich einmal festgebissen haben. Das weißt du sicher auch. Deshalb kommt Uwe nicht so einfach davon. Beim nachmittäglichen Wiedersehen macht Sonja genau da weiter, wo er ihr am Morgen entwischt ist. Und sie setzt noch einen drauf: »Mit dieser Vanessa hast du mich betrogen, und mit deiner toten Schülerin hast du auch was gehabt! Stehst wohl auf Doppelkonsonanten, was? Vanessa, Rebekka, Hanna und nun auch noch Mannu!«

»Manu«, sagt Uwe. »Sie heißt Manu – mit einem n.«

»Als ob Schreibweisen dich je abgehalten hätten«, kontert Sonja.

»Von was?«, fragt Uwe mit einer gefährlichen Ruhe.

Ja, siehst du, das ist erstaunlich. Man sollte doch wirklich meinen, dass in einer nun immerhin schon über zwanzig Jahre währenden Ehe eine Frau ihren Mann so weit kennengelernt hat, dass sie weiß, wann es genug ist. Aber nein, Sonja schlägt alle Warnsignale in den Wind, gibt sich ganz ihrer Eifersucht hin und zetert weiter. Das hätte sie nicht tun sollen. Denn Uwe wird immer klarer, dass ein Leben ohne Sonja auch seine schönen Seiten haben könnte.

In diesem Moment läutet es an der Tür, und Kommissar Schneider kommt herein. Ganz so, wie man es aus Fernsehkrimis kennt: kein Hinweis darauf, dass man niemanden ohne richterlichen Beschluss in die eigenen vier Wände lassen muss, dass Aussagen ohne rechtlichen Beistand nicht opportun sind, einfach nur »Tach« und schon sitzt er in der Sitzgruppe im Wohnzimmer und sagt: »Ein Käffchen wäre jetzt nicht schlecht. Unsere Unterhaltung könnte etwas länger dauern.«

Das mit dem Käffchen wurde in V II ausgiebig behandelt, nämlich unter Tagesordnungspunkt drei: »Wie schaffe ich eine entspannte Atmosphäre, die den Verdächtigen zum Plaudern anregt?« Allerdings muss er währenddessen ein wenig einge-nickt sein und nicht alles mitgekriegt haben. Denn die Frau im Allgemeinen – und Sonja im Besonderen – hasst es, wenn sie zum Kaffeekochen aus dem Zimmer geschickt wird.

Während Sonja also in der Küche ist und das Gespräch nicht mitverfolgen kann, fragt der Kommissar Uwe, wo der in der Nacht war, als Manu starb. Auch Fragen nach dem Fernseh-programm, der Anzahl Weingläser und dem genauen Zeitpunkt des Entschwindens ins eheliche Schlafgemach hat er sich schon zurechtgelegt. Das will er dann mit der Aussage von Sonja ab-gleichen, wenn die mit dem Kaffee zurückkommt. Du siehst, bei Tagesordnungspunkt vier »Wie vernehme ich die Verdäch-tigen getrennt« war er wieder voll da – zumindest halb voll.

Doch statt der erwarteten Antwort »Zu Hause natürlich« beugt Uwe sich zum Kommissar vor. »Was ich Ihnen jetzt sage, muss aber unter uns bleiben«, beginnt er, und Schneider rückt näher. Für Heimlichkeiten hat er ein Faible. Ob sie unter ihm und Herrn Grossmann bleiben, wird er später entscheiden.

Uwe flüstert in das gespitzte Ohr des Kommissars, dass er am Sonntagabend weggegangen ist, nachdem Sonja eingeschlafen war, und erst kurz vor Morgengrauen, gerade noch recht-zeitig, bevor Sonja wach wurde, von Vanessas wieder in sein eigenes Bett zurückgekehrt ist.

Das ist sogar die Wahrheit, wenn man von einer gewissen Kleinigkeit absieht.

Just als er mit seinem Geständnis fertig ist, erscheint Sonja mit einem Tablett, auf dem der Kaffee vor sich hin dampft.

»Sagen Sie mal, Frau Grossmann«, sagt Herr Schneider und schenkt sich ganz entspannt selbst Kaffee ein, »wie ich gerade von Ihrem Mann höre, haben Sie am fraglichen Tag von Manu-ela Gablers Ableben oder besser gesagt in der fraglichen Nacht geschlafen?«

»Ja«, sagt Sonja. »Ich pflege jede Nacht zu schlafen, auch in fraglichen Nächten.«

Solche Antworten wurden in V II nicht behandelt, deshalb stutzt Herr Schneider einen Moment, bevor er fortfährt: »Ihr

Mann hat auch geschlafen. Sie haben also beide geschlafen.«
Gedankenvoll rührt er in seiner Tasse.

»Das stimmt nicht ganz«, kommt ihm Uwe zu Hilfe. »Ich
muss nachts mehrfach mal raus.«

»Und Sie, Frau Grossmann«, sagt Herr Schneider und gießt
etwas Milch in seinen Kaffee, um dem Rühren einen gewissen
Sinn zu verleihen, »müssen Sie auch nachts mehrfach mal raus?«

»Nein«, sagt Sonja, »ich habe nichts an der Prostata. Aber
Sie«, hier macht sie eine bedeutsame Pause, »Sie können es meinem Mann sicherlich nachempfinden. Schließlich sind Sie ja
auch in diesem Alter.«

Siehst du, das hätte sie nun wirklich nicht sagen sollen. Damit vergreift sie sich sozusagen an der empfindlichsten Stelle
des Mannes, und bei so was verstehen Männer keinen Spaß.

»Aha«, erwidert Schneider etwas konsterniert. »Und während Sie mehrfach mal raus waren in der fraglichen Nacht, was
haben Sie da gesehen, Herr Grossmann?«

»Nichts, Herr Kommissar«, sagt Uwe mit möglichst treu-
herzigem Blick. »Ich bin gleich wieder ins Bett. Ich brauche
meinen Schlaf. So ein Schultag ist anstrengend.«

Na, das möchte Herr Schneider nun doch schwer bezweifeln. Seiner Erinnerung nach sind es die Schüler, die ihren Schlaf
so bitter nötig haben, dass sie ihn auf die Schulstunden ausdeh-
nen müssen, während die Lehrer allenfalls auf dem Pult sitzen
und mit ihren Beinen schlenkern.

»Sie wissen, dass ein Alibi unter Eheleuten vor Gericht nicht
viel wert ist«, sagt Schneider und verzieht das Gesicht. Der Kaffee ist inzwischen unangenehm kühl geworden. »Wenn Sie also
nichts Besseres zu bieten haben, dann will ich mal wieder ...« Er
steht auf und wirft Uwe im Weggehen einen verschwörerischen
Blick zu, den Sonja nicht bemerkt.

✺✺✺

Es kann natürlich Zufall sein, und die meisten werden es auch
für Zufall halten, aber ich glaube, es war ein Fingerzeig des

Schicksals, dass der Feuerwehrmann umgefallen ist. Und der Kommissar ist derselben Meinung wie ich. Minutenlang starrt er auf das Brett, starrt auf den Feuerwehrmann in verrutschtem Gespensterlaken, wie er da zwischen all den anderen Aufrechten flach in der Schnittmenge liegt und gleichzeitig mit dem linken Bein in den Verdachtskreis der Frau-Heinze-Töter und mit dem Kopf in den Kreis der Verdächtigen der Manu-Fraktion ragt.

Das kann nur eins bedeuten: Heute macht er den Mörder Heinze dingfest. Schade eigentlich, wo Sonja doch im Grunde schon überführt ist. Zwei Mörder kann er nicht gebrauchen. Das würde seine ganze schöne Theorie über den Haufen werfen.

Kommissar Schneider schaut auf die Uhr. Noch eine knappe halbe Stunde hat er Zeit, sich auf die Befragung von Herrn Heinze vorzubereiten. Er fischt die Akte aus dem Ordner und beginnt zu lesen.

Als Frau Tengel klopft und meldet, dass Herr Heinze ihn im Verhörraum erwartet, ist er so vertieft, dass er eine ganze Weile braucht, bis er wieder an der schnöden Oberfläche des realen Lebens angekommen ist. »Na, dann wollen wir mal«, sagt er, fasst Frau Tengel im Vorbeigehen leicht um die Taille (das hat er noch nie gewagt), summt die Arie des Torero aus Bizets »Carmen« und marschiert nach dem Takt von »Auf in den Kampf, Torehehehero« zu seinem letzten, alles entscheidenden Gefecht.

»Wie schön, dass Sie es einrichten konnten, Herr Heinze«, sagt er, setzt sich schwungvoll auf seinen Stuhl und schaltet das Mikro ein. »Sie waren am Todestag Ihrer Frau gar nicht im Fitnessstudio und haben massiert«, bellt er Herrn Heinze an – Stolz in der Brust, siegesbewusst –, sodass er beinah das Wichtigste vergessen hätte. »Wo waren Sie?«, kriegt er gerade noch die Kurve.

Bei einer Vernehmung muss man immer W-Fragen stellen, so viel hat er noch aus Verhörtechnik I behalten. »Haben Sie Ihre Frau umgebracht?« – ganz ungut! »Wo, wann, warum, wie lange?« – sehr gut! Da kann sich der Delinquent nicht mit einem knappen Nein aus der Affäre ziehen. Eine W-Frage erfordert eine Antwort im ganzen Satz.

»Nein«, sagt Herr Heinze.

»Sie wurden am Tatort gesehen!«, lügt Kommissar Schneider und läuft W-Fragen-technisch gesehen zu großer Form auf: »Wie erklären Sie sich das?«

»Nein«, sagt Herr Heinze.

»Sie können doch nicht einfach nur Nein sagen.« So viele wundervolle W-Fragen, alle im Seminar Verhörtechnik I hätten Kopf gestanden vor Begeisterung, und der Heinze lässt ihn auflaufen.

»Nein«, sagt Herr Heinze bestimmt.

Jetzt muss Schneider deutlicher werden. Er hält Heinze dessen marodes Alibi vor und wirft ihm seinen Verdacht an den Kopf: dass er zur Mole gegangen ist, mit einem Brett zugeschlagen hat und dann zusah, wie seine Frau ertrinkt. Und das alles nur, um für Frau Grossmann freie Bahn zu haben. »Was sagen Sie dazu?«

»Nein«, sagt Herr Heinze.

Kennst du Columbo, der als Underdog die Schönen und Reichen linkt? Die sind ganz anders als Herr Heinze, greifen dem Herrn Columbo unter die Arme, wo sie nur können, erklären dem überforderten, leicht verknitterten Hüter von Recht und Ordnung, was sich der Mörder beim Morden gedacht haben könnte. Und nach siebenundachtzig Minuten sitzen sie dann in der Falle, in die sie sich selbst hineinmanövriert haben. Dann braucht es bloß noch drei Minuten, in denen auch der blindeste Zuschauer erkennt, wie grandios der schmuddelige Kommissar in Wirklichkeit ist – und Abspann.

So gehört sich das!

Aber dieser Heinze …

Kann natürlich sein, dass die Columbo-Drehbuchschreiber das bloß so gemacht haben, weil ein Fernsehfilm, in dem die Verdächtigen schweigen, nicht wirklich spannend ist. Oder es liegt daran, dass hier im Verhörraum die Rollen vertauscht sind:

Herr Heinze ist sicherlich gut aussehend, aber gewiss nicht reich, und wenn einer von beiden ein Underdog ist, dann ist das keinesfalls Herr Schneider. Außerdem ist Herr Heinze mundfaul, redet nur, wenn er muss. Hier hat er den Eindruck, nicht zu müssen.

Musst du dir unbedingt merken: Solltest du je eines Mordes verdächtigt werden, einfach mal die Klappe halten. Mag manchen schwerfallen, ist aber oft die bessere Alternative. In aller Regel werden sie dich dann gehen lassen. Denk nur an das Drama Wagner-Wood. Da hat der spätere Star von »Hart aber herzlich« auch einfach nur geschwiegen, und die Frage, ob er seine liebe Natalie nicht doch umgebracht hat, wird nie geklärt werden.

Genauso bei Herrn Heinze. Der Kommissar lässt ihn wohl oder übel wieder laufen.

Schneider ist wütend. Verhörtechnik I hätte er sich unter diesen Umständen auch sparen können. Er geht in sein Büro und knallt die Tür hinter sich zu. Der umgekippte Feuerwehrmann war gar kein Wink des Schicksals, sondern nur zu wenig Klebstoff. Nicht einmal auf die helfende Hand der göttlichen Vorsehung kann man sich als Kommissar verlassen!

Mit spitzen Fingern klaubt er den flach gelegten Feuerwehrmann aus der Mitte der Figuren und donnert ihn in den Papierkorb.

Das war unklug, denn sein Enkel wird vermutlich heiße Tränen vergießen, wenn er den Karton mit den Playmobil-Figuren zurückbekommt und Herrn Heinze darin nicht finden kann. Das ist wie die Sache mit dem überfahrenen Huhn. Das war auch immer die beste, treueste Legehenne. Da hilft es gar nichts, ein neues Huhn respektive einen neuen Feuerwehrmann zu besorgen. Der alte ist unersetzlich – und von dem Gespensterlaken will ich gar nicht reden.

Sonja geht aus sich heraus

Wenn Vanessa unterrichtet, unterrichtet sie und denkt nicht nebenbei noch daran, was sie heute Abend kochen will oder wie sie das Wochenende verbringen sollte. Ganz konzentriert jagt sie ihre Schüler durch die Geheimnisse der deutschen Sprache und stößt bisweilen auf tiefste Abgründe. An Kleinigkeiten wie den gefühllosen Umgang mit Genitiv und Dativ hat sie sich inzwischen gewöhnt. Auch die Beschränkung auf Hilfsverben im Sinne von »Kann ich mal deinen Stift?« unter Vermeidung des Wortes »leihen« machen ihr nichts mehr aus. Bei ihren Schülern fehlt es an allem, an Grammatik, an Verben, manchmal sogar am Inhalt. Dass aber dadurch die gesamte deutschsprachige Literatur in den Augen ihrer Schüler ein uninteressantes, unverständliches Geschwätz sein soll, nimmt sie dann doch ein wenig mit.

Normalerweise.

Seit einer Woche hat sich das geändert. Ich will nicht so weit gehen zu sagen, dass ihr das Gerede ihrer Schüler gänzlich schnuppe geworden ist, aber sie korrigiert kaum noch etwas, sondern geht auch über gröbste Fehler einfach hinweg.

Kafkas »Verwandlung« beispielsweise gehört nicht zu den einfachsten Erzählungen der deutschsprachigen Literatur, ist also keine wirklich leichte Kost. Aber bei der Behauptung, die Geschichte handele von einem etwas zu groß geratenen Käfer, hätte ich doch ein gewisses Eingreifen von ihr erwartet. Für einen Zehntklässler ist das denn doch eine recht verkürzte Darstellung des Inhalts.

Doch sie lässt es laufen, schreitet nicht einmal ein, als die Schüler sich in die Frage verbeißen, ob ein Apfel im Chitinpanzer eines mittelgroßen Ungeziefers einen derartigen Schaden anrichten könne, dass es daran stirbt. Auch im Fall, dass du dich mit der Kafka'schen Dichtung nicht so gut auskennst, wirst du sicherlich das Gefühl haben, dass das den Kern der »Verwandlung« nur am Rande streift.

Aber wie gesagt, Vanessa lässt die Diskussion laufen. Sitzt auf dem Lehrerpult, schlenkert mit den Beinen, ist in sich gekehrt und greift nicht ein. Ungewöhnlich für jemanden, der seinen Beruf ernst nimmt. Doch Vanessa ist im Augenblick beruflich gar nicht anwesend und mit ihren Gedanken woanders. Ihr Leben hat sich total verändert.

Kennst du vielleicht auch: Man lebt so vor sich hin, eintönig, fast träge, doch dann passiert etwas, und schon ist alles anders. In der Regel ist dieses passierende Etwas männlich respektive weiblich, je nach sexueller Orientierung, und lässt einen nachts nicht mehr schlafen. Also nicht so, wie du jetzt vielleicht denkst. Das Etwas muss dazu nicht einmal neben dir liegen. Allein die Gedanken daran reichen schon, um einem die Ruhe zu nehmen, die für einen gesunden Schlaf unabdingbar ist. Kaum ist man ein wenig weggeduselt, schleicht ein Gedanke um die Ecke, und rumms, ist man wieder wach.

Nun denkst du vielleicht, dass Uwe ihr durch den Kopf spukt und damit diese verheerende Wirkung auf den Unterrichtsstoff ausübt. Das stimmt ja auch. Aber es ist noch mehr. Das Gespräch mit Tommi lässt sie nicht los.

Und vor allem kann sie diesen nicht enden wollenden nächtlichen Schrecken nicht aus ihrem Kopf bekommen. Hände, die sie aus dem Schlaf reißen. Gewaltsam zupackende Hände.

***

Herr Heinze klingelt bei Frau Maus, seiner treuesten (ich wähle hier mit Absicht mal den Superlativ) und bisher leider einzigen Kundin. Gleich nach dem misslungenen Date mit ihr im Hause Grossmann hat sie ihn angerufen und für diese Woche einen Termin in ihrem Haus vereinbart. Nun steht er hier mit seiner Klapp-Massageliege unter dem Arm und einem bangem Gefühl im Herzen.

Was soll das alles noch? Seine Zukunftspläne sind gescheitert. Nie wird er seinen Plan vom guten Leben als Masseur für einsame ältere, weibliche Herzen in die Tat umsetzen können, eine Sache, die ihm anfangs so verheißungsvoll erschien und ihn von dem Kummer um den Tod seiner Frau ablenkte. Jetzt steht er vor den Trümmern seines Lebens. Er ist am Ende.

Frau Maus – die Wangen schon leicht gerötet – öffnet die Tür und bittet einen ungewohnt verstörten Bären herein. Schweigend geht er hinter ihr her in das kleine Zimmer, das bis auf einen Sessel und eine Kommode weitgehend leer geräumt ist und das sie offensichtlich extra für sein Kommen mit CD-Player und frischen Handtüchern ausgestattet hat. Die Rollos sind herabgelassen, Kerzenlicht verbreitet eine gemütliche, entspannte Atmosphäre. Mit wenigen Handgriffen verwandelt er die Klapp-Pritsche in einen einigermaßen fernöstlich anmutenden Diwan und begibt sich wieder hinaus, um zu warten, bis Frau Maus gerüstet ist.

Erst jetzt fällt ihm auf, dass auch in dem kleinen Flur alles bereit ist, um einem Wartenden die Zeit so angenehm wie möglich zu machen. Neben einem gemütlichen Sessel steht ein kleines Tischchen mit zwei Gläsern, Öffnung nach unten, einer Flasche Wasser und einer Karaffe mit Cognac. In dem Fach unter dem Tisch liegen ein paar Illustrierte. Mehr was für den weiblichen Geschmack, wie er nach kurzem Durchsehen feststellt. Eine »Motor und Sport« ist nicht dabei. Dafür »Welt der Frau«, »Frau im Spiegel«, »Schönheit im Alter« und ganz unten ein »Playboy«. Frau Maus versetzt ihn zunehmend in Erstaunen.

Das Klingeling eines kleinen Glöckchens ruft ihn zum Einsatz.

Ja, wie soll ich dir beschreiben, was nun passiert? Ich will dich nicht damit langweilen, wie ein gut aussehender, noch einigermaßen junger Mann einer älteren Frau das gibt, was sie seit Jahren entbehren muss. So was gehört hinter verschlossene Türen. Den Blick darauf sollten wir uns schenken und die Augen erst wieder öffnen, wenn die Sache vorbei ist. Das ist alles nicht wirklich wichtig.

Wichtig ist die Verwandlung, die mit beiden vor sich geht. Sie wird unter seinen zarten Berührungen zur mütterlichen Freundin, und er erfährt die Wärme, die graue Mäuse einem hilflosen Menschen geben können, dem alles zu viel wird und der den Tränen nahe ist.

Da sitzen nun beide, sie, in Handtücher gewickelt, aufrecht auf der Massageliege, er im Sessel zusammengesunken, den Kopf in den Händen vergraben.

Nach schier endlosem Schweigen, in dessen Verlauf sie seinen grauenvollen Schrecken der letzten Wochen und er die entsetzliche Leere ihres einsamen Maus'schen Daseins spürt, überkommt beide eine seltsame Vertrautheit. Frau Maus, die neben dem ganzen Seelenmüll in ihrem Innern durchaus die eine oder andere praktische Ader hat, berappelt sich als Erste wieder und bugsiert das Häufchen Elend aus dem Sessel auf einen ihrer unbequemen Stühle in der Küche. »So«, sagt sie bestimmt, »jetzt brüh ich uns erst mal einen starken Kaffee auf.«

Der Kaffee lässt Herrn Heinze wieder so weit zu sich kommen, dass er nach und nach sein ganzes beschissen gewordenes Leben vor Frau Maus ausbreitet. Seine Frau ist tot, ihr Geld fehlt an allen Ecken und Enden, und obendrein rückt ihm ein Kommissar auf die Pelle, der ihn des Mordes überführen will.

»Und nun?«, fragt Frau Maus.

❋ ❋ ❋

Wieder zu Hause sinkt Herr Heinze auf den Küchenstuhl. Er ist total geschafft. Der Schneider hat ihn mit unverständlichen Fragen zugedröhnt, ihm unterstellt, er habe zugesehen, wie seine Hanna ertrunken ist, und ihn wegen des Alibis völlig wuschig gemacht. Erst jetzt, nachdem er sich bei der kleinen Maus ausweinen konnte, sieht er ein wenig klarer. Er ist kein Mensch für solche Eskapaden, wie er sie sich aufgehalst hat. Vor allem das mit der Grossmann muss aufhören. Und zwar so schnell wie möglich.

Aber wie?

»Sonja«, sagt er probehalber zur Küchenwand, während er Frau Grossmanns imaginäre Schenkel knetet, »es ist Schluss. Ich werde dich nicht mehr massieren und nicht mehr bei dir putzen.«

Die imaginäre Faust, die daraufhin in seinem Gesicht landet, hat eine solche Wucht, dass er einen Augenblick erschrocken auf seine Hände schaut, ob nicht vielleicht doch irgendein realer Schenkel dazwischensteckt. Das ist nicht der Fall. Trotzdem merkt er: So geht es nicht.

»Sonja«, nimmt er einen zweiten Anlauf – diesmal mit betrübter Miene in Richtung Küchentür, ihre eingebildeten Pobacken zwischen den Pranken, »Sonja, es muss Schluss sein. Ich will deine Ehe nicht gefährden.«

Statt eines Faustschlags dreht Sonja sich um. Er hört ein wohliges Stöhnen, und sein Blutdruck steigt, während ihr »Das lass nur meine Sorge sein« ihm den Sinn vernebelt.

So geht es erst recht nicht.

»Sonja«, startet er einen dritten Versuch, »ich liebe eine andere.«

Kaum hat er die Worte halblaut in die Küche gemurmelt, nimmt ihm ein Fußtritt in die Magengrube die Luft zum Atmen.

Das ist also auch keine gute Idee.

Ohne weitere Sonja'sche Reaktionen auszutesten, verzieht er sich ins Wohnzimmer und setzt sich nachdenklich in seinen Sessel. Was hat er da gerade gesagt? Womit hat er sich den Fußtritt eingefangen? »Ich liebe eine andere.« Das war ihm entschlüpft, dann aber nicht etwa in der Küche ungehört verhallt, sondern von seinem Ohr wieder eingefangen worden.

So kann's gehen. Da wabert etwas Undefinierbares unerkannt im Inneren, verlässt ungewollt den Körper und nimmt unversehens Gestalt an.

Diese Gestalt hat er eben gerade wiedererkannt. Seit jenem Sonntagnachmittag im Fitnessstudio hat sich die schöne Frau von der Massageliege in seinem Gehirn niedergelassen. Nicht gleich vornan, sozusagen im Oberstübchen, dazu ist in letzter Zeit zu viel geschehen. Nein, mehr so latent im Hinterstübchen. Jetzt hat der halblaute Satz in der Küche sie befreit. Mit einem gewaltigen Sprung ist sie direkt in seinem Magen gelandet. Diese Frau! Diese schöne weiche Frau. Wer ist sie? Wo wohnt sie? Wie kann er sie wiedersehen?

Tags darauf ist Herr Heinze in der Grossmann'schen Wohnung, hat das Wohnzimmer gestaubsaugt, die Kissen mit Handkantenschlag in Zipfelform gebracht, in Bad und WC ist alles okay, und Sonja liegt im Esszimmer flach.

»Sonja«, hebt Herr Heinze zu seinem Sprüchlein an, während er ihre Schenkel mit noch vom Putzen feuchten Händen knetet, »Sonja, es muss Schluss sein.«

Sonja schnappt hörbar nach Luft. Aber es ist nicht die Botschaft, die sie quält. Die tritt gegenüber dem Schmerz, den seine ungeölten Hände ihrer Haut bescheren, beinah ein wenig in den Hintergrund. Mit seinem »Es muss Schluss sein« spricht er ihr gelinde gesagt aus dem Herzen, denn dies Gerupfe und Gezerre ist nicht das, was sie unter einer erotischen Massage versteht. »Ja«, sagt sie gepresst und stöhnt auf, als seine Hände über die Innenseite ihres Schenkels schruppen.

Wir haben ja schon festgestellt, dass Herr Heinze im Kopf nicht der Fixeste ist und ihn auch einfache Gedankengänge schnell überfordern. Wie stark wird seine Kombinationsgabe erst durch ein gestöhntes »Ja« belastet, wo er doch Faustschläge und Fußtritte erwartet hätte. Die beiden Botschaften passen inhaltlich nicht zusammen. Das Ja auf sein »Es muss Schluss sein« beißt sich mit dem Stöhnen, das für ihn Wohlbefinden bedeutet – in diesem Fall sogar eine Aufforderung zu mehr.

Was heißt das denn nun? Vielleicht hat sie die Botschaft nicht verstanden, und er muss deutlicher werden.

»Hanna erscheint mir nachts und bedroht mich«, sagt er und ratscht über ihren Bauch.

»Oh«, keucht es aus ihr heraus.

»Das ist schrecklich«, fährt er fort.

»Ja. Sehr.« Sie nickt heftig.

»Sie hat es mir verboten, ich darf nicht mehr hierherkommen.« Selbstvergessen bohrt er seinen Finger in ihren Bauchnabel.

Das sind Schmerzen! Ich sage dir …

»Wo sie recht hat, hat sie recht«, erwidert Sonja und springt von der Liege. Sie muss schnellstens aus der Gefahrenzone, bevor er mit seinen Schmirgel-Händen ihr Allerheiligstes ruiniert!

Vielleicht kennst du das auch: Frauen in der Senkrechten haben eine ganz andere Wahrnehmung als Frauen in der Horizontalen. Auf dem Rücken liegend sind Sonja die feinen Spinnweben, die sich von der Decke zur Lampe vorgearbeitet haben, überhaupt nicht ins Bewusstsein gedrungen. Doch jetzt im Stehen sieht sie die ekligen Fäden an der Lampe und spürt die Frühstückskrümel unter ihren nackten Füßen. Ihr schönes Heim verkommt unter den unkundigen Händen des Herrn Heinze zu einem Drecksloch, und seine Schmirgelei verwüstet ihre zarte Samthaut.

Das wird ihr klar, während sie – nackt und schutzlos dem Blick des bekleideten Herrn Heinze ausgeliefert – in einer ausgesprochen schwachen, um nicht zu sagen unwürdigen Position ist. Schlagartig erkennt sie die Unmöglichkeit der ganzen Situation: Eine geile, alternde Frau lässt sich von einem Beau über den Tisch ziehen. Wie peinlich, wie entsetzlich peinlich.

Statt vor seinen Augen in ihre Unterwäsche zu steigen, reißt sie das Tuch von der Massageliege und wickelt sich mit wenigen Handgriffen darin ein. Jetzt fühlt sie sich bedeutend wohler. »Mein lieber Christian«, sagt sie, ganz Dame und Hausherrin, »vielen Dank für deine Dienste, aber in Anbetracht der Tatsachen müssen wir uns wohl trennen.«

Welch wundersame Metamorphose. Eben noch ein nach Zärtlichkeit hungerndes Weibchen und im nächsten Augenblick die gnädige Frau, eine Grand Dame und souveräne Vertreterin ihres Geschlechts. Was eine aufrechte Haltung alles ausmachen kann. Obwohl, das allein wird es nicht sein, denn auch Herr Heinze steht senkrecht. Trotzdem schrumpft er von einem starken Bären mit verzaubernden Händen auf einen kleinen Putzmann mit zu großen Pfoten zusammen. Unsicher klaubt er seine Brille hervor, in der Hoffnung, dass sich bei genauerer Betrachtung das Bild wieder umkehren könnte. Aber das hat nichts mit Optik zu tun. Es ist mehr die innere Haltung, und die hat Sonja just in diesem Moment wiedergefunden.

»Was schulde ich dir noch?«, fragt sie und streckt ihm, ohne die Antwort abzuwarten, einen Schein hin. »Den Rest behalte bitte«, sagt sie gönnerhaft und vergrößert damit den Abstand zwischen ihnen noch weiter. »Und leg bitte den Haustürschlüssel auf die Kommode, wenn du gehst.«

Na, das war deutlich: Was eigentlich als dezente Absage von ihm an sie gedacht war, ist zu einem Rausschmiss von ihr an ihn geworden. Bedröppelt sieht er ihr nach, wie sie hocherhobenen Hauptes in die oberen Gemächer entschwindet.

Objektiv gesehen hat sich damit sein Problem großartig gelöst. Trotzdem fühlt er sich mies. Gedankenverloren klappt er die Massageliege zusammen, bringt Handtücher und Massageöl zurück an ihren Platz, verstaut das Übrige in der Abstellkammer und verwandelt den Massageraum wieder in ein Esszimmer. Dabei zieht er innerlich Bilanz: Witwer mit zu großer Wohnung, zu kleinem Job, zu wenig Geld und einem Kommissar an den Hacken, der ihn des Mordes verdächtigt.

Und im Herzen diese unerklärliche Sehnsucht nach einer Frau, von der er nichts weiß – außer, wie sie sich anfühlt.

* * *

Sonja hat auf dem oberen Treppenabsatz gewartet, bis unten die Haustür hinter Herrn Heinze ins Schloss gefallen ist. Nun tapst sie auf nackten Füßen zurück ins Wohnzimmer, setzt sich aufs Sofa und schaltet den Fernseher ein. Also, ich sag mal so: Sie *will* den Fernseher einschalten. Früher, also ganz früher, drückte man dafür auf einen Knopf am Fernseher. Nun gibt es dafür eine Fernbedienung. Und da haben wir den Salat. Nicht *eine*, sondern fünf Fernbedienungen liegen auf Sonjas Couchtisch. Eine für den Fernseher, eine für die Musikanlage, eine für den Rekorder, eine für die Satellitenschüssel, eine für dies, eine für das. Ein Graus. Früher hat sie jede Fernbedienung ganz nah neben das zuständige Gerät gelegt, um nicht durcheinanderzukommen. Machte natürlich wenig Sinn, so eine ferne Fernbedienung. Jetzt kümmert sich Uwe um den gesamten Fernbedienungs-Fuhrpark und das Drücken der richtigen Knöpfe.

Wenn er da ist.

Aber er ist nicht da. Deshalb geht auch der Fernseher nicht an. Sonja drückt noch ein bisschen auf irgendwelchen Tasten herum. Eigentlich will sie gar nicht fernsehen, selbst wenn sie könnte. Sie ist aufgewühlt und will sich nur ablenken. Alles futsch, denkt sie. Sie wollte noch einmal Schwung in ihr Leben bringen und wäre beinahe einem gut aussehenden Mann mit Zauberhänden aufgesessen. Um ein Haar hätte sie ihr ganzes schönes bisheriges Leben gefährdet. Wie konnte sie nur? Herz und Heim den ungeschickten Händen eines Nichtkönners überlassen. Wegen des bisschen aufregenden Sex vielleicht sogar ihren Uwe verlieren.

Solche Gedanken wirbeln in ihrem Kopf durcheinander, als sie hört, wie der Schlüssel im Schloss umgedreht wird. Uwe kommt von der Schule nach Hause. Schlagartig hören ihre Gedanken auf zu wirbeln und formieren sich zu einem einzigen Gedanken: Was wird Uwe sagen, wenn er sie hier nackt im Wohnzimmer vorfindet?

Sie springt vom Sofa hoch – das Tuch, das sie um sich geschlungen hatte, bleibt sitzen – und rast ins Schlafzimmer, um sich etwas anzuziehen. Als sie wenig später korrekt gekleidet wieder im Wohnzimmer erscheint, hat Uwe es sich auf dem Sofa gemütlich gemacht und liest Zeitung.

»Wieso bist du schon da?«, fragt er und sieht kurz auf.

Sonja wird rot.

»Ist was?«, fragt Uwe erstaunt.

Es gibt kaum eine körperliche Reaktion, die man so wenig im Griff hat wie das Erröten. Dieses verdammte Rotwerden, dieser Fluch der Jugend, den man mit zunehmendem Alter überwunden zu haben glaubt – jetzt bricht er bei Sonja mit Macht hervor. Sie wird noch röter. Tomatenrot. Sagt man so, wenn man es besonders rot haben will. Rot wie eine Tomate. Ich fände zwar quietschrot besser, aber diese Steigerung gibt es nur bei grün und gelb.

»Was ist?«, fragt Uwe. Die Umstellung der beiden Worte von »Ist was?« zu »Was ist?« verleiht der Frage einen gewissen Unterton. Sonja ist inzwischen tatsächlich bei quietschrot angekommen, und als Uwe auch noch einen verwunderten Blick auf das Heinze'sche Badetuch wirft, das immer noch auf dem Sofa sitzt, ist es um sie geschehen. Sie gesteht alles.

Dabei gibt es genau genommen gar nichts zu gestehen. Sie *hat* ja nicht! Aber sie *hätte* gern, das ist ausschlaggebend. Wie die berühmte Sache mit der Tasse: Wenn das Kind wütend die Tasse auf den Boden knallt, fängt es sich eine Ohrfeige ein, selbst wenn die Tasse heil geblieben ist. Rutscht dem Kind die Tasse aus der Hand und geht kaputt, gibt es nichts hinter die Ohren, trotz der Scherben. Die Absicht ist entscheidend, nicht das Ergebnis. Deshalb hat Sonja jetzt schlechte Karten.

Bei Uwe ganz anders. Er *hat* zwar – aber er *wollte* eigentlich nicht. Also quasi Tasse kaputt, aber keine Absicht. Erst nachdem Sonja ihn ständig getrizt und mit ihren Kreuzverhören malträtiert hat, ist die Tasse zu Boden gegangen. Mit notgedrungener Absicht, muss man wohl sagen.

Warum bin ich eigentlich noch hier?, fragt er sich. Vielleicht hat er ja insgeheim geglaubt, es könnte sich alles wieder einrenken? Es war doch so vieles zwischen ihnen: dieses Schwingen auf gleicher Wellenlänge, ihre zärtliche Verbundenheit, die hübschen Versöhnungen nach banalen Krächen, selbst ein richtiger Streit konnte sie nicht auseinanderbringen.

Jetzt steht seine starke Frau, seine Sonja, die Mutter aller Kreuzverhöre, knallrot bis über beide Ohren vor ihm und beichtet, dass sie für einen tumben Mann mit großen Händen beinah alles aufgegeben hätte, was ihrer beider Leben ausgemacht hat. Gleiche Wellenlänge? Zärtliche Verbundenheit? Quatsch mit Soße, alberne Gefühlsduselei – alles für die Tonne, wenn irgendein Mann mit Riesenpranken ihr an die Titten grapscht.

Alles bricht über ihm zusammen. Seine Situation kommt ihm wie eine einzige Katastrophe vor. Bei seinen Schülern ist er seit der Sache mit Vanessa und den Bildern im Internet unten durch. Seine Ehefrau gibt ihrer Ehe für ein Putztechtelmechtel mit Herrn Heinze den Laufpass. Und die Sache mit Vanessa ist, gelinde gesagt, ein Alptraum.

Nanu, wirst du nun einwenden, wieso Alptraum? Ja, eben.

Weil du nicht dabei gewesen bist, als Vanessa klatschnass in seinen Armen gelegen hat und vor Schluchzen keinen zusammenhängenden Satz rausbringen konnte. In jener Nacht hat er noch geglaubt, er käme vielleicht drumrum, den letzten, entscheidenden Schritt zu tun. Schließlich führte er ein geruhsames Leben mit seiner zwar etwas nervigen, aber geistreichen Ehefrau. So war es und so sollte es bleiben. Deshalb hat er sich zukünftig aus allen Vanessas dieser Welt raushalten wollen, egal wie nass sie waren. Doch das geht jetzt nicht mehr. Er konnte und kann sich nicht raushalten. Er muss sich entscheiden.

»Sonja«, sagt er und sieht ernst in ihr tiefrotes Gesicht, »es ist besser, wenn wir uns trennen.«

***

Völlig perplex sieht Sonja ihrem Uwe zu, wie er ein paar Sachen in einen Koffer wirft und dann, ohne sie anzusehen, zur Tür geht und diese leise, aber bestimmt hinter sich zuzieht. Es dauert eine ganze Weile, bis sie aufspringt und die Tür wieder aufreißt. »Wo willst du hin?«, schreit sie. Aber er ist verschwunden.

Sie hat nur einen Gedanken: Vanessa. Natürlich! Sie hat Uwe den Heinze gebeichtet, und deshalb zieht er nun schnurstracks zu seiner Affäre.

Schon hat sie den Autoschlüssel in der Hand, um ihm ebenso schnurstracks hinterherzufahren, doch dann besinnt sie sich. Es kann nicht schaden, sich optisch ein wenig aufzupeppen, bevor sie ihrem Mann in Vanessas Wohnung eine Szene macht. Doch wie bereitet man sich auf solch einen Auftritt vor? Dezentes Make-up ist klar. Nur ganz wenig Rouge auf die Wangen, bloß kein Clownsgesicht. Sie muss zehn Jahre jünger aussehen und trotzdem nicht auf zehn Jahre jünger getrimmt wirken. Mehr so, als wäre da noch Luft nach unten. Nach dem Motto: Wenn sie ein bisschen was aus sich machen würde, könnte sie zehn Jahre jünger aussehen, was dann insgesamt zwanzig Jahre wären. Nicht einfach. Sie ist schließlich keine Maskenbildnerin.

Die Kleiderfrage ist ein weiteres Problem. Sportlich? Distinguiert-elegant? Auf keinen Fall zu aufgemopst. Sie entscheidet sich für ihre engsten Jeans, zieht den Bauch ein, quält den Reißverschluss nach oben und schlüpft in einen ihrer Schlabberpullover. Perfekt! Total jugendlich! Dazu Stiefel, die ihre schlanken Beine zur Geltung bringen, und der Kampf kann beginnen.

Während der Fahrt überlegt sie, was sie sagen soll, wenn Vanessa ihr die Tür öffnet.

»Wo ist er?«, könnte sie schreien, in die Wohnung stürzen und ihn aus Vanessas Lotterbett zerren. Ja, das ginge. Wäre aber nicht wirklich souverän.

»Mein Mann ist bei Ihnen. Richten Sie ihm bitte aus, dass er sofort nach Hause zu kommen hat.« Nach dieser unmissverständlichen Ansage könnte sie auf dem Absatz kehrtmachen und erhobenen Hauptes von dannen schreiten. Ja, das wäre großartig! Allerdings nur, wenn Uwe auch tatsächlich nach Hause kommt. Sonst eher peinlich. Und so, wie die letzten zwei Stunden gelaufen sind, muss sie annehmen, dass er nicht kommt.

Zu Kreuze kriechen und losschluchzen: »Kann ich bitte, bitte meinen Mann wiederhaben?« Nein, niemals. Auf keinen Fall wird sie sich vor einer anderen Frau so erniedrigen.

Unglücklicherweise ist die Fahrt zu Ende, bevor sie diese Variante genauer überdenken kann, denn klein beizugeben wäre die einzige Möglichkeit, Uwe eventuell zurückzubekommen.

Sonja beschließt, dass sie das Ganze dynamisch angehen und intuitiv aus dem Stegreif handeln wird. Sie holt tief Luft und drückt den Klingelknopf.

Vanessa öffnet die Tür. Sonja atmet ein zweites Mal tief durch, um genügend Luft für ihren Redeschwall zu haben, doch Vanessas Aufzug verschlägt ihr die Sprache. Sie hat eine ausgebeulte Trainingshose und ihre gemütlichen Hausschuhe mit Tigertatzen an, die Haare sind zerzaust, und quer über ihre Wange verläuft der Abdruck des Sofakissens, auf dem sie offenbar eingenickt ist. Mit anderen Worten: Sie sieht nicht aus wie eine Frau, die gerade einen entlaufenen Ehemann bei sich hat unterschlüpfen lassen.

»Er ist nicht hier, oder?«, fragt Sonja.

»Nein«, sagt Vanessa.

Was? Sie steht hier vor der mutmaßlichen Geliebten ihres Mannes, und das Corpus Delicti ist gar nicht da? Schrecklich. Die Möglichkeit ist ihr während der Fahrt nicht im Entferntesten in den Sinn gekommen. Wie peinlich. Wie oberpeinlich.

Wieso eigentlich *mutmaßlich*, fragst du dich nun vielleicht. Ja, eben weil einem in solchen Situationen schon mal die Idee kommen kann, dass man sich womöglich doch nur in irgendwas verrannt hat. Denn mal ehrlich, so richtig zugegeben hat Uwe seine Affäre nicht.

Die Sache wird immer peinlicher, je länger Sonja hier steht. Doch peu à peu setzt ihr Verstand wieder ein. Was war denn das für ein merkwürdiger Dialog? Wenn da nichts wäre, hätte Vanessa doch gesagt: »Wer sind Sie? Was wollen Sie hier? Wer soll nicht hier sein?« Hat sie aber nicht. Sondern einfach nur »Nein«. Wenn das kein Schuldeingeständnis ist!

»Es wird Zeit, dass wir uns mal unterhalten«, sagt Sonja forsch, schiebt Vanessa zur Seite und lässt sich mit großartiger Geste in einen Sessel fallen, während Vanessa ihr eingeschüchtert ins Wohnzimmer folgt und unglücklich auf ihre Tigertatzen guckt. »Na, dann erzählen Sie mal«, sagt Sonja und patscht mit der Hand auf die Sessellehne, um Ungeduld zu demonstrieren.

Aber Vanessa bleibt einfach nur stehen und wickelt stumm Haarsträhnen um ihre Finger. Ich kann es ihr nicht verdenken. Sie ist der aufgepeppten Sonja total unterlegen. Ein bisschen so, wie wenn du im Nachthemd mit Nudelholz zum Duell kommst und der Gegner erscheint im Frack, in der Hand eine Pistole mit Elfenbeingriff. Da hast du schon verloren, bevor der andere seine Waffe entsichert.

Sonja mustert die verstörte Vanessa und fühlt sich immer besser. Was für ein Unsinn, die ganze Vorbereitung während der Fahrt. Aus dem Stegreif ist sie am besten. Kurz schaut sie sich um, ob nicht irgendwas rumsteht, was sie durch die Gegend fliegen lassen könnte, um ihrer Empörung Nachdruck zu verleihen. Aber das wäre nun wirklich überhaupt nicht souverän.

Sie will jetzt endlich Gewissheit haben: Seit wann? Wie oft? Wie lange schon? Und wenn sie alles weiß, soll Uwe sie kennenlernen. Das Ganze muss aufhören. Kann nicht schaden, wenn sie Vanessa droht. Doch womit können betrogene Ehefrauen eigentlich drohen? Mit nichts. Sie müssen abwarten, bis das Schicksal entscheidet.

Sonja mustert Vanessa erneut. Die Schlaffalte auf ihrer Wange ist verschwunden, die Haare sind durch das verlegene Drehen um die Finger zu leichten Locken geworden, und die Tigertatzen an den Füßen geben dieser großen, schönen Frau etwas bezaubernd Kindliches. Dagegen kommt sie nicht an, und wenn sie noch so viele Stunden vor dem Spiegel verbringt. Sie könnte es dem Schicksal nicht mal verdenken, wenn sie gegen diese Frau verliert.

»Hören Sie mal zu, meine Liebe«, sagt sie. »Uwe hat mir alles erzählt. Oder haben Sie etwa geglaubt, dass er so was für sich behalten kann? Ihr Leben ist im Eimer, dafür werde ich sorgen.« Sie hat zwar keine Idee, wie sie das anstellen soll, aber Drohungen haben etwas Kathartisches und entlasten ganz ungemein.

Vanessa steht nur da und schweigt.

Sonja, die Meisterin des Kreuzverhörs, bekommt einfach nichts aus dieser wie erstarrt wirkenden Frau heraus. Da will sie sich wenigstens noch einen effektvollen Abgang verschaffen. Sie steht auf und geht – froh, die flachen Stiefel angezogen zu haben. Wäre ja mehr als blöd, wenn sie ausgerechnet jetzt umknicken würde. Klappt alles prima. Rumms, ist die Tür zu. Deshalb hört sie auch nicht mehr, dass Vanessa zu guter Letzt doch noch etwas gesagt hat.

»Es war doch nicht mit Absicht«, hat sie gesagt und dann angefangen, hemmungslos zu weinen.

∗∗∗

Wo das Corpus Delicti abgeblieben ist? Ja weißt du, Sonja unterschätzt ihren Uwe gewaltig. Er gehört nicht zu denen, die nahtlos vom Bett der Ehefrau ins Bett der Geliebten flüchten.

Er braucht erst mal Abstand und zieht ins nächstbeste Hotel. Da will er bleiben, bis er wieder klar denken kann.

Und nicht, was du jetzt denkst. Der Kieler Yacht-Club ist vielleicht das beste, aber nicht das nächstbeste Hotel. Auch das »Astoria« hat er nicht als Domizil gewählt. Es gibt ja noch mehr Hotels in Kiel. Und Pensionen. Mit Frühstück. Ich sage aber nicht, wo er untergekommen ist. Manu hätte es sicherlich bald herausbekommen, aber unter den gegebenen Umständen … na ja.

Endlich hab ich meine Ruhe, denkt Uwe erleichtert, während er seine Siebensachen in den kleinen Schrank räumt. Hier kann sie mich nicht mehr nerven, denkt er, während er den Koffer unter das Bett schiebt. Hier muss ich nicht ins Bad flüchten, wenn ich ihre Fragerei satthabe, denkt er und schaltet den Fernseher ein. Ich bin weg. Einfach weg.

Und ich kann zu Vanessa, wann immer ich möchte, denkt er und klaubt seine Schuhe, die er ordentlich unter das Tischchen gestellt hatte, wieder hervor.

✳✳✳

»Deine Frau war hier. Mein ganzes Leben ist im Eimer, hat sie gesagt«, schluchzt Vanessa, als Uwe bei ihr vor der Tür steht. »Dafür wird sie sorgen. Du … du Schuft. Du hast ihr alles erzählt!« Verzweifelt trommelt sie auf Uwes Brust.

»Ach was. Sie weiß gar nichts. Allenfalls ahnt sie ein bisschen was«, sagt Uwe.

»Nein«, schreit Vanessa und stößt ihn von sich, »sie *ahnt* nicht, sie *weiß*.«

Uwe zuckt mit den Schultern. »Dann weiß sie es halt. Ist egal. Komm, ich hab dir was zu sagen.« Zärtlich nimmt er sie in den Arm und will erzählen, dass er mit Sonja Schluss gemacht hat und ins Hotel gezogen ist. Aber Vanessa ist so aufgewühlt, dass er nicht zu Wort kommt.

So ist das manchmal. Man ist voller Mitteilungsdrang, will dringend etwas loswerden, und der, an den man es loswerden muss, kommt einem mit seinen eigenen Problemen dazwischen. Wenn dieser andere dann obendrein noch heult, hat er oder sie sich damit automatisch an die Poleposition manövriert.

Uwe streichelt also Vanessas Arme und Gesicht, während sie von der Begegnung mit seiner Frau berichtet. Alles reichlich verworren. Sie beginnt Sätze und bricht sie unter Tränen ab, startet erneut, stockt und rollt das Ganze von hinten auf. »Es war so schrecklich ... aber als ... ist sie gegangen ... und ich hab ... wie im Film ... so war es.«

Uwe kann mit dem Gestammel recht wenig anfangen. Wie in der Nacht, als Vanessa völlig verstört und nass zu ihm an Bord gekommen ist.

Uwe hat ein Déjà-vu. Vielleicht ist es mit ihr wie in dem Film mit den Gremlins. Schmusig, süß und knuffig waren die. Sie durften nur nicht nass werden, dann war der Teufel los. Verstohlen streicht er über ihren Rücken. Nein, alles trocken.

»Was hat Sonja denn nun eigentlich ganz genau gesagt?«, fragt er.

»Dass du ihr alles erzählt hast«, erwidert Vanessa unter Schluchzen.

»Was soll ich ihr erzählt haben?«

»Na, alles. *Das*.«

Völlig verkrampft liegt sie in seinen Armen. *Das*. Über »das«, was in jener Nacht geschehen ist, haben sie nie gesprochen. Uwe weiß nur, irgendetwas ist zwischen Manu und Vanessa geschehen, das Manu nicht überlebt hat. Mehr weiß er nicht. Er traut sich auch nicht, weiter nachzuforschen.

»Und warum ist Sonjas ganzes Leben im Eimer?«, fragt er stattdessen.

»Wieso denn ihrs?« Vanessa sieht ihn entgeistert an.

»Wessen denn?«

Vanessa stürzt ins Bad. »Meins natürlich«, schreit sie und knallt die Tür zu.

Wie betäubt steht er da. Was war das denn jetzt? Vanessa hat irgendetwas Schreckliches mitgemacht, so viel ist klar. Aber wäre es nicht das Normalste von der Welt, mit einem geliebten

Menschen darüber zu reden? Stattdessen rennt sie weg und verschanzt sich im Bad.

Frauen sind offensichtlich eine ganz andere Sorte Mensch als Männer. Ein bisschen so wie bei der Süßkartoffel. Sieht aus wie Kartoffel, schält sich wie Kartoffel, alles wie Kartoffel – ist dann aber doch ganz anders.

Er zieht seinen Mantel wieder an und geht.

**

Niemand weiß, wo Uwe ist. Vanessa denkt, er ist zu Sonja zurückgekehrt, Sonja glaubt, er ist bei Vanessa untergekommen. Die Kollegen in der Schule erleben einen abweisenden Uwe, dem sie sich nicht aufdrängen wollen. Seine Freunde wissen auch nicht, wo er steckt, möchten es vielleicht gar nicht wissen. Nach den Streitereien, die sie zwischen Sonja und Uwe erlebt haben, haben sie ziemlich die Nase voll. Bei ihnen zu Hause ist ja auch nicht immer alles friedlich, da braucht man keinen zusätzlichen Stress.

Uwe und Vanessa sehen sich jeden Tag in der Schule, und es gäbe Möglichkeiten noch und nöcher, ihre erstarrte Beziehung vorsichtig wiederzubeleben. Doch sie gehen stumm aneinander vorbei, wenn sie sich auf dem Flur treffen, vermeiden bei Konferenzen den Blickkontakt, sitzen im Lehrerzimmer Kilometer voneinander entfernt, beschränken sich in Diskussionen auf das Nötigste. Sie gehen sich aus dem Weg, wo sie nur können.

Uwe braucht erst einmal Abstand. Er hockt in seinem Hotelzimmer, liest, sieht fern. Und er geht zum Boot, guckt, ob noch alles in Ordnung ist. Das Vertäuen eines Bootes ist eine figelinsche Angelegenheit. Ist es zu kurz angebunden, hängt es in den Seilen, wenn der Wasserstand sinkt. Ist zu viel Spiel, kann es sich am Steg schon mal eine blutige Nase holen. Er zunzelt an den Leinen, gibt achtern etwas mehr Lose, muss dafür natürlich vorn etwas dichter holen, was dann aber vielleicht Katzen, Ratten und Penner aufs Boot locken könnte, sodass er das Tau an den Stegklampen doch besser etwas fiert, achtern dann aber wiederum dichter holen muss. Darüber vergehen schon mal gut und gern zwei Stündchen, bis er schließlich zufrieden ist. Obwohl ein unbedarfter Beobachter vermutlich gar keinen Unterschied in der Vertäuung des Bootes erkennen könnte.

Manu hätte ihre helle Freude daran gehabt, ihn auf dem Boot zu entdecken und ihn mit ein bisschen Glück unter Deck zu locken, um ihm die klammen Finger zu wärmen.

Manchmal schlägt er sogar die kleine Fock an und fährt einen Schlag raus. Ich weiß nicht, ob du schon mal im November im Norden auf einem Boot warst. Die Ostsee hat bummelig sechs Grad, der Kiel hat sechs Grad, was dir durchaus noch egal sein könnte, aber die Wanten, die Reling und der Mast haben auch sechs Grad. Und natürlich der gesamte Schiffskörper – rundherum heimelige sechs Grad.

Unter Deck.

Unter der Decke unter Deck ist das vielleicht sogar erotisch, wenn man zu zweit ist. Aber er ist allein.

Auf Deck kommt noch der Wind dazu, der nur mit Pudelmütze, Kapuze und mehreren Schichten unter dem Ölzeug zu ertragen ist. Die feuchte Luft malträtiert Uwes ungeschütztes Gesicht, und Gischtspritzer rinnen wie Tränen über seine kalten Wangen. Doch das macht ihm nichts. Rot gefrorene Hände und Eisbeine verdrängen den Schmerz in seiner Brust.

***

Kommissar Schneider ist bestens vorbereitet: Alle verdächtigen Playmobil-Männchen stehen in Reih und Glied auf dem Schreibtisch und bewachen einen überdimensionalen Aschenbecher. Das Fenster steht zu Lüftungszwecken auf Kipp, die Grünpflanzen hat er außer Reichweite auf die hintere Fensterbank verbannt, denn Frau Staatsanwalt nimmt sie sonst trotz Aschenbecher gelegentlich als Aschenbecher. Den Stapel einschlägiger Akten hat er griffbereit links von seinem Schreibtischsessel platziert, Bleistift und Kuli sind akkurat parallel zur Schreibtischkante ausgerichtet. Es kann also kaum noch etwas schiefgehen, wenn die Staatsanwältin hereinschneit.

Aber sie schneit nicht.

Wie das immer so ist: Wenn's nicht passt, kommt sie ständig, aber wenn sie mal gebraucht wird, lässt sie sich nicht blicken. Gerade will Kommissar Schneider zum Telefonhörer greifen, um sie zu bitten, mal vorbeizuschauen, da fällt ihm etwas Besseres ein. Etwas sehr viel Besseres. Denn mal ehrlich: Gibt es etwas Entwürdigenderes, als eine Staatsanwältin zu bitten?

Er startet Minesweeper. Das ist das sicherste Mittel. Bisher ist sie ihm noch in jede Partie hineingeplatzt. Und siehe da, kaum hat er das Minenfeld zur Hälfte abgeräumt, platzt sie, zieht den Sessel heran, sagt »Na, Schneiderchen« und bläst Qualm in die Luft.

»Ich hab den Mörder«, sagt er triumphierend.

»Geständnis?«, fragt sie.

»Nein.«

»Zeugen?«

»Nicht direkt.«

»Dann haben Sie gar nichts. Und erst recht keinen Mörder.«

Herr Schneider ist tolerant. Und teamfähig. Vor allem teamfähig. Ist ja so wichtig heutzutage. Und er hat nichts gegen Frauen. Frauen sind Menschen wie andere auch. Selbstverständlich. Gleichberechtigung wird bei ihm großgeschrieben. Aber irgendwann muss auch mal gut sein. Man sollte seine Großzügigkeit nicht überstrapazieren. Was zu viel ist, ist zu viel. Und das ist zu viel. Viel zu viel.

Diese eingebildete dampfende Schnepfe. Am liebsten würde er seine Playmobil-Phalanx wieder einräumen. Soll sie ihren Dreck doch allein machen. Aber es geht ja schließlich um die Sache. Für ihn geht es immer nur um die Sache. Persönliche Animositäten stellt er hintan.

Er holt tief Luft – das kann er gefahrlos tun, weil das Fenster auf Kipp steht –, erzwingt ein freundliches Lächeln, und die Vorführung beginnt. Ein verdächtiges Playmobil-Männchen nach dem anderen kann er kippen. Wie beim Besteck eines Mehr-Gänge-Menüs arbeitet er sich von außen nach innen vor. Mit Hilfe seiner vielfältigen Unterlagen kann er belegen: Hier fehlt das Motiv, da schließt ein todsicheres Alibi die Täterschaft aus, bei diesen gibt es keinen Zusammenhang zwischen beiden Toten, dort wäre ein Mord rein körperlich gar nicht möglich. Schließlich liegen alle Figuren flach. Einzig Sonja Batman mit der Strubbelperücke steht einsam und allein aufrecht inmitten des Schlachtfelds auf verlorenem Posten.

Na bitte. Nach dem Ausschlussverfahren sprechen die Indizien eindeutig für Sonja als Doppelmörderin: kein Alibi, dafür Motive noch und nöcher.

Kommissar Schneider lehnt sich in seinem Sessel zurück, verschränkt die Arme vor der Brust und lächelt milde. Gut, dass er das Spielzeug des Enkels zu Hilfe genommen hat. Schwierige Sachverhalte werden durch Visualisierung eingängiger. Das ist wichtig. Vor allem bei Frauen.

Frau Staatsanwalt hat während der gesamten Vorführung geschwiegen, sich aber inzwischen die vierte Zigarette angezündet. Jetzt stößt sie heftig Rauch aus, sodass Batman vorübergehend in einer Wolke verschwindet, und ermordet die Zigarette fast ungeraucht im Aschenbecher.

»So'n Quatsch«, sagt sie.

Das hat man nun davon! Man macht und tut, gönnt sich nicht einmal sein wohlverdientes Wochenende, vernachlässigt die Familie – die das nebenbei bemerkt als äußerst wohltuend empfindet –, ist allein der Sache verpflichtet, und dann kommt als einziger Kommentar: So'n Quatsch. Warum hat der Allmächtige gerade ihn mit dieser Frau gestraft?

Kommissar Schneider holt tief Luft – diesmal nicht mehr ganz so gefahrlos, obwohl das Fenster auf Kipp steht. »Gnädige Frau«, sagt er gepresst und muss sich aufs Äußerste zusammennehmen, damit er nicht vor Wut platzt. Das tut seinem Blutdruck gar nicht gut. »Schonen Sie sich«, hat ihm der Arzt geraten. »Vermeiden Sie jede Aufregung.« Der hat gut reden. Der Beruf eines Hauptkommissars ist kein Ponyschlecken, die Verbrecherjagd kein Zuckerhof. Aber er meistert das alles ohne Rücksicht auf seine Gesundheit. Doch diese Frau – ein Nagel zu seinem Sarg, diese Frau. »Gnädige Frau«, beginnt er erneut, während er fieberhaft überlegt, was er sagen soll. Was er sagen will, sollte er nicht sagen, und was er sagen kann, will er nicht sagen. Der Blutdruck steigt und steigt. Gerade will Herr Schneider den obersten Hemdknopf öffnen und die Krawatte lockern, um sich Luft zu verschaffen, da geschieht das Wunder: Frau Staatsanwalt kriegt einen Hustenanfall, der sich gewaschen hat.

Sein Blutdruck sinkt auf Normalwert, im Kopf ist wieder Platz, sodass sich die Gedanken frei bewegen können. Jetzt weiß er, was er sagen wird. Doch sein drittes »Gnädige Frau« wird vom staatsanwaltlichen Hustentornado weggeblasen.

Da soll mal einer sagen, es gäbe keinen gerechten Gott. Es gibt ihn! Der Herr ist mit denen, die da glauben. Und Herr Schneider glaubt, dass er jetzt schleunigst den Notarzt rufen sollte, bevor sie hier vor seinen Augen das Zeitliche segnet.

Auch im Nachhinein wird er sich nicht eingestehen, dass er einen Augenblick lang »Verreck, du blöde Kuh« gedacht hat. Nie im Leben hat er das gedacht. Wäre auch gar nicht nötig gewesen, sich das einzugestehen, denn Frau Staatsanwalt ist noch krankgeschrieben, als der Fall ans Gericht geht. Deshalb übernimmt ein Kollege, nicht so gut eingearbeitet, dafür aber konstitutionell stabil und belastbar.

So nimmt Sonjas Verhängnis seinen Lauf.

Da kann man mal sehen, wie schädlich das Rauchen ist.

Allerdings nur für die Raucher. Für die immer bedauerten Mitraucher kann es dagegen ein Segen sein. Zum Beispiel für Herrn Schneider. Mit dem neuen Staatsanwalt hat er keine Probleme. Klar, wenn die Frauenquote nicht mehr dazwischenfunkt und Männer allein das Heft in der Hand haben, läuft alles wie geschmiert. Durchsuchungsbeschluss für das Haus der Grossmanns ist ein Leichtes, und schon wandert Sonja ohne weitere Menkenke in den Bau.

Das Leben kann so schön sein ohne Frauen. Dann schafft man ordentlich was weg.

Und Uwe kann wieder zu Hause einziehen – jetzt, wo Sonja woanders wohnt.

Sonja geht ab

Mit Sonja wird kurzer Prozess gemacht.

Nein, nein, nicht so, wie du jetzt vielleicht denkst. Das rechtsstaatliche Verfahren wird selbstverständlich eingehalten. Aber es ist eben trotzdem ein kurzer Prozess – und das, obwohl die Kieler Gerichte eigentlich nicht zu kurzen Verfahren neigen. Gern erinnern wir Kieler uns an den spektakulären Rocker-Prozess gegen den Vice President der Hells Angels. Was wurde da aus der Beweisführung für ein Brimborium gemacht, obwohl dem tätowierten Herrn Angeklagten das Verbrechertum im Grunde aus sämtlichen Knopflöchern strahlte. Aber wenn es um das Recht geht, dann sind wir Kieler genau. Ganz genau. Es wurde also verhört und verlesen, Nebenkläger zugelassen und Zuschauer bisweilen ausgeschlossen, denn Privates ist uns Kielern heilig. Der Richter hat geschuftet wie ein Ackergaul, und der Verteidiger verteidigt, was das Zeug hielt. Rausgekommen sind am Ende aber nur vier Monate – ohne Bewährung allerdings, weil sie auf die drei Jahre Reststrafe aus einer anderen Verfehlung des Herrn Vice President obendrauf gepackt werden konnten. War aber sowieso alles egal, weil sich der Herr Angeklagte noch während des Prozesses nach Thailand abgesetzt hat. Thailand ist schön warm und liefert nicht aus. Musst du dir merken, nur so für den Fall der Fälle.

Der Prozess findet im April statt. Sonja sitzt auf der Anklagebank – entweder im Vertrauen auf die deutsche Justiz oder weil ihr Thailand vielleicht zu heiß ist. Herr Schneider sitzt im Zeugenstand und berichtet dem hohen Haus in epischer Breite, was er ermitteln konnte: Frau Sonja Grossmann hat in der Nacht zum siebzehnten November gegen Mitternacht der Schülerin Manuela Gabler aufgelauert und sie aus Eifersucht heimtückisch erwürgt, sodass sie vom Leben zum Tode gekommen ist. Ja, vom Leben zum Tode. Amtsdeutsch hat der Herr Kommissar drauf. Dafür hat er die Playmobil-Männchen weggelassen. Die sind nicht nötig. Der Richter ist männlich, da kann er auf eine Visualisierung verzichten.

Um sich der Leiche zu entledigen, hat die Angeklagte ihr Opfer ins Wasser des Olympiahafens geworfen. Des Weiteren hat die Angeklagte eine Woche vor dieser Tat aus identischem Grund ihre Putzfrau Hanna Heinze auf den Kopf geschlagen und in besagtem Gewässer entsorgt. Weder für das Sterbedatum von Manuela Gabler noch für das dieser Toten habe die Angeklagte ein Alibi, weiß Kommissar Schneider mit bedeutungsvollem Blick mitzuteilen. Außerdem wurde ein Kantholz mit dem Blut von Frau Heinze daran in Sonja Grossmanns Besenkammer gefunden.

»Damit wäre die Sache ja wohl klar«, sagt Schneider und lässt sich wieder auf dem Zeugenstuhl nieder, von dem er sich für die Befragung erhoben hatte, um der Würde des Gerichts und der Wichtigkeit seiner Aussage besondere Bedeutung zu verleihen.

Daran hat er gutgetan, denn die Würde deutscher Gerichte ist nicht zu unterschätzen. Wer es dennoch tut, kommt vielleicht nicht ganz so gut an bei den Herren und Damen Richtern, die sich ebenso wie Staatsanwälte und Verteidiger extra in schwarze Roben schmeißen, um ihre besondere Weihe zu unterstreichen. Berufskleidung macht halt was her, sieht man ja auch an den Ärzten. War wirklich dämlich von den Universitätsprofessoren, auf ihre Talare und damit auf ihre Insignien zu verzichten. Wenn man an den guten alten Schmiss denkt, der den Akademiker einst so wundervoll vom Fußvolk abgrenzte und heutzutage ausgestorben scheint, könnten einem die Tränen kommen. Der geblümte Hausfrauenkittel kann sich noch einigermaßen halten, aber der hat ja mit beruflicher Würde nichts zu tun. So schauen wir denn betrübt auf die kläglichen Reste einstiger Standeszeichen: Hausfrauen-, Ärzte- und Richterkittel. Und eins will ich sagen: Wenn das hohe Gericht weiterhin so locker mit offener Robe durch das hohe Haus wetzt, dann ist diese Berufskleidung auch bald futsch.

Aber noch ist alles beim Alten. Der Richter sitzt mit Staatsanwalt, Beisitzern und Protokollant – alle in Schwarz – auf erhöhtem Mobiliar und schaut gemessen auf die unten sitzenden Angeklagte und ihren Verteidiger hinab, wie es sich gehört. Dem sollte man Respekt zollen. Und wenn das einer weiß, dann Kommissar Schneider.

Der Richter lässt jede Menge Zeugen antanzen.

Zuerst Uwe. Doch Uwe macht aus persönlichen Gründen von seinem Zeugnisverweigerungsrecht gemäß Paragraf 52 StPO Gebrauch. Er zeugt schweigend. Außer Angaben zur Person macht und sagt er nichts.

Seine persönlichen Gründe sind offiziell die Tatsache, dass er mit Sonja verheiratet ist. Nur wir wissen, dass er noch andere, auch sehr persönliche Gründe hat.

Eigentlich schade, dass er zum Schweigen verdonnert ist. Denn die Sache mit Manus Brief als Beweisstück, in dem sie behauptet, dass Uwe sie heiratet, wenn sie achtzehn ist, ist nun wirklich ausgemachter Blödsinn. Auch die Tatsache, dass Sonja für die Zeit von Manus Tod kein Alibi hat, ist eigentlich unerheblich. Es ist ganz egal, wo sie war. Viel wichtiger ist die Frage, wer zu dieser Zeit am Tatort war. Und das weiß Uwe ganz genau.

Deshalb ist er froh, dass er schweigen kann, auch wenn Sonjas verzweifelte Blicke ihm wehtun.

Der Obduzierer erscheint im Zeugenstand.

»Herr Överkötter«, sagt der Richter und lehnt sich in seinem ergonomisch wirklich großartig geformten Richterstuhl zurück, weil er nun eine Weile Pause hat. »Herr Överkötter, nun erzählen Sie uns doch mal, was Sie bei den Obduktionen von Frau Hanna Heinze und Frau Manuela Gabler herausgefunden haben.«

Överkötter kommt ins Plaudern und sagt aus, dass Manuela an eingedrücktem Kehlkopf erstickt und Frau Heinze nach einem Schlag auf den Hinterkopf ertrunken ist. »Ja«, sagt er auf Anfrage des Richters, der sich dazu aus gemütlicher leichter Rückenlage extra wieder aufrichten muss, »ja, auch eine Frau hätte die Kraft, anderer Leute Kehlköpfe einzudrücken« und

»Natürlich, die Wunde an Frau Heinzes Hinterkopf könnte von dem bei Frau Grossmann gefundenen Kantholz herrühren«.

Wunderbar, diese Konjunktive. Hätte! Könnte! Die machen die deutsche Sprache erst so großartig. Sind aber leider am Aussterben. Schalte einfach mal bei einem Fußballspiel im deutschen Fernsehen zusätzlich zu den Augen auch deine Ohren ein und lausche dem Kommentar nach dem verschossenen Elfmeter. »Schade auch. Wenn er trifft, steht's eins zu eins«, heißt es da statt: »Wenn er getroffen hätte, stünde es eins zu eins.« Das deutsche Ohr ist einfach nicht mehr an Konjunktive gewöhnt, wenn man mal vom Anruf der Autowerkstatt absieht, wo er natürlich falsch ist. »Ihr Auto wäre jetzt fertig«, lautet die Meldung. Doch das Auto ist fertig repariert. Meistens jedenfalls.

Bei Strafsachen und vor Gericht natürlich ganz anders. In der Presse wimmelt es nur so von *mutmaßlichen* Tätern, die dann bei Gericht mit »hätte«, »würde« und »könnte« durchgeschleift werden, bis sie endlich als *überführte* Täter wieder in der Presse ankommen. Das gerichtliche Ohr ist mit der Möglichkeitsform geradezu überfüttert und hört gar nicht mehr hin. Överkötter hätte sich seine herrlichen Satzkonstruktionen eigentlich sparen können – beziehungsweise auf Neudeutsch: Er kann sie sich sparen.

Dann tritt Gerner auf und berichtet von seinem Fund in der Grossmann'schen Abstellkammer. »Das Kantholz hat Frau Grossmann da versteckt«, sagt er.

»Hätte verstecken haben können«, korrigiert der Richter milde. Das geht ihm flüssig über die Lippen. Dazu muss er sich in seinem Sessel nicht einmal aufrichten.

»Ja, eben«, sagt Gerner etwas verwirrt, »wegen dem Blut.«

Der Richter verkneift sich ein »wegen des Blutes« und entlässt ihn.

Als Nächstes lässt sich Vanessa eingeschüchtert im Zeugenstand nieder. Sie beantwortet alle Fragen zu ihrer Person so leise, dass der Richter immer wieder nachfragen muss. Eine Zu-

mutung, so was. Wenn die Lehrer von heute alle so nuscheln –
kein Wunder, dass die Schüler nichts mehr lernen. »Benutzen
Sie doch bitte das Mikro«, herrscht er sie an.

»Ja«, haucht sie, und der Gerichtssaal bebt unter dem Ge-
krächze der übersteuerten Anlage.

Eigentlich hatte der Richter sie dazu befragen wollen, wie
denn nun ihr Verhältnis zu den Grossmanns genau aussieht,
aber jetzt sieht er zu, dass er diese Zeugin möglichst schnell
wieder loswird. »Wenn Sie uns nichts weiter zu sagen haben,
können Sie im Zuschauerraum Platz nehmen.«

Vanessa überlegt kurz, ob es sich dabei um eine Frage handeln könnte, und beschließt, dass das nicht der Fall ist. Sie kann
gehen.

Laut Strafprozessordnung muss sie nichts sagen, was sie
selbst oder ihr nahestehende Dritte belastet und so eventuell
der Gefahr einer Strafverfolgung aussetzt, wie es in Paragraf 52
heißt. Dass das auch in diesem Fall gilt, wage ich zu bezweifeln.
Doch sie schweigt und überlässt Sonja ihrem Schicksal.

Sie geht mit gesenktem Kopf, um Tommi, der im Zuschauerraum sitzt, nicht in die Augen sehen zu müssen. In die sieht
sie nicht mehr gern, seit sie ihn vor jeder Französischklausur
anruft, um ihm das Thema anzukündigen und Lösungsvor-
schläge durchzugeben.

Tommi wird unter Ausschluss der Öffentlichkeit vernom-
men. Bei zarten Kinderseelen ist Fingerspitzengefühl angesagt.
Da kann man nicht einfach ratsch, platsch fragen: »Kannst du
bezeugen, dass das Auto von Frau Grossmann in der Nacht
vom sechzehnten auf den siebzehnten November um Mitternacht zweihundert Meter vom Tatort entfernt geparkt hat?«
Da muss ein Richter behutsam vorgehen. Und er tut es.

Tommi antwortet ebenso behutsam.

»Der Zeuge bleibt in Anbetracht seiner Jugend unvereidigt«,
sagt der Richter und lächelt wieder milde.

Erst als die Türen zum Gerichtssaal hinter ihm geschlossen
werden, wischt sich Tommi den Schweiß von der Stirn. Bei
uneidlicher Falschaussage kann er mit drei Monaten davon-

kommen, weil er dann nach Jugendstrafrecht verknackt wird. Wenn's überhaupt rauskommt oder vielleicht erst nach zehn Jahren. Alles nicht so schlimm. Wie in dem Nazi-Prozess, in dem neulich der ehrwürdige Greis eine Jugendstrafe aufgebrummt gekriegt hat. War halt noch nicht volljährig damals, als er in jugendlichem Überschwang auf Juden geballert hat.

Zu guter Letzt wird Sonja befragt. Ein Alibi hat sie nicht, weder für Frau Heinzes noch für Manuelas Todeszeitpunkt. Von einem Kantholz in ihrer Abstellkammer weiß sie nichts. Dass ihr Mann mit Manuela Gabler verheiratet war, ist ihr neu. Nur dass ihr Auto eine Beule hat, muss sie zugeben. Leider. Mehr hat sie zu dem Ganzen nicht zu sagen.

»Sonja«, möchte man ihr zurufen, »gib acht. Es geht schließlich um deinen Kopf.« Doch sie steht ruhig da, hoch aufgerichtet, und sieht den Richter ironisch an. »Du Würstchen«, sagen ihre Augen, »du kannst mir gar nichts.« Aber Würstchen können allerhand, besonders wenn sie am längeren Hebel sitzen.

Ein Richter an deutschen Gerichten hat mächtig zu tun, während ein Staatsanwalt sich in aller Ruhe auf sein Schlussplädoyer vorbereiten kann. In diesem Fall ganz wichtig, denn der Herr Staatsanwalt hat manches vorzubereiten. Schließlich ist ihm der Fall erst vor ein paar Monaten auf den Tisch geflattert. Als ob er nicht schon genug um die Ohren gehabt hätte, muss er sich jetzt auch noch um die Reste einer Kollegin kümmern, die ihre Lungen renovieren und völlig neu aufbauen lässt.

Gut, dass alles so flutscht und er nicht viel zu tun hat. Die Indizien sind erdrückend, er kann sich kurzfassen. Mehr Aufwand wäre auch völlig übertrieben, denn der Zuschauerraum, der anfangs noch brechend voll war – Mordprozesse gibt es in Kiel nicht alle Tage –, ist gegen Ende ziemlich leer geworden. Hie und da platzt mal vereinzelt ein Schüler rein, um eine Freistunde abzubummeln, grüßt vielleicht kurz die Franz-Kosi, die auch manchmal da ist und wie versteinert in einer Ecke sitzt, und ist auch schon wieder draußen. Alles in allem ist ein Prozess ja doch eher eine langweilige Angelegenheit, selbst wenn es um den Tod einer Mitschülerin geht.

Das findet Herr Heinze auch, obwohl es um den Tod seiner Frau geht. Er versteht sowieso nur die Hälfte. Schade eigentlich, denn sonst würde er die Sache vielleicht aufmerksamer verfolgen. So aber sagt ihm Beweisstück Nummer drei, das Kantholz, trotz Brille überhaupt nichts. Und die Frau, die sich dahinten in der letzten Reihe rumdrückt, erkennt er nicht. Wie sollte er auch, schließlich war er damals unbebrillt.

Im Grunde muss ich sagen, dass die einzige Person, die den Prozess richtig genießen kann, Frau Maus ist. Gerichtsprozesse sind öffentlich – auch in Kiel. Deshalb setzt sie zwei Stunden vor dem Beginn eines jeden Prozesstags ihr flottes Hütchen auf, wirft sich ihren Ausgehmantel über und macht sich auf den Weg. Zu Fuß. Natürlich, sie hätte auch den Bus nehmen können, aber du kennst sicher den Kieler Personennahverkehr und weißt: Den möchte man nicht kennen. Ich sage nur so viel: Zu Fuß ist man oft schneller – selbst mit kleinen Mäuseschritten.

Im Gerichtsgebäude kommt der Teil des Ausflugs, der Frau Maus immer wieder von Neuem entzückt. Man kann nämlich nicht einfach so ins Landgericht reingehen. Seitdem irgendein Unhold irgendwo in Deutschland aus Unzufriedenheit mit irgendeinem Urteil die halbe große Strafkammer niedergemetzelt hat, beherrscht in jedem deutschen Gericht gleich hinter dem Eingang eine Sicherheitskontrolle die Szene.

Sie wirft Ausgehmantel, Hütchen und Handtäschchen in eine Plastikwanne und geht gemessenen Schrittes um die Sicherheitsschleuse herum, damit ihr Herzschrittmacher nicht von den Metalldetektoren durcheinandergebracht wird. Dort lässt sie sich von einer freundlichen Dame von oben bis unten abtasten, während ein Mann mit Gummihandschuhen ihre Manteltaschen auf links zieht und ihre Handtasche durchwühlt.

Ehrlich, es ist der Höhepunkt jeden Tages, bei dem sie sich ausmalt, dass diese beiden Beamten ihr tatsächlich zutrauen, den Gerichtssaal in die Luft zu sprengen und sich danach mit ihrer Magnum den Rückweg freizuschießen.

Der anschließende Prozesstag ist dagegen manchmal richtig langweilig, sodass sie bisweilen sogar ein wenig einnicken würde, wenn sie nicht mit Herrn Heinze so viel zu bereden hätte.

Endlich kommt der große Tag. »Hiermit beantrage ich«, sagt der Staatsanwalt, nachdem er kurz die Beweislage zusammengefasst hat, »Sonja Grossmann wegen Totschlags im Affekt aus Eifersucht in zwei Fällen zu vierzehn Jahren Haft zu verurteilen.«

Schon zwei Stunden später kann der Richter das Urteil verkünden: schuldig im Sinne der Anklage.

»Ich war's nicht«, schreit Sonja. Mehrfach sogar. Aber so was kennt man ja. Wann hätte ein Mörder je zugegeben, dass er es war? Kommissar Schneider erinnert sich an den Film »Under Suspicion« mit Liam Neeson. Als der schon am Galgen hing, hat er noch gebrüllt, dass er's nicht war, obwohl er's gewesen ist. Großartiger Film übrigens.

Das verkündete Strafmaß scheint übrigens Standard bei deutschen Gerichten zu sein: Männer kriegen drei Jahre für Totschlag, Frauen sieben. Wie bei Bubi Scholz und Ingrid van Bergen. Der Mann, der so oft an Piroschka denkt, zählt nicht. Der hat zehn Jahre bekommen für das Meucheln seiner Frau. Aber das war in England.

Sonja bekommt mit insgesamt zwölf Jahren zugegebenermaßen weniger als zweimal sieben, die es für zweimal Totschlag rein rechnerisch hätte geben müssen. Aber bei doppelter Menge gibt's halt Rabatt. Für den dritten hätte sie wahrscheinlich bloß noch drei Jahre gekriegt. Ein richtiges Schnäppchen. Und gut für die Emanzipation: Ab dem dritten Mord sind Frauen den Männern gleichgestellt. Zumindest vor Gericht.

Na bitte. Endlich.

Alles geht gut

Seit dem Urteil hat Uwe sturmfreie Bude. Auch während Sonjas Untersuchungshaft hat er schon sturmfreie Bude gehabt, denn ganz ohne geht es selbst bei kurzen Prozessen in Kiel nicht ab. Aber erst jetzt empfindet er das Haus als tatsächlich sturmfrei. Im wahrsten Sinne des Wortes: frei von Stürmen.

Was hat Sonja immer für einen Wind gemacht. Jetzt hat er endlich seine Ruhe. Er kann die Füße auf den Tisch legen, das Badezimmer beim Duschen unter Wasser setzen, seinen Kaffee so laut schlürfen, wie er will, die Nächte durchsägen, im Stehen pinkeln, und keiner pampt ihn an.

Allerdings sind das alles keine Verlockungen für ihn. Er hasst Füße auf dem Tisch, spart aus ökologischen Gründen Wasser, wo er kann, trinkt Kaffee wie Tee vollkommen lautlos, schnarcht nicht, und das Pinkeln im Stehen hat ihm seine Mutter schon vor Jahrzehnten abgewöhnt. Du siehst, im Grunde ist er als Mann die reinste Freude. Trotzdem hat Sonja ständig Wind gemacht und an ihm rumgemeckert.

Na, das ist ja jetzt vorbei. Mindestens für zwölf Jahre.

Trotzdem ist er nicht wirklich glücklich. Irgendwie fehlt was. In seinem Hotelzimmerchen und auf dem Boot hat er das nicht so empfunden. Aber in diesem großen Haus fühlt er sich einsam. Zu einem Haus gehört eine Hausfrau – quasi das Salz in der häuslichen Suppe, die ordnende Hand. Dabei kann man wirklich nicht sagen, dass Sonja eine ordnende Hand gehabt hätte, weiß Gott nicht. Eigentlich lag es sogar eher an Sonja als an ihm, wenn Frau Heinze gut zu tun hatte – früher, als sie noch zweimal pro Woche zu ihnen kam. Denn Uwe ist ordentlich und schmutzt nicht. Wie gesagt – eigentlich eine Freude, dieser Mann.

Doch Uwe ist keine Freude, obwohl ich zugeben muss, dass die Aussicht auf einen ordentlichen, sauberen, schnarchlosen Sitzpinkler betörend ist. Uwe fühlt sich wie ein Verräter, der seine Frau in den Knast einfahren lässt, obwohl er ziemlich sicher ist, dass sie Manu nicht umgebracht hat. Er kann sich nur damit trösten, dass sie offensichtlich Frau Heinze auf dem Gewissen hat. Obwohl er sich auch das nur schwer vorstellen kann. Sonja ist eine Nervensäge, keine Frage. Aber so was? Jemanden töten? Tja, man steckt halt nicht drin in den Frauen, weder in der geheirateten noch in der geliebten.

Um auf andere Gedanken zu kommen, macht er sich das Leben schön. Er isst zum Frühstück Eier mit Speck statt Müsli, guckt schon am Nachmittag Fußball, genehmigt sich dazu ein Bier, pinkelt mal probehalber im Stehen und zieht nachts um die Häuser. Großartig, ganz großartig. Ausgang bis zum Wecken!

Aber irgendwie fehlt trotzdem irgendwas.

Das ist allerdings nicht verwunderlich. Ich sag es mal so: Kiel ist nicht Berlin. Nicht dass bei uns um dreiundzwanzig Uhr die Bürgersteige hochgeklappt würden. Das nicht. Es gibt schon so etwas wie kulturelles, alkoholisches und/oder erotisches Amüsement. Und als neuesten Knaller am Samstag Bundesliga im Holstein-Stadion. Genauer gesagt: zweite Bundesliga, weswegen das Holstein-Stadion mächtig aufgepustet werden muss. Pusten allein reicht natürlich nicht, die eine oder andere Million muss denn nun doch in die Hand genommen werden – von der Stadt – und vom Land –, und der Verein muss, glaub ich, auch fünf Euro zwanzig dazugeben.

Das Angebot an Zerstreuung ist also reichhaltig, aber man ist trotzdem schnell damit durch. Außerdem ist Uwe nicht der Typ dafür. Kultur ist dem Mathematiker als solchem grundsätzlich nicht so wichtig, Alkohol verträgt er nicht gut, und Erotik von der Stange ist nicht sein Ding. Ihm fehlt was anderes.

Erst hat er gedacht, es wäre vielleicht Frau Heinze, die ihm fehlt. Nach einer gewissen Zeit wird ein Haus selbst unter den ordentlichsten Händen ein wenig staubig, und inzwischen sollte wirklich mal kurz feucht durchgefeudelt werden.

Aber nein, das ist es nicht. In Sachen Staub sind Männer belastbar.

Ihm fehlt – tja, wie soll ich sagen? – jemand, der ein bisschen

Staub wischt, ein paar Eier mit Speck brät, etwas Aufregung in seinen Alltag bringt und sich ein wenig um ihn sorgt, also je nach Bedarf die Rollen Mutter, Schwester, Geliebte, Köchin und Putzfrau abdeckt. Bloß nicht so viel, dass es ihm auf die Nerven geht.

Da brauchen wir jetzt nicht lange drüber zu reden: So was gibt es nicht. Und wenn doch, wäre diese Person sowieso schon lange weggefangen. So was will ja jeder.

Uwe sitzt mit einer Dose Bier in der Hand vor der Kiste und schaut Sport. Aber wie das so ist mit Dingen, die man sich früher mühsam erkämpfen musste: Wenn der Kampf vorbei ist, verlieren sie ihren Reiz. Außerdem macht Bier aus der Dose ihm deutlich weniger Spaß, als er gedacht hätte. Seine Gedanken trennen sich von den zweiundzwanzig Männern, die auf dem Bildschirm dem Ball nachjagen, schweifen ab und landen bei … Vanessa.

Ach, Vanessa.

In der Schule jeden Tag diese durchsichtige Wand zwischen ihnen, die sie nicht zerschlagen können.

Er greift zum Telefon und wählt ihre Nummer.

Sie nimmt ab und sagt »Ja«.

※※※

Die Playmobil-Männchen haben ausgedient, und Herr Schneider hätte sie samt Schuhkarton schon lange seinem Enkel zurückbringen müssen. Aber der fehlende Feuerwehrmann mit dem Gespensterlaken liegt ihm etwas schwer im Magen, im Grunde die einzige Leiche, die von der Soko Olympia noch in seinem Keller liegt. Ansonsten ist alles prima aufgeräumt. Er kann äußerst zufrieden mit sich sein. Und unter uns: Er ist es auch.

Na, nun wird es Zeit. Er läuft durch die halbe Stadt, um für Feuerwehrmann und Gespensterlaken Ersatz zu beschaffen. Aber wenn du Kinder oder Enkelkinder hast, weißt du, dass es so was kaum einzeln gibt. Immer soll man ein ganzes Spukschloss und eine halbe Feuerwache mitkaufen.

»Ich brauche nur *einen einzigen* Feuerwehrmann«, sagt Schneider zu der hübschen Verkäuferin.

»Wofür brauchen Sie den denn?«, fragt sie.

Schwierige Frage. Wenn er jetzt »Für meinen Enkel« sagt, macht ihn das so alt. Und »Ich liebe Tatütata« wird sie ihm nicht abnehmen. So jung ist er nun auch wieder nicht.

»Ich spiele gern mit dem Feuer«, sagt er schließlich und lächelt vielsagend. Die Verkäuferin macht, dass sie wegkommt. Nach einer halben Ewigkeit kehrt sie zurück, in der Hand eine Schachtel mit zwei Feuerwehrmännern.

»Die habe ich ganz hinten in unserem Lager gefunden.«

»Sie sind ein Schatz«, sagt er. »Haben Sie dort vielleicht auch noch zwei Gespenster?«

Langsam wird ihr der Mann lästig. »Nein. Kann ich sonst noch was für Sie tun? Es warten noch mehr Kunden«, sagt sie reserviert und geht, um mit ihren beiden Kolleginnen das Gespräch fortzusetzen, das sie wegen Herrn Schneider unterbrechen musste.

Allein gelassen zwischen den engen Regalen nähert er sich unauffällig dem Spukschloss und prokelt das Gespenst aus der Verpackung. Wenn du dir mal eine Spukschlossverpackung angesehen hast, dann weißt du, wie viel kriminelle Energie dazu gehört. Es dauert eine ganze Weile, bis er es endlich geschafft hat. Nur gut, dass die hübsche Verkäuferin mit ihren beiden Kolleginnen so viel zu besprechen hat.

»Oh, sogar ein ganz neuer Feuerwehrmann«, sagt sein Enkel erfreut, als Herr Schneider ihm den Schuhkarton zurückgibt. »Wo ist denn der zweite? Die gibt es doch nur im Doppelpack.«

Dass auch das Gespenst ganz neu ist, merkt er Gott sei Dank nicht. So gut, wie er sich im Sortiment auskennt, hätte er sicher nach dem zugehörigen Spukschloss gefragt. Wie unangenehm. Kommissar Schneider lässt sich nicht gern des Diebstahls überführen – und von seinem Enkel schon gar nicht.

✳✳✳

Herr Heinze erkennt sie sofort wieder. Auf den ersten Blick oder besser gesagt: auf den ersten Griff. Diese weiche Haut, die sich fest um die straffen Muskeln schmiegt, diese wohlgerundeten Proportionen, die er nicht vergessen hat, die er nachts im Schlaf vor sich sieht und die sogar bei Tag durch seine Gedanken huschen. Immer wieder hat er gehofft, *sie* möge es sein, wenn er zu einer Massage ins Fitnessstudio gerufen wurde. Doch vergebens. Und jetzt endlich liegt sie wieder vor ihm, ganz real – die Frau seiner Träume.

Er schließt die Augen. Zart wandern seine Hände über ihren Körper und kneten sanft ihre durchtrainierten Muskeln. Auf einmal stutzt er. Die Verspannungen im Nackenbereich, die Verhärtungen um die Schulterpartie, die erscheinen ihm neu. »Alles okay, schöne Lady?«, fragt er leise.

Wie ein Blitz fahren diese vier Worte durch sie hindurch. Mit einem Schlag ist alles wieder da: die Erinnerung an den großen Mann mit den zärtlichen Pranken und an die sorglose Zeit von damals. Ein knappes halbes Jahr ist es her, dass er sie dasselbe gefragt hat – nachdem er sie so wundervoll massiert hatte. Nur fünf Monate, aber gefühlt hundert Jahre.

Nein, nichts ist okay. Sie lebt in einem immerwährenden Alptraum, der ihr nachts den Schlaf raubt und sie tagsüber in eisernen Klauen gefangen hält. Seit dieser grauenvollen Nacht, in der sie sich nur mit Mühe aus dem eisigen Wasser auf den Steg hat ziehen können und dann auf Uwes Boot in seinen Armen vor Schock und Kälte so sehr mit den Zähnen geklappert hat, dass sie kein einziges Wort sagen konnte.

Seit jener Nacht ist alles anders.

Nie haben sie und Uwe darüber gesprochen. Weder in jener Nacht noch jemals danach. Still hat er sie gewärmt und getrocknet, stumm sind sie noch in derselben Nacht wieder von Bord gegangen. Keinen Blick hat sie in das Wasser getan, in dem sie kurz zuvor ihre Angreiferin ertränkt hatte, um ihr eigenes Leben zu retten.

Wahrscheinlich wäre es als Notwehr anerkannt worden. Aber sie hat in jener Nacht weder die Polizei noch einen

Rettungswagen gerufen, um die leblos im Wasser Treibende vielleicht doch noch zu retten. Und am nächsten Tag, als sich herausstellte, dass Manu die Angreiferin war, hat sie erst recht geschwiegen. Starr vor Schock und stumm vor Unsicherheit hat sie alles laufen lassen. Indem sie zuließ, dass Sonja wegen Totschlags an Manu verurteilt wird, hat sie sich endgültig schuldig gemacht. Nichts wird sie je von dieser Schuld freisprechen, und niemand kann sie retten. Dass Tommi sie fest im Griff hat, ist daneben fast belanglos.

Sie stöhnt.

Vanessa stöhnt – wie damals. Zumindest erscheint es Herrn Heinze so. Doch diesmal wird er ihr nicht wieder nur einfach eine erotische Massage schenken und sie danach gehen lassen. Er will mehr. Zart und doch fest massiert er ihre verspannten Muskeln. Von ihren Fingern die Arme hinauf zu den Schulterblättern, von ihren Zehen zu den Hüften knetet er sie durch und streicht die Schrecken aus ihr heraus. Zum ersten Mal seit langer Zeit fühlt sie sich wieder leicht, rollt sich zusammen wie ein kleines Kind und lässt es geschehen, dass er sich neben sie auf die Liege setzt und sie in seinen Armen schaukelt, während sie die Angst aus sich herausweint.

Eine Frau würde sie jetzt natürlich fragen, warum sie weint. »Sprich mit mir«, würde sie sagen. »Lass alles raus.« Frauen fragen ja sogar, was man denkt, wenn man mal zwei Minuten schweigt. Aber Herr Heinze ist ein Mann. Männer brauchen nicht zu fragen, was Frauen denken, schon gar nicht, seit Marilyn Monroe diesen großartigen Satz gesagt hat: »Ich bin doch nicht so blöd, dass ich immer was denke.«

Männer wissen, dass es chancenlos ist, den Grund für den Kummer einer Frau auch nur ansatzweise verstehen zu wollen. Daher fragt er nicht, warum sie weint. Er fragt, wie sie heißt, wo sie wohnt und wie er sie anrufen kann – genau genommen ja auch wesentlich wichtiger, zumindest am Anfang einer Beziehung.

***

»Ach Gott, ich bin noch gar nicht so weit. Haben wir heute einen Termin?«, sagt Frau Maus erschreckt, als Herr Heinze vor der Tür steht. Sie sieht aus wie frisch dem Bett entstiegen. Braun karierte Männerhausschuhe, von denen sie sich nach dem Tod ihres ehelich Angetrauten nicht hat trennen können – so herrlich bequem –, und ein Ungetüm von Morgenmantel aus gestepptem Polyester mit Streublümchen und Schleifchen am Hals, eine Geschmacksverirrung, die sie aus den späten Siebzigern in die Neuzeit herüberretten konnte. Ihre grauen, schon etwas dünnen Haare hat sie mit einem Band nach hinten gebunden.

»Macht nichts«, sagt Herr Heinze, fasst sie freundschaftlich bei den Schultern und schiebt sie ins Haus. »Zieh dich in Ruhe an. Ich komme erst mal ohne dich klar.«

Merkwürdig eigentlich, dass ein Masseur sagt, er würde ohne sein Massageobjekt klarkommen. Aber das liegt daran, dass Frau Maus schon lange nicht mehr nur seine Kundin ist. Seit seinem ersten Hausbesuch bei ihr haben die beiden angefangen, ihre geschäftliche Beziehung immer mehr auf professionelle Füße zu stellen. Ich will nicht behaupten, dass der Massagesalon im Hause Maus floriert, aber er ernährt seinen Mann, wie man so sagt. Mann und Maus.

Die Aufgabenteilung ist klar geregelt: Er massiert, sie macht alles andere.

Nach und nach ist ein ehrbarer erotischer Massagesalon entstanden. Jeder Anflug von Peinlichkeit wird schon im Keim erstickt. Ihr fortgeschrittenes Alter, ihr seriöses Auftreten und ihr schlichtes, aber gediegenes Häuschen machen es möglich, dass man oder vielmehr frau sich ganz entspannt erotisch verwöhnen lassen kann.

Der Kundenstamm wächst. Oder hätte ich im Rahmen der immer heftiger um sich greifenden Gender Correctness »die Kundinnenstämmin wächst« sagen müssen? Herrn Heinzes Einnahmen wachsen ebenfalls, weshalb er schon überlegt, ob er den Job beim Fitnessstudio nicht aufgeben soll. Dann würde es auch für Frau Maus einfacher werden, die alle Einnahmen sauber verbucht und korrekt versteuert. Sie hat ihr Wissen aus alten Lohnbuchhaltungstagen nicht vergessen. Nur wie sie die Bezüge aus dem Fitnessstudio einarbeiten soll, macht ihr ein wenig zu schaffen.

Nun wären die beiden nicht die Ersten, bei denen solche Geschäftsbeziehungen wegen Streit ums Geld bald wieder auseinandergehen. Doch Frau Maus ist eine bescheidene Frau mit auskömmlicher Rente, und Herrn Heinzes Verständnis für finanzielle Angelegenheiten geht nicht weit über Abmachungen wie »halbe-halbe« hinaus. Vor allem aber sind die beiden einander freundschaftlich zugetan, weshalb Herr Heinze seiner mütterlichen Geschäftspartnerin hin und wieder eine Massage der besonderen Art gewährt, die ihr – wie beim ersten Mal – die Bäckchen rötet. Und wenn er danach zu sich nach Hause fährt, weil er eine heimliche Liaison mit einer unbekannten Schönen hat, wäre sie die Letzte, die ihm das missgönnt.

**

Da Telefonate vom heimatlichen Festnetz zu Tommis Handy registriert würden, hat sich Vanessa angewöhnt, ihn von einer Telefonzelle aus anzurufen. Dafür muss sie seit dem kolossalen Zellensterben der letzten zehn Jahre bis zum Wilhelmplatz fahren. Sie könnte natürlich auch die öffentlichen Fernsprecher in schmuckem Magenta-Grau vor dem Citti-Markt oder bei Plaza benutzen, aber da kommen immer Schüler vorbei. Deshalb ist ihr das weniger hübsche Gelb mit halbwegs schalldichter Kabine lieber, wenn sie Tommi über die Fallstricke der Französischklausur am nächsten Tag aufklärt.

Wer weiß, wie lange das noch geht: Die Gelben stehen an vorderster Front, wenn es ans Sterben geht. Die am Wilhelmplatz ist eine der letzten ihrer Art. Hoffentlich wird sie nicht so bald dahingerafft.

Vanessas Befürchtungen sind allerdings unbegründet. Nicht, was den Tod öffentlicher Fernsprecheinrichtungen angeht – da nimmt das Schicksal dank flächendeckend verbreiteter Handys seinen Lauf –, doch Tommi wird nach seinen Sommerferien in der Bretagne nicht mehr auf ihre Wohltaten angewiesen sein. In drei Jahren wird er sich dank Vanessas vorübergehender Hilfestellung sein Abi-Zeugnis samt einer Zwei in Französisch mit einem kleinen roten Flitzer abholen. Aber wer weiß, ob sie das dann noch interessiert. Mit ihrer Dreifachrolle als Lehrerin, Hausfrau und Mutter wird sie genug um die Ohren haben.

Wie bitte, sagst du jetzt vielleicht, Vanessa wird Mutter? Ja, so ein Autor kann sich manchmal nicht bremsen und greift der Erzählung vor. Obwohl er gar nicht wissen kann, ob nicht doch alles ganz anders kommt, weil in deutschen Krimis immer die Gerechtigkeit den Sieg davontragen muss. So liebt es der Leser, wo doch schon im richtigen Leben alles so ungerecht ist.

Bis jetzt von Gerechtigkeit allerdings noch keine Spur.

Uwe hat Rasierapparat und Zweitzahnbürste bei Vanessa im Badezimmer deponiert und sie im Gegenzug einen Satz frische Unterwäsche in seinem Schrank untergebracht. Die beiden spielen das alte Spielchen »Gehn wir zu dir oder gehn wir zu mir«, was Uwe bei seinen spärlichen Besuchen im Knast allerdings nicht erwähnt.

Sind sowieso nicht wirklich erfreulich, seine Aufenthalte bei Sonja. Ihre Laune ist im Gefängnis nicht besser geworden. Sie überhäuft ihn mit Vorwürfen – die er sich ja reichlich verdient hat –, schimpft über Vanessa und nennt ihren ehemaligen Anwalt nur »die Transuse, die du mir besorgt hast«. Das macht sehr schnell keinen Spaß mehr.

Außerdem geht das mit den spärlichen Besuchen wegen Vanessas Schwangerschaft bald eh nicht mehr, denn Uwe nimmt auch die pränatalen Vaterpflichten sehr ernst.

Ja, wirklich, er kniet sich total rein in seine Vaterschaft. Also nicht mit Strampelanzug- und Babyrasselkaufen und so. Das natürlich auch. Aber er hat sein Zukünftiges schon in der Krabbelgruppe vormerken lassen, sonst kriegt es nachher keinen Platz mehr – man hört ja so viel.

Geradezu rührend ist er, der neugebackene zukünftige Papa, hat sogar Elternzeit angemeldet, um sich ganz seinem Kleinchen widmen zu können, und überlegt, ob er nicht noch ein Sabbatical nachschieben soll.

Eigentlich wollte Vanessa nicht in sein Haus ziehen, aber als sie ihm den rosa Streifen auf dem Babytest gezeigt hat, war er nicht mehr zu halten. »Du wohnst ab sofort bei mir. Wer weiß, was allein in der Wohnung alles passieren kann. Wenn dann nachts keiner da ist …«

Sie hat nachgegeben. Ungern. Sie braucht ein bisschen Freiraum, besonders seit Herr Heinze und sie sich wiedergefunden haben.

Es ist im Grunde urkomisch: früher die Heimlichkeiten mit Uwe wegen seiner Sonja und jetzt die Heimlichkeiten mit Herrn Heinze wegen Uwe. Doch die Zeit mit Christian tut ihr gut – nicht nur erotisch. Er streichelt ihre Seele. In seiner Gegenwart fällt der Alpdruck, der ihre Zweisamkeit mit Uwe unausgesprochen belastet, von ihr ab. Das hält sie vor Uwe geheim, besonders jetzt, da sie brütet. Sonst kommt er am Ende noch auf die Idee, dass das Kind vielleicht gar nicht von ihm ist.

Vanessa ist sich ganz sicher, wer der Vater ist. Herr Heinze kommt nicht in Frage. Er ist zweifellos ein phantastischer Liebhaber, aber als Vater schon aus rein finanziellen Erwägungen gänzlich ungeeignet. Ihre Wahl fällt daher auf Uwe. Denn es sind immer noch die Frauen, die sich den Vater für ihr Kind aussuchen – egal ob *vor* oder *nach* der Zeugung.

※※※

So, im Grunde ist jetzt eigentlich alles in Butter.

Friede, Freude, Eierkuchen, so weit das Auge reicht.

Und eitel Sonnenschein. Nun gut, für Sonja nicht so wirklich, aber einer muss eben ans Kreuz genagelt werden, damit es allen anderen gut gehen kann. Dass eine Revision viel bringen wird, halte ich für unwahrscheinlich. Denn auch ihr neuer Anwalt ist etwas lahm, und Staranwalt Rolf Bossi, vielleicht der Einzige, der sie wieder rausholen könnte, ist seit zwei Jahren tot.

Sie wird also für die nächsten zwölf Jahre sicher verwahrt bleiben und kann Uwe und Vanessa nicht stören. Wenn sie wieder rauskommt, wird Klein-Svenja elf Jahre alt sein. Eigentlich müsste sie dann acht sein, denn dem normalen Durchschnittsmörder wird in Deutschland ein Drittel der Strafe erlassen, der Platz wird für den nächsten Mörder gebraucht. Aber nicht bei Sonja. Wenn einer derart renitent seine Unschuld beteuert, kann der Psychologe vom Dienst es einfach nicht verantworten, diese Person vorzeitig zu entlassen. Wer weiß, wen derjenige sonst noch alles umbringt.

Herr Heinze hat also sein finanzielles Auskommen und die Frau seiner Träume wiedergefunden, Tommi blickt von seinem Moped aus zukünftigen Autofahrer-Freuden entgegen, und Kommissar Schneider ist bei Minesweeper im fünften Level. Alles wie im Märchen ...

Und wenn sie nicht gestorben sind, dann leben sie noch heute, denkst du jetzt vielleicht.

Das schon, aber noch nicht ganz.

Frau Staatsanwalt geht dazwischen

Wie das immer so ist: Kaum ist über eine Sache einigermaßen Gras gewachsen, kommt bestimmt irgendein Esel und frisst es wieder ab.

»Bin zurück«, sagt Frau Staatsanwalt und lässt sich auf das Stühlchen vor Kommissar Schneiders Schreibtisch fallen.

»Freut mich«, sagt Schneider.

Seit über einer Woche weiß er, dass sie bald vor ihm sitzen wird, denn es wird von nichts anderem mehr gesprochen als von der wundersamen staatsanwaltlichen Genesung. »Sieht mindestens zehn Jahre jünger aus«, sagen die einen. »Was für eine Power diese Frau ausstrahlt«, betonen die anderen. »Da wird jetzt bald wieder ein anderer Wind wehen«, befürchten Dritte.

Na, da brauchen wir jetzt gar nicht lange drüber zu reden, dass für Herrn Schneider eine um zehn Jahre verjüngte, powervolle Staatsanwältin mit einem anderen Wind keine wirkliche Freude ist. Deshalb hat er lange darüber nachgedacht, wie er sie begrüßen soll, wenn sie wieder in sein Büro kommt. »Freut mich« ist das Ergebnis.

Er schiebt ihr einen Aschenbecher hin – das zweite Ergebnis seiner intensiven Überlegungen.

Sie holt eine Elektro-Zigarette aus ihrer Handtasche, hüllt sich in Unmengen weißen Dampfes und sagt: »Na, Herr Schneider, wie war's denn so ohne mich?«

Er verkneift sich ein »Herrlich!« und schiebt ihr stattdessen einen Stapel Akten rüber. »Das ist alles unerledigt: Messerstecherei am Dreiecksplatz, schwunghafter Drogenhandel in der Bergstraße, Fahrerflucht mit Todesfolge – das Übliche halt. Soll ich Sie auf den neuesten Stand bringen?«

Die Staatsanwältin stößt eine Dampfwolke aus, die auch Frau Tengels Zimmer eingenebelt hätte, wenn die Vorzimmertür nicht geschlossen wäre, und lächelt. »Ach, Schneiderchen, nun haben wir uns so lange nicht gesehen. Wie wär's denn erst mal mit einem Kaffee, bevor wir uns an die Arbeit machen?«

Was? Das soll der andere Wind sein, der nun weht? Da haben sich seine Männer wohl mächtig getäuscht. Die gute Frau Staatsanwalt hat während ihrer Krankheit offensichtlich endlich gemerkt, was sie an Schneider hat, und macht ein Friedensangebot. Mit Friedenspfeife, denkt Schneider und wedelt den Dampf weg.

Er drückt auf die Gegensprechtaste seines Telefonapparats. »Tengelchen, machst du uns mal zwei Kaffee?«

Wie bitte? Tengelchen? Du? So neu hätte der Stand nun wirklich nicht sein müssen, auf den der Kommissar die Staatsanwältin bringt.

Ach, Frau Tengel, denkt sie. *She too.* »Wie geht's zu Hause?«, fragt sie und ergänzt: »Wie geht es Ihrer Frau?«, als Frau Tengel mit dem Tablett reinkommt.

»Alles bestens«, sagt Schneider und strahlt Frau Tengel an.

»Was war denn so alles los, während ich weg war?«, erkundigt sich die Staatsanwältin und rührt in ihrem Kaffee.

»Nichts«, sagt Herr Schneider und rührt ebenfalls. »Alles allerbest.«

»Und unsere zwei Leichen? Hat sich das aufgeklärt?«

»Natürlich.«

»Und?«

»Haben Sie das nicht gelesen? Stand doch in allen Zeitungen.«

»Die Ärzte haben gesagt, ich soll mich schonen. Da hab ich mir lieber meine alten Comics vorgenommen. Die Journaille regt mich immer so auf.«

Herr Schneider setzt sich in Positur: »Es war natürlich so, wie ich gesagt habe. Die Grossmann. Zwölf Jahre hat sie für die beiden Morde gekriegt.«

Frau Staatsanwalt fällt beinah die E-Zigarette aus der Hand. »Was? Wieso das denn? War doch alles Unsinn, was Sie mir damals aufgetischt haben.«

Kommissar Schneider atmet schwer. Kein Stück hat die sich

während ihrer Krankheit geändert. Immer noch derselbe alles besser wissende Drachen, der ihm die Bude vollqualmt.

»Für das Gericht war es offensichtlich kein Unsinn, liebe gnädige Frau«, sagt er würdevoll.

***

Kaum zurück in ihrem Zimmer sind all die bekannten Symptome wieder da: der eklige Hustenreiz, das Stechen in der Brust, das Herzrasen, der leichte Schwindel. Wenn ihr Arzt sie so sähe, würde er sie sofort aus dem Verkehr ziehen. Frau Staatsanwalt setzt sich aufrecht auf ihren Stuhl und macht die Übungen, die sie in der Reha gelernt hat.

Im Geiste geht sie den Fall von damals noch mal durch, während ihr Herzschlag sich langsam normalisiert. Da hat der Idiot doch tatsächlich ihren zwischenzeitlichen Nachfolger von dem ganzen Humbug überzeugen können. Und das Gericht muss wohl völlig blind gewesen sein. Na klar, warum auch nicht? Wird ja sowieso immer mit einer Binde vor den Augen dargestellt. Nur hatte sie bisher gedacht, dass das etwas anderes symbolisiert.

Sie sollte sich die Akten im Fall Heinze/Gabler noch mal kommen lassen. Aber das wird nicht einfach. Akten kann man sich nämlich nicht mir nichts, dir nichts kommen lassen, nur weil man mal reinschauen möchte. Wo kämen wir denn dahin? Akten bekommt nur, wer zuständig ist. Die Zuständigkeit wird bei Beamten ganz großgeschrieben. Stell dir vor, ein Beamter genehmigt dir ein Mäuerchen um deinen Garten und war gar nicht zuständig. Dann kannst du schon mal die Abrissbirne bestellen.

Also: Kommen lassen ist nicht. Dafür bräuchte sie so etwas wie ein Tengelchen. Die Tengelchens dieser Welt haben füreinander größtes Verständnis, drücken sich gegenseitig beide Augen zu und verschaffen ihren Vorgesetzten, was diese brauchen – auf dem kleinen Dienstweg. In Ermangelung eines Tengelchens stiefelt sie selbst hinauf unters Dach ins Archiv der Kieler Staatsanwaltschaft und stöbert in den Unterlagen.

Sie schüttelt hier den Kopf, schreibt sich da was raus, macht sich dort eine Kopie und will ein bisschen was dann doch gern mal mit nach unten nehmen. Der zuständige Tengel-Mann hebt bedauernd die Schultern: Leider. Kann er nicht zulassen. Damit überschreite er seine Kompetenzen, sagt er.

Frau Staatsanwalt verdreht innerlich die Augen. In der »Blume« sitzt ein Kommissar, dem es offensichtlich völlig egal ist, was er gegebenenfalls wann alles überschreitet, und dieser Wachhund hier oben schlägt schon bei der kleinsten Kompetenzüberschreitung an.

Der Kollege schaut mahnend auf die Uhr: »Es wäre dann auch schon halb sechs.«

Ganz klar von weiter südwestlich, der Mann. Merkt man am rheinischen Indikativ. Der Eingeborene hätte vielleicht »Ohaueha« gesagt, »is Feierabend, muss nach Haus, sonst gibt's Aggewars«.

Frau Staatsanwalt rafft ihr Geraffel zusammen, sagt Danke und entschwindet.

»Da nich für«, ruft der Tengel-Mann ihr noch nach.

Vielleicht doch einer von hier.

***

Frau Staatsanwalt nimmt an einer Wiedereingliederungsmaßnahme nach dem Kieler Modell teil und arbeitet nur vier Stunden pro Tag, um sich ganz vorsichtig und angstfrei wieder an das Staatsdienen zu gewöhnen. Daher hat sie viel Zeit. Wenn sie nicht im Büro ist, liegt sie ganz vorsichtig und angstfrei zu Hause auf dem Sofa und schont sich. So zumindest hat sich das Kieler Modell das gedacht. Dass sie einen Abstecher zu Uwe macht, hat sich das Kieler Modell nicht gedacht.

»Ich bin eine Freundin von Sonja, von früher«, lügt sie, als Uwe die Tür öffnet. In ihrer Freizeit darf sie lügen, so viel sie will, denkt sie. Ob das auch für freie Zeiten aus dem Kieler Modell gilt, weiß ich jetzt allerdings nicht. »Darf ich kurz reinkommen, ich will nicht weiter stören.«

Sagt man so: Ich will nicht stören. Aber man stört natürlich. Außerdem ist es gelogen. Sie stört. Sie weiß es. Und sie will es.

»Wie geht es Sonja denn jetzt so?«, fragt sie und nimmt lächelnd die Kaffeetasse entgegen, die Uwe ihr reicht.

»Tja«, sagt Uwe und zuckt mit den Schultern, »wie soll's ihr gehen? Sie ist im Gefängnis.«

»Tja«, sagt Frau Staatsanwalt und nickt mitfühlend.

So sitzen beide, nicken wie die Wackeldackel und schauen betrübt in ihre Kaffeetassen.

Frau Staatsanwalt allerdings nickt nicht nur, sie horcht auch. Da rauscht doch ganz klar Wasser. Es ist noch einer im Haus. Und duscht. Kann sich also nicht wirklich um einen ganz entfernt entfernten Freund handeln, der nur mal eben kurz vorbeischaut. Das muss was Näheres sein.

Und siehe da: Während Uwe noch von seinen traurigen Besuchen bei seiner traurigen Sonja erzählt, erscheint das Nähere, Handtuch um den Kopf gewickelt, und erschrickt ein wenig darüber, dass da außer Uwe noch jemand in der Sitzgarnitur sitzt.

»Frau Koslowski, eine Kollegin«, stellt Uwe sie vor.

Frau Staatsanwalt lächelt herzlich, als sie Vanessa die Hand gibt. Für sie ist es das Selbstverständlichste von der Welt, dass Kolleginnen bei Kollegen duschen, deren Gattinnen gerade einsitzen. Davon zumindest versuchen Uwe und Vanessa sich gegenseitig zu überzeugen, als Frau Staatsanwalt gegangen ist.

Ist es aber nicht.

Im Gegenteil. Sie findet es ausgesprochen befremdlich. Und dass diese Frau brütet, findet sie am befremdlichsten. Nicht dass Vanessa schon ein Bäuchlein hätte, beileibe nicht. Aber Frauen sehen Frauen die Schwangerschaft an der Nasenspitze an.

Na, das ist ja ein Ding, denkt die Staatsanwältin, während sie die Füße auf ihren Couchtisch legt. Dabei atmet sie ein bisschen schwer, was nur an ihrem Besuch bei Herrn Grossmann liegen kann. Seit sie vom Blücherplatz, wo sie im vierten Stock wohnte, weggezogen ist, atmet sie nämlich eigentlich nicht mehr schwer.

Das wundert dich vielleicht ein wenig, denn normalerweise ziehen wir Kieler nicht vom Blücherplatz weg. Niemals. So eine wunderbare Wohngegend. Die meisten Wohnungen liegen allerdings im vierten Stock. Na wenigstens die Hälfte. Oder ein Viertel, zumindest gefühlt. Für eine Hausfrau oder Mutter von drei Kindern schon beschwerlich, wenn sie jede Menge Futter, Saft und Pampers nach oben hieven muss. Da war Frau Staatsanwalt – weder Hausfrau noch Mutter – besser dran. Zwei, drei Stangen Zigaretten kriegt man locker die Treppen hoch.

Unangenehmer war die Parkplatzsituation. Der Blücher ist zwar eigentlich ein riesiger Parkplatz, aber montags und donnerstags ist Wochenmarkt. Wer denkt denn am Mittwoch, dass morgen Donnerstag ist? Wie oft ist sie um vier Uhr in der Früh wie von der Tarantel gestochen aus dem Bett gesprungen, um ihr Auto umzuparken. Ab fünf wird nämlich abgeschleppt, die fliegenden Händler brauchen den Platz. Rumkurven, einen Parkplatz finden und dann die Treppen wieder hoch, anstrengend – auch ohne zwei, drei Stangen Zigaretten im Arm.

Ja, der Blücherplatz ging ihr zu sehr auf die Pumpe, das konnte sie sich gesundheitlich wirklich nicht mehr zumuten. Jetzt wohnt sie im Brauereiviertel. Das ist da, wo es früher immer so lecker nach Hefe gerochen hat. Doch seit dem großen Brauereisterben, dem auch die Kieler Holstenbrauerei zum Opfer gefallen ist, haben sich da schicke Mehrfamilienhäuser breitgemacht.

Frau Staatsanwalt wohnt also in einer Wohnung im Brauereiviertel mit Fahrstuhl und eigenem Parkplatz in der Tiefgarage. Trotzdem atmet sie schwer.

So kann's gehen, wenn man seinen Beruf ernst nimmt.

***

Frau Staatsanwalt steht vor dem Max-Planck-Gymnasium und sieht, wie die Schüler in wahren Trauben aus dem Gebäude quillen. Sie hat sich Tommis Gesicht aus den Archivunterlagen genau eingeprägt, aber jetzt ist sie sicher, dass sie ihn in diesem Gewusel nicht erkennt. Keine Chance.

»Hey, Tommi, darf ich auf deinem Moped mitfahren?«, ruft da ein kleiner Pöks und zieht einen großen, schlaksigen Jungen am Ärmel.

»Nein«, sagt der Junge und wedelt, ohne von seinem Handy aufzusehen, mit der Hand über seinen Jackenärmel, als würde er ein lästiges Insekt verscheuchen.

»Kann ich Sie mal sprechen?«, fragt die Staatsanwältin, obwohl sie befürchtet, ein ebenso blind gewedeltes Nein von ihm zu bekommen. Doch Tommi hebt den Kopf und sieht sie strahlend an.

»Klar«, sagt er und strahlt noch mehr, als er aus den Augenwinkeln die bewundernden Blicke seiner Mitschüler sieht. Frau Staatsanwalt strahlt ebenfalls. Ist schon schön, wenn man sich von einer schrumpeligen Vierzigerin dank Reha in eine flotte Mittdreißigerin verwandelt hat. Für Tommi ist sie zwar trotzdem eine alte Tante, aber wenn eine attraktive Frau gehobenen Alters von einem Schüler wie ihm was will, das adelt. Er verstaut sein Handy in der Hosentasche und nimmt die Schultasche vom Boden auf. »Was ist denn?«

»Haben Sie etwas Zeit? In der Lutherstraße ist ein Bistro, da könnten wir einen Kaffee trinken«, sagt die Staatsanwältin.

»Klar. Das ›Weinstein‹ kenne ich gut«, sagt er und legt locker die Hand auf ihre Schulter, während sie über die Straße gehen. »Da bin ich jede Freistunde.« Er dirigiert sie geschickt zwischen den abgestellten Fahrrädern durch. »Und in vielen Nichtfreistunden auch, wenn Sie verstehen, was ich meine.«

Unter seinem munteren Geplauder haben sie das »Weinstein« bald erreicht. Er nimmt den Arm von ihrer Schulter, klemmt sich die Schultasche darunter und zieht mit der anderen Hand die Tür auf. »Bitte sehr«, sagt er galant. »Da wären wir.«

Hoffentlich sind noch ein paar von den anderen da und sehen ihn. Dann hat er morgen was zu erzählen. Hätte er so auch, aber es ist natürlich besser, wenn man gebeten wird: »Sag mal, wer war denn die tolle Schnepfe gestern?«

Ja, stimmt. Wer ist die überhaupt?

»Ich bin eine Schulfreundin von Vanessa Koslowski«, behauptet die Staatsanwältin.

»Ah«, sagt Tommi und wird vorsichtig. Was will die von ihm?

»Frau Koslowski hat mir erzählt, dass Sie Unterricht bei ihr haben«, startet die Staatsanwältin ihren Versuchsballon.

»Ah«, sagt Tommi.

»Und die Manu früher auch, nicht wahr?«

»Hmm«, sagt Tommi.

Interessant, dass dieser gesprächige Junge, der sie auf dem kurzen Weg zum »Weinstein« total zugetextet hat, jetzt so einsilbig wird.

»Glauben Sie, dass es tatsächlich die Frau von Ihrem Mathelehrer war, die Manu umgebracht hat?«, fragt sie.

»Was wollen Sie eigentlich von mir?«, fragt Tommi statt einer Antwort und steht auf. »Hat Vanessa Sie geschickt?«

Er lässt sie mit ihrem halb ausgetrunkenen Kaffee einfach sitzen, und ich denke nicht, dass er besonders scharf darauf ist, morgen von Mitschülern zu seiner »Weinstein«-Eroberung befragt zu werden.

Das ist ja ein Ding!, denkt die Staatsanwältin, legt aber diesmal nicht die Füße auf den Tisch, denn die Tische im »Weinstein« sind zu hoch dafür. Warum ist er so merkwürdig reserviert geworden, nachdem sie behauptet hat, eine Freundin der Koslowski zu sein? Und wieso nennt er seine Französischlehrerin beim Vornamen?

Gleich morgen wird sie noch mal den Tengel-Mann auf seinem Dachboden aufsuchen.

***

»Hab mir schon gedacht, dass Sie noch mal leckerfitzig auf die Akten sind«, sagt der Tengel-Mann zur Staatsanwältin, führt sie zu dem kleinen Tischchen, an dem sie sich bei ihrem letzten Besuch fast die Augen verdorben hätte, und deutet auf ein kleines Lämpchen, das letztes Mal noch nicht da war. »Sonst kommt ja kaum einer hierher, deshalb hatte ich mir die für zu Hause ausgeborgt.«

Sie nickt nur kurz. Wie schlecht diese Archivbewacher bezahlt werden, dass sie die Leselampen mopsen müssen, will sie gar nicht wissen.

Sie forscht in den Gerichtsakten nach Tommis Aussage.

»Ja, also, Herr Thomas Neureuter«, hat bei der Verhandlung der Richter gesagt, »versuchen Sie doch bitte, sich zu erinnern, was Sie am sechzehnten November gesehen haben.«

Durch die Druckerschwärze hindurch kann die Staatsanwältin fühlen, wie heftig Tommi versucht hat, sich zu erinnern, und wie er schließlich in den Tiefen seines Innern fündig geworden ist. Jeden Gang durch Tommis Gehirnwindungen ist der Gerichtsschreiber mitgewandert, es hätte nicht viel gefehlt, und jede offensichtlich zwischendurch geflossene Träne wäre einzeln mitstenografiert worden.

Da muss Tommi wirklich eine ziemlich gute Show abgezogen haben. Kein Wunder, dass ihn das Gericht mit Samthandschuhen angefasst hat. Aber auf der anderen Seite: Er ist der Hauptbelastungszeuge! Trotzdem nahmen ihn weder der Richter noch der Staatsanwalt in die Zange. Und der Verteidiger scheint sanft geschlafen zu haben. Wo gibt es denn so was? Letzten Endes war es seine Aussage, die die Grossmann eingeknastet hat. Da fragt man doch wohl mal etwas gründlicher nach!

Die Staatsanwältin liest die Polizeiprotokolle. Auch dem Schneider hat der Junge was vorgemacht, und der Kommissar ist bereitwillig darauf reingefallen: Der arme Tommi komme aus schwierigen häuslichen Verhältnissen, stehe voll unter der Fuchtel seiner ehrgeizigen Mutter. Verdacht auf suizidale Anwandlungen, entnimmt sie einer Notiz von Schneider. Vielleicht erklärt das, warum das Gericht auf Sammetpfoten gegangen ist. Wer will sich schon gern mit dem Selbstmord eines Jugendlichen belasten.

Sie malt sich die Szene vor Gericht bildlich aus: Ein von

Haus aus traumatisierter Junge erzählt unter Tränen, er habe das Auto von Frau Grossmann gesehen, das am Straßenrand parkte. An Kennzeichen und Beule habe er es sofort erkannt. Mehr nicht. Kein Kreuzverhör, kein Festklopfen der Aussage, keine Fangfragen oder anderweitiges Überprüfen. Nur einfach: »Vielen Dank auch, mein lieber, armer, mutiger Junge.«

Gott, wie rührend. So hochgradig verschüchtert hat Tommi im »Weinstein« gar nicht auf sie gewirkt. Sie überlegt: Wenn er von der »Schaubude« nach Hause will, fährt er von der Kiellinie aus den Düsternbrooker Weg hoch. Auf welcher Seite soll das Auto der Grossmann denn geparkt haben? Konnte er die Beule hinten links überhaupt sehen? Sie blättert die Akten durch. Nichts.

Sie nimmt sich die Aussage von Polizeiobermeister Gerner vor und liest: Vom Vater wahrscheinlich missbraucht – was er allerdings nicht beweisen konnte –, hat Manuela Gabler sich in die Arme von Herrn Grossmann gerettet – was sich allerdings ebenfalls nicht beweisen ließ. Für Gerner stand jedoch fest, dass Sonja Grossmann dem Mädchen aus Eifersucht an die Gurgel gegangen ist.

Zum Tod von Frau Heinze steht im Bericht der KTU: »keine verwertbaren Fingerabdrücke auf dem Kantholz«, doch das Wort »verwertbar« muss Herrn Schneider auf dem Weg zum Gericht irgendwie abhandengekommen sein. Der Richter scheint dem Herrn Kommissar ganz andächtig ohne Blick in das Protokoll gelauscht und seine Aussage, es seien »keine Fingerabdrücke« gefunden worden, durchgewunken zu haben. Und kam zu dem Schluss, dass Sonja Grossmann die Fingerabdrücke abgewischt habe.

Wenn Frau Staatsanwalt nicht schon so matt wäre, sie würde die Hände über dem Kopf zusammenschlagen. »Keine verwertbaren Fingerabdrücke« heißt im Sprachgebrauch der KTU, dass es sehr wohl Fingerabdrücke gegeben hat. Es ist also gar nicht sicher, dass das Kantholz abgewischt wurde. Dazu hätte man ja um die anderen nicht verwertbaren Fingerabdrücke herumwischen müssen.

Von wem hat der Schneider überhaupt die Fingerabdrücke genommen? Nur vom Ehepaar Grossmann. Warum nicht von Heinze oder dieser Koslowski? Dann wären die gefundenen Fingerabdrücke vielleicht doch verwertbar gewesen, indem man sie hätte zuordnen können. Beziehungsweise wenn die von Sonja Grossmann nicht verwertbar waren, weil sie nicht zugeordnet werden konnten, ist das doch der Beweis, dass sie *nicht* zugeschlagen hat – zumindest nicht mit diesem Kantholz.

Hustenreiz, Schnappatmung, Herzrasen, das ganze Programm. Dieser Dachboden ist wirklich überhaupt nichts für ihre immer noch schwache Konstitution. Sogar der Tengel-Mann steckt besorgt seinen Kopf um die Ecke. »Is was? Soll ich 'n Glas Wasser?«

Aber die Staatsanwältin wehrt ab. »Danke, geht schon.«

Wo ist denn eigentlich die Aussage von dieser Koslowski, dem Gspusi von Uwe Grossmann? Die Staatsanwältin traut ihren Augen nicht. Ein Zweizeiler – mehr nicht. Die Frau hat vor Gericht praktisch gar nichts gesagt. Warum nicht? Im Protokoll von diesem Polizeimeister Soundso steht doch, ihre Schüler hätten ausgesagt, sie habe ein Verhältnis mit dem Grossmann, was ja offensichtlich auch stimmt. Schneider hat diesen Umstand aber anscheinend keiner weiteren Recherchen für würdig befunden, und das Gericht hat nicht weiter nachgehakt.

Die Staatsanwältin hängt in den Seilen und bekommt kaum noch Luft. Mit großen Flügelschlägen kommt der Tengel-Mann von hinten angerauscht. »Och Gottchen, och Gottchen, Frau Staatsanwalt, Sie machen mir ja das Hemd am Flattern.«

Sprachlich wirklich sehr vielseitig, der Mann. Nun ist auch noch etwas Ruhrpott dazwischen.

Er patscht ihr Wasser auf die Wangen und wedelt sie mit beiden Händen trocken.

»Wirklich ein sehr interessanter Arbeitsplatz, den Sie hier oben haben«, sagt sie schwach, während ihr der Tengel-Mann vom Stuhl hochhilft.

Gut, dass das Lämpchen nur so wenig Licht wirft. So sieht

man wenigstens nicht, dass sie ihr altes Alter wieder erreicht hat. Der ganze Kurerfolg zum Teufel.

Total.

***

Als die Staatsanwältin Överkötters Reich betritt, sind alle seine Stahltische belegt. Gott sei Dank mit Laken drüber. Sie wird sich nie an den Anblick von Leichen gewöhnen – seit ihrer Krankheit erst recht nicht.

Överkötter gibt ihr die Hand – noch feucht. Wie unangenehm. Hoffentlich vom Waschen. Sie kann sich kaum darauf konzentrieren, was sie ihn fragen will, so sehr ist sie damit beschäftigt zu überlegen, wovon seine Hände so nass sein könnten.

»Erinnern Sie sich noch an die beiden toten Frauen letzten November?«, fragt sie schließlich.

»Natürlich. So viele Mordfälle haben wir ja nicht in Kiel.«

»Die Frau Heinze, die ist doch ertrunken, nicht wahr?«

»Ja, erschlagen und ertrunken.« Överkötter nickt und zupft angelegentlich am Laken der Leiche, die am nächsten liegt. Bitte nicht abdecken, denkt die Staatsanwältin und zieht ihn unauffällig davon weg.

»Erschlagen?«

»Ja, erschlagen«, sagt Överkötter und robbt sich wieder an den Stahltisch ran. Er braucht was um die Hand, wenn er redet. »Mit einer Holzlatte oder so. Hat die Polizei bei der Angeklagten in der Abstellkammer gefunden, wenn ich mich recht erinnere.« Bei dem Wort »erinnere« hat er den Tisch erreicht.

»Haben Sie zufällig noch den Obduktionsbericht?«, fragt die Staatsanwältin und schiebt ihn von den Leichen weg in Richtung Büro.

»Liebe Frau Staatsanwalt«, sagt Herr Överkötter. »Wieso ›zufällig‹? Glauben Sie, wir schreiben hier ellenlange Berichte, nur um sie dann ein paar Monate später zu schreddern? Das wird alles liebevoll Hunderte von Jahren aufbewahrt. Sollten *Sie* eigentlich wissen.«

Ja, das weiß sie. Und dass »liebevoll aufbewahren« nicht heißt, dass sie unter die Stahltische geschoben werden, weiß sie auch. Deshalb geht Överkötter – endlich, Gott sei Dank – in sein Büro zu einem der großen Aktenschränke.

»Hier steht es«, sagt Överkötter, zieht eine Akte aus dem Schrank und leckt zum Umblättern an seinem Finger.

Wie schön, denkt die Staatsanwältin, dann wird er sie sich nach dem Obduzieren wohl gewaschen haben. Jedenfalls die Zeigefinger. Zumindest den rechten.

»Die Wunde am Hinterkopf der Toten rührt von einem scharfkantigen hölzernen Gegenstand her«, liest Överkötter vor. »Brauchbare Holzreste in der Wunde konnten infolge der Aufenthaltszeit im Wasser nicht sichergestellt werden.«

»Die Wunde muss also nicht unbedingt von dem bei Frau Grossmann gefundenen Kantholz stammen?«, fragt Frau Staatsanwalt.

»Müssen, meine Liebe, müssen muss gar nichts. Müssen muss nur das Gericht – und zwar entscheiden. Dafür sind wir kleinen Aufschneider nicht zuständig.«

Erstaunt blickt Frau Staatsanwalt ihn an. Solch eine bescheidene Bescheidenheit hätte sie dem guten Överkötter gar nicht zugetraut. Ach so, war ironisch gemeint. Er ist eben doch eher ein großer Aufschneider.

＊

Die Staatsanwältin breitet ihre Notizen der letzten Woche auf dem Teppich im Wohnzimmer aus. Was der Överkötter gesagt hat. Dass sie die Koslowski bei Herrn Grossmann erwischt hat. Dass Tommi Dreck am Stecken hat. Und was ist eigentlich mit Manus Handy? Hat der Herr Kriminalkommissar wirklich alles darangesetzt, es zu finden? Wäre vielleicht aufschlussreicher gewesen als das pubertäre Geschreibsel aus dem Schuhkarton unter Manus Bett.

Auf allen vieren schiebt sie die Zettel wie ein Puzzle über den Boden, bis ihr die Knie wehtun. Jetzt wird ihr manches klar.

Der Schneider hat gesehen, dass Sonja Grossmann für keine der beiden Tatzeiten ein Alibi vorweisen konnte, und dann so lange gegraben, bis er genügend Indizien gegen sie zusammenhatte.

Frau Staatsanwalt hockt auf dem Boden und schüttelt den Kopf. Ein Alibi ist ein Beweis der Schuldlosigkeit und erleichtert die Polizeiarbeit. Aber es gilt nicht der Umkehrschluss: Ein fehlendes Alibi ist noch lange kein Beweis für Schuld. Die Grossmann *könnte* Frau Heinze erschlagen haben. Aber sicher ist das nicht. Die Heinze könnte auch einfach nur so ins Wasser gefallen und ertrunken sein. Konnte die überhaupt schwimmen? Das hat der Schneider gar nicht überprüft. Aber woher hat sie dann die Wunde am Kopf gehabt?

Die Grossmann *könnte* auch Manu erdrosselt haben. Aber warum? Nur wegen ein paar Hochzeitsfotos, wie der Schneider anscheinend glaubt? Und das Gericht war so dämlich zu behaupten, Sonja habe sich aus Eifersucht und Angst um Uwes Pension an Manu vergriffen.

Tommi will Sonja Grossmanns Auto am Tatort gesehen haben. Dieser windige Kerl. »Hat Vanessa Sie geschickt?«, hat er sie im »Weinstein« gefragt. Was sollte das denn heißen? Niemand hat sich den Jungen ordentlich zur Brust genommen. Vielleicht gibt es einen Grund, warum er die Grossmann beschuldigt. Will er vielleicht bloß seine Französischlehrerin da raushalten? Wie steht Tommi eigentlich in Französisch? Hat der Schneider das je gecheckt? Natürlich nicht.

Fragen über Fragen. Nichts Genaues weiß man nicht. Sicher ist nur eins: Schneider hat hochgradig schlampig ermittelt, und das Gericht ist seinen Vorurteilen gefolgt.

Ihr Blutdruck steigt immer höher, und sie schnappt nach Luft. So eine Scheiße. Dafür ist sie nicht vom Blücher – eine wunderbare Wohngegend übrigens – weggezogen, um sich jetzt hier im Brauereiviertel mit schwerem Herzrasen die Gesundheit zu ruinieren.

***

Die Staatsanwältin sitzt in ihrem staatsanwaltlichen Sessel, greift zum Telefon und wählt seine Nummer. Direkt. Nicht über den Tengelchen-Schlenker. »Ach, Herr Schneider, seien Sie doch so nett und kommen Sie mal vorbei.«

»Jetzt gleich?«, fragt Schneider, ohne nachzudenken, denn Tetris erfordert gerade seine ganze Aufmerksamkeit. Seine Standardantwort auf solch ein Ansinnen ist normalerweise: »Äh … Moment, ich seh mal nach … nein … leider.« Sollte das nicht reichen, schiebt er in aller Regel ein »Warten Sie … übermorgen, da ginge es … ach nein, ich sehe gerade, geht doch nicht … schade!« nach. Doch er ist unvorsichtig geworden. Der neue Staatsanwalt hat ihm nicht reingeredet. Jetzt muss er sich erst wieder dran gewöhnen, dass der neue wieder der alte ist.

Vielleicht ist noch was zu retten: »Leider, ich fürchte«, sagt er und raschelt mit Papier, »heute geht es nicht, morgen ist auch schlecht. Moment, ich schau mal, ob übermorgen …«

»Herr Schneider«, unterbricht ihn Frau Staatsanwalt, »bitte richten Sie es ein. Ich erwarte Sie in einer halben Stunde.«

Klick. Aufgelegt.

Schneider könnte kotzen. Da waren ja die alten Raucherzeiten besser. Hat er gar nicht zu würdigen gewusst, dass sie früher zu ihm gekommen ist, statt ihn in ihr Büro zu zitieren. Und obendrein in diesem patzigen Ton, also wirklich …

Er sieht auf die Uhr. Mit dem Rad sind es sieben Minuten zum Landgericht, also sollte er frühestens in einer Stunde losfahren. Sonst wird sein »Heute geht es nicht« gänzlich unglaubwürdig. Ja, neuerdings fährt er immer mit dem Rad – der Fitness wegen. Wer weiß, ob er die nicht bald braucht, so gut, wie sich die Sache mit der Tengel entwickelt.

Ich weiß nun nicht, ob du den Knooper Weg kennst. Zum Exer hin geht's leicht bergab, und als Radfahrer kann man flott in Schwung kommen. Sollte man aber nicht, denn die Straße ist immer gut besucht. Rechts und links zugeparkt, kaum Platz für Verkehr und Gegenverkehr, der dann gern mal auf eine dritte, nicht vorhandene Spur ausweicht. Wenn sich dann auch noch ein Rad durchschlängelt, ist die Katastrophe vorprogrammiert.

Was steht auf dem Grab eines Radfahrers? »Er hatte Vorfahrt.«

Ja, Herr Schneider hatte Vorfahrt, keine Frage. Trotzdem muss seine Frau Gott sei Dank keinen Grabstein kaufen, sondern nur ein Blümchen. Beziehungsweise mehrere. Öfter. Denn es wird eine ganze Weile dauern, bis man ihn wieder aus dem Krankenhaus rauslässt.

Frau Staatsanwalt besucht ihn zu seiner großen Erleichterung erst, als der Kopfverband durch ein breites Pflaster ersetzt worden ist. Das stramm umwickelte hochgelagerte Bein ist schon peinlich genug, da braucht es nicht noch ein beschämendes weißes Mützchen.

»Erst wollte ich Ihnen einen Blumenstrauß mitbringen, aber dann ist mir was Besseres eingefallen«, sagt sie und drückt ihm eine kleine Playmobil-Figur in die rechte, nicht bandagierte Hand.

»Eine Krankenschwester, wie nett«, sagt er und lächelt vorsichtig, damit der Bluterguss unter den Augen nicht in Wallung gerät. »Gab's die einzeln, oder mussten Sie ein ganzes Krankenhaus kaufen?«

»Ist vom Dachboden meiner Nichte. Da bewahrt sie ihre alten Spielsachen auf«, antwortet die Staatsanwältin und setzt sich neben ihn aufs Krankenbett. »Die Staatsanwaltschaft bewahrt auf dem Dachboden die Akten der abgeschlossenen Fälle auf«, fährt sie scheinbar ohne Zusammenhang fort.

»Muss bedrückend für Sie sein, all die Sünden über sich zu wissen«, versucht Schneider zu scherzen.

»Ach, das ist nicht so schlimm. Sind ja nicht meine Sünden. Sondern Ihre.«

Ich sag mal so: Der Bluterguss bleibt natürlich weiterhin blaugrüngelb, aber der Rest von Schneiders Gesicht wird weiß, weiß wie die Wand beziehungsweise in diesem Fall natürlich weiß wie das Bettzeug. Und gleich darauf rot – puterrot, wie man das nennt. »Was wollen Sie denn damit sagen?«, fragt er.

Ja, was will sie damit eigentlich sagen? Vor einer Woche, als sie ihn zu sich bestellt hat, wusste sie genau, was sie sagen will. Dass er zuerst Uwe Grossmann und danach dessen Frau Sonja festgesetzt hat, war Freiheitsberaubung, wenn man's genau nimmt, wollte sie sagen.

Im Grunde auch, wenn man's nicht genau nimmt.

Seine ganze Ermittlung hat gezeigt, dass er es nicht so genau nimmt. Mit der Unschuldsvermutung hat er es sogar überhaupt nicht genau genommen, nicht in alle Richtungen ermittelt, wie es sich gehört, dem neuen Staatsanwalt Beweise vorenthalten, dem armen Herrn Heinze eine Vorladung unter der Tür durchgeschoben, die gar keine war, zumindest keine staatsanwaltliche. Und, und, und.

Einen Einlauf hat sie ihm verpassen wollen, der sich gewaschen hat. Dazu hatte sie einen langen Vortrag vorbereitet, in dem sie den Sinn der Gewaltenteilung in Deutschland auseinanderklamüsern und ihm verdeutlichen wollte, was ein Polizist darf und was der Staatsanwaltschaft vorbehalten ist. Um dann den Fall wieder aufzurollen.

Aber wie sie den armen Schneider da nun so liegen sieht …

Vor Gericht und auf hoher See ist man in Gottes Hand, wer wüsste das besser als die Staatsanwältin? Vielleicht würde die Grossmann in einem neuen Prozess aus Mangel an Beweisen freigesprochen. Vielleicht aber auch nicht. Vielleicht käme das Gericht in einem neuen Prozess zu einem ganz anderen Ergebnis.

Bisschen viel vielleicht, denkt sie. Sicher jedoch ist, dass man nicht gut auf eine Staatsanwältin zu sprechen sein wird, die das eigene Nest beschmutzt. »Endlich mal ein Mordfall in Kiel«, wird man sagen, »sogar ein Doppelmord, da kann sie es natürlich nicht ertragen, wenn ein anderer den Rahm abschöpft, während sie krank daniederliegt.« Und die große Strafkammer wird auch nicht vor Freude im Dreieck springen, wenn eine kleine Staatsanwältin ihr vorwirft, ein Fehlurteil aus dem Hut gezaubert zu haben. Eine Krähe hackt der anderen kein Auge aus. Sollte eine Krähe es dennoch wagen, kommen die anderen in ihren schwarzen Roben angeflattert, und sie kann sich auf was gefasst machen. Mit einem blauen Auge wird sie nicht davonkommen. Es wird ihr ergehen wie dem Schneider – grün und blau und von oben bis unten bandagiert, zumindest seelisch.

So viel Stress wird ihr Stressless-Sessel nicht abbauen können. Den hat sie sich für sündhaft teures Geld zugelegt, damit sie darin die wundersame Wandlung der Fernsehkommissare verfolgen kann: von allmächtigen Männern in Schwarz-Weiß, die im Grunde nur noch Gott über sich hatten, hin zu Kommissaren in Farbe, die sich von Haftrichtern, Staatsanwälten und Ermittlungsrichtern knechten lassen müssen. An so was hat Frau Staatsanwalt ihren Spaß, seit sie in der Reha die ganzen Wiederholungen der Wiederholungen durcharbeiten konnte.

Diese erholsamen Stunden soll sie aufs Spiel setzen? Für was? Für ein *vielleicht*?

»Schneiderchen«, sagt die Staatsanwältin und tätschelt die Bandagen seiner linken Hand, »wir machen das so: Sie werden jetzt erst einmal in aller Ruhe wieder gesund, das ist das Wichtigste. Dann machen Sie eine wundervolle Reha«, sie lächelt bei dem Gedanken an ihre eigene, »und dann«, sagt sie und patscht auf seine Linke, dass er vor Schmerz aufschreien könnte, »dann, mein Lieber, gehen Sie vorzeitig in Pension. Ich will Sie nie wieder an Ihrem Schreibtisch sehen. Haben wir uns verstanden?«

Seine Antwort wartet sie nicht ab. »Meine Nichte«, sagt sie im Aufstehen, »hat noch einen Polizisten und einen Räuber auf dem Dachboden. Soll ich Ihnen die beiden das nächste Mal mitbringen? So als Erinnerung an alte Zeiten?«

»Nein danke«, sagt Herr Schneider.

✳✳✳

Herrn Heinzes Kundschaft wählt meist den Vor- oder den frühen Nachmittag zum Kundschaften. Man weiß nicht, warum. Scheint irgendwas mit dem Mittagessen zu tun zu haben, das sich ja bekanntlich nicht von allein kocht und auf das man keinesfalls verzichten kann. Nur eine Kundin kommt abends – jeden dritten Samstag im Monat.

Danach sitzen Herr Heinze und Frau Maus noch ein wenig

in der Küche und trinken Kaffee, bevor er nach Hause geht. Genauer gesagt: Sie trinkt Kaffee. Koffein macht ihr nichts aus, sie kann danach immer bestens schlafen. Aber für Herrn Heinze macht sie lieber einen Kakao, damit er nicht die ganze Nacht senkrecht im Bett sitzt.

»Du, sag mal, mein Kleiner«, sie nennt den großen Mann immer »mein Kleiner«, »wie lange ist deine Hanna eigentlich schon tot?«

»Fünf Monate, siebzehn Tage«, Herr Heinze sieht auf die Uhr, »und vier Stunden.«

Sanft streichelt sie seine großen Hände. »Und warum ist sie tot?«, fragt sie leise.

Herr Heinze zuckt ratlos mit den Schultern. Seine Frau ist von ihrer Arbeitgeberin aus Eifersucht umgebracht worden, hat das Gericht gesagt. Arbeiten ist eben tödlich. Wie das Rauchen. Wo bleiben eigentlich die Aufkleber mit der Aufschrift: »Arbeiten schadet Ihrer Gesundheit«? Und die ekligen Bilder dazu, ein Mann am Computer oder so …

»Die Grossmann hat sie erschlagen«, sagt er. »Weißt du doch.«

Nein, das weiß Frau Maus nicht. Frau Grossmann ist eine kluge Frau, und kluge Frauen bringen ihre Zugehfrau nicht um. Schon gar nicht, bevor sie eine neue haben.

»Das Holz, mit dem sie erschlagen wurde, das gehört doch dir. Es hat unter den Rollen der Liege geklemmt. Hab ich gesehen, als ich das erste Mal bei dir war – damals im Haus der Grossmanns.«

Herr Heinze nimmt einen Schluck Kakao und schweigt. Er schweigt immer, wenn er denkt. Damit er nicht durcheinanderkommt und Denken mit Reden verwechselt.

Stimmt. Irgendwas hatte er von zu Hause mitgenommen und unter die Rollen der Massageliege geschoben, damit die nicht wegrutschen konnte. Was war das noch? Dunkel erinnert er sich an das Kantholz, mit dem Hanna immer die Balkontür festgeklemmt hat. Die musste offen stehen, damit der Dunst abzog. Und noch dunkler erinnert er sich, dass Hanna immer geschimpft hat, weil die Balkontür das Holz so ungern wieder hergab. Beim Bücken ist dann auch schon mal Blut geflossen und auf das Teil getropft. Hanna kriegte immer so leicht Nasenbluten.

Er nimmt noch einen Schluck Kakao, denkt und schweigt.

Frau Maus sieht ihn aufmerksam an. Ihr Kleiner schweigt. Das kann alles und nichts bedeuten, denn er redet nicht viel, so gut kennt sie ihn nun schon. Und dass er seine Frau niemals erschlagen hätte, so gut kennt sie ihn erst recht.

Oder doch nicht?

Sie räumt die beiden Tassen in die Spüle. »Wir sollten für heute Schluss machen. Morgen wird ein langer Tag.«

So kann's gehen

Frau Heinzes Tod wird ein Geheimnis bleiben, das sie mit ins Grab genommen hat. Oder besser gesagt: auf ihre himmlische Wolke. Da sitzt sie jetzt zusammen mit Manu, und beide langweilen sich. Obwohl, Frau Heinze langweilt sich nicht wirklich. Ist nämlich herrlich geruhsam auf so einer Wolke. Kein Staubsaugen oder Fensterputzen. Und schwere Matratzen muss sie auch nicht mehr hochheben, um die Laken darunter stramm zu ziehen.

Wie sagte Luther so treffend? »Unser Leben währet siebzig Jahre, und wenn's hochkommt, so sind's achtzig Jahre, und wenn's köstlich gewesen ist, so ist es Mühe und Arbeit gewesen ...« Ja, der gute Luther hatte es einfach drauf. Frau Heinzes Leben ist zwar kürzer als normal, aber dafür geradezu extrem köstlich gewesen. Da kann so eine Bandscheibe schon mal vor der Zeit ihren Geist aufgeben und während eines Hüftschlenkers plötzlich platzen. Wenn dann der angrenzende Nerv gequetscht wird und seine Informationen an das linke Bein einstellt, zack! Dann knickt es eben weg, das Bein.

Ist eigentlich nicht schlimm.

Da Frau Heinze aber – wie immer nach ausgiebiger Beputzung der Zimmer im Hotel Kieler Yacht-Club – zum Durchatmen auf dem Steg vom Millionenbecken stand, als das passiert ist, ist es doch schlimm: mit dem Kopf unglücklich auf den hölzernen Steg geknallt, ohnmächtig geworden, ins Wasser gefallen und ertrunken. So kann's gehen.

Deshalb sitzt sie nun mit Manu hier oben auf ihrer Wolke.

Um sich die Zeit beziehungsweise die Ewigkeit zu vertreiben, spielen die beiden Schiffe versenken. Statistisch gesehen geht jeden Tag ein größerer Kahn auf den Weltmeeren unter. Deshalb ist es eigentlich tragisch, dass die Todesstrafe in Deutschland abgeschafft ist. Sonst würden Manu und Hanna zusammen mit Sonja vielleicht lieber Skat oder Mau-Mau spielen.

Die Costa Concordia geht, nebenbei bemerkt, nicht auf ihr Konto – das müssen andere gewesen sein. Als die Costa sank, lebten beide noch. Außerdem ist die ja gar nicht gesunken. Im Gegenteil, könnte man beinah sagen. Stell dir mal vor, wie einer ein jubilierendes »Treffer« unter sein »Hosianna« mischt – und dann doch nicht. Die Enttäuschung möchte man sich gar nicht ausmalen.

Jetzt ruht die ganze Hoffnung der Seefahrt auf der Türkei und Engelmacher Erdogan. Wird aber nicht viel helfen, wenn er die Todesstrafe wieder einführt, denn bei seinen Engeln dürften Manu und Hanna nicht mitspielen. Frauen, die keine Jungfrauen sind, haben im islamischen Himmel nichts zu suchen. Na, Manu vielleicht doch. Aber wer weiß, ob sie sich auf der Nachbarwolke so richtig wohlfühlen würde. Hoffen wir also besser, dass einer unserer noch lebenden Protagonisten bald über den Jordan geht.

Frau Maus vielleicht. Vom Alter her könnte es hinkommen. Aber leider: Heaven can wait beziehungsweise in diesem Fall: Heaven must wait. Und Manu und Hanna auch, denn Frau Maus erfreut sich bester Gesundheit.

Cornelia Leymann
KIELER SPROTTE
Broschur, 176 Seiten
ISBN 978-3-95451-279-9

»Mit sehr charmantem, hintersinnigem Witz und äußerst unter-
haltsam wird die Geschichte von Frau Wegener erzählt und der
Leser dabei auf vergnügliche Weise immer wieder auf Kieler und
menschliche Unzulänglichkeiten gestoßen.« lebensart Magazin Kiel

www.emons-verlag.de

Cornelia Leymann
MOIN, MOIN
Broschur, 192 Seiten
ISBN 978-3-95451-655-1

*»Ein humorvoller, mit bissigem Witz, Lokalkolorit und viel Urlaubs-
feeling ausgestatteter Krimi.«* kielerleben

www.emons-verlag.de

Cornelia Leymann
DUMM TÜCH
Broschur, 192 Seiten
ISBN 978-3-95451-976-7

»*Cornelia Leymann hat unverkennbar Freude an der Sprache. Sie verpackt die Geschichte in eine permanente Unterhaltung mit dem Leser. Ich war stets neugierig auf die nächsten Sätze, auf eine todsichere Überraschung, egal ob groß oder klein.*« meine-kommissare.de

www.emons-verlag.de